KB262743

海南 떨참

해남번참 1

사초 新무협 판타지 소설

초판 1쇄 찍은 날 § 2006년 10월 19일
초판 1쇄 펴낸 날 § 2006년 10월 28일

지은이 § 사초
펴낸이 § 서경석

편집장 § 문혜영
편집책임 § 서지현
편집 § 심재영

펴낸곳 § 도서출판 청어람
등록번호 § 제1081-1-89호
등록일자 § 1999. 5. 31
어람번호 § 제2-1036호

주소 § 경기도 부천시 원미구 심곡1동 350-1 남성B/D 3F (우) 420-011
전화 § 032-656-4452 팩스 § 032-656-4453
http://www.chungeoram.com
E-mail § eoram99@chollian.net

ⓒ 사초, 2006

ISBN 89-251-0364-8 04810
ISBN 89-251-0363-X (세트)

사초 新무협 판타지 소설

1

초대(招待)

象南擊北

Fantastic Oriental Heroes

해남번창

도서출판 청어람

목차

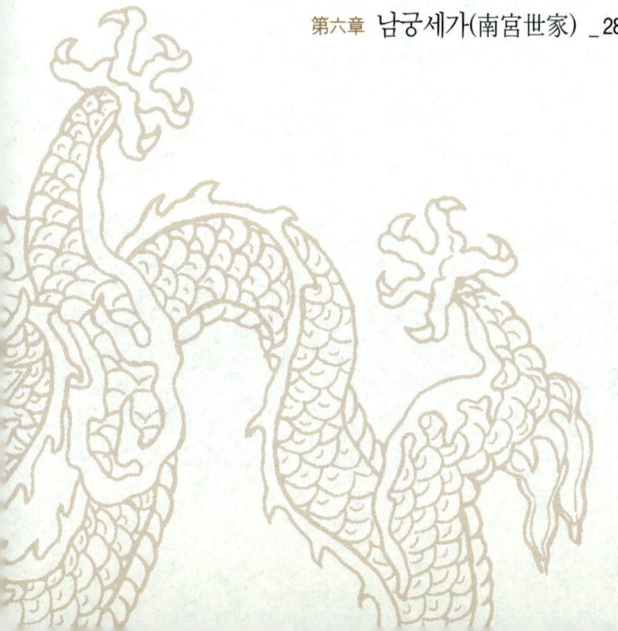

作은 섬의 작은 동굴 안. 그곳은 지독히도 어두웠다.

거리감은 물론, 눈을 떴는지 감았는지조차 느낄 수 없을 정도로 어두운 곳이었다. 그 안에서 두 개의 눈동자가 이상하게도 빛을 발하고 있었다.

피처럼…

아주 붉게…….

기분 나쁠 정도로 시뻘건 눈빛은 어느 한곳을 향하고 있었다. 조금 더 안력을 높인다면 이 어둠의 끝이라는 사실을 알 수 있다.

벽에는 누군가 앉아 있었다.

“사부, 이제 저 세상에 나갑니다.”

붉은 눈동자가 말했다. 사내의 목소리는 조금의 감정도 없다.

“…….”

사내의 말에 사부는 침묵으로 응대했다. 사내는 그의 그런 모습에 눈 한 번 깜빡이지 않았다. 오히려 당연한 듯 그를 바라보고 있을 뿐이다.

조금 뒤 사내는 다시 입을 열었다.

“지옥에서 지켜봐 주시길 바랍니다, …사부.”

전과 조금도 다를 바 없는 싸늘한 말투였다. 다만, 사내의 입가에 잠시 씁쓸한 미소가 그려졌다 이내 사라졌다.

해남도(海南島)

第一章

광동성 뢰주. 숲이 오늘따라 부산을 떨었다.

숲 주위는 이제 붉게 물들어 더 이상 푸름을 볼 수 없었다.
녹음이 우거진 나무들은 어느새 피 칠갑을 한 채 서 있었다.
곳곳에 피의 주인들이 누워 있다.

그 숲 사이 사내 홀로 서 있는 것을 볼 수 있었다. 사내의
허리춤에는 길게 뻗은 장도가 하나 있었다.

사내의 눈이 주위를 매섭게 훑었다. 무언가를 발견했는지
그는 천천히 발걸음을 옮겼다.

후두둑!

무언가 떨어지는 소리가 들리자 사내는 조금도 망설임없

이 움직였다. 허리에서 도가 튕겨져 나왔다. 동시에 대지를 박찼다. 빠르게 튕겨져 오르는 그의 신형은 마치 용이 승천하는 것만 같았다.

"흐아아압!"

사내가 기합을 토하며 단숨에 목표를 베어냈다. 검은 인영이 두 쪽이 나 떨어졌다.

사내는 땅에 떨어지는 즉시 다시 박차 올랐다. 아직 부족했다. 그의 경험이 아직 적이 더 남아 있다는 사실을 경고했다. 생각보다 먼저 몸이 반응했다.

"월아난추(月牙亂錐)!"

그가 몸을 비틀었다. 도가 회전하며 나무를 찔렀다.

펑!

나무가 단숨에 으깨지며 붉은 피를 토해냈다. 나무 뒤에 은신한 자객이 있었던 것이다. 그의 몸은 나무와 함께 잔인하게 으깨져 버렸다.

사내는 조금도 망설임없이 다음 상대를 향해 도를 휘둘렀다. 숲에 다시 혈우가 내렸다.

"허억! 헉!"

사내를 따라오는 자들 모두가 죽었다, 천라지망을 펼쳤던 무사들도, 현상금 때문에 따라다니는 사냥꾼들도.

"…이상하군."

간신히 호흡을 가다듬은 사내는 주위를 살폈다. 도주 중 그가 죽인 무인 수가 이제 백을 넘어선다. 하지만 부족했다.

사내는 무림공적이다. 겨우 백여 명 정도가 따라왔을 리 만무했다.

"허어~ 제법이야."

그때 누군가의 목소리가 들리고서야 사내의 도가 멈췄다. 사내는 도를 집어넣고는 소리가 들려온 곳을 향해 시선을 돌렸다.

그의 시선에 든 자는 무척이나 아름다웠다. 남성이라고는 생각할 수 없는 가녀린 몸과 용모. 적색 비단옷과 어울려 요염함을 뿜어내고 있었다.

"적요남정(赤妖男情)!"

사내는 놀란 표정을 감출 수 없었다. 지금 자신의 앞에 있는 자는 몇십 년 동안 십위권에 들었던 노고수다.

비록 삼왕오악일성(三王五惡一星)이라 불리는 구룡에 밀려 십위에 머물러야 했지만, 그는 충분히 강했다. 굳이 무림공적이 된 사내를 잡으러 올 수준의 존재는 아닌 것이다.

사내는 지쳤다. 중원의 무림문파들에 쫓겨 중우 최남단인 이곳 광동성까지 왔다. 여기까지 오는 것이 순탄하지도 않았다. 쉴 새 없이 조이는 천라지망을 몇 번이나 뚫어야만 했다. 자객도 이번을 포함해서 족히 서른 번은 넘게 마주했을 것이다.

천하제일살수라 불리는 자신이 아니었으면 백 번을 죽어

도 부족했을 것이다.

'빌어먹을!'

그러나 이제는 진짜로 죽게 생겼다. 아무리 자신이 무림공적이라고는 하나 한낱 살수. 설마 적요남정까지 나올 줄은 몰랐다.

적요남정의 내공은 상당하다. 비록 정순하지는 못하지만 수백에 헤아리는 여자를 먹으면서 만든 내공이 만만치 않다. 그리고 그 내공을 펼쳐 내는 장법은 악랄하다. 경공술도 상당하니 자신이 아무리 뛰어난 살수라 해도 도망갈 길이 없다.

'씨발! 나도 천하제일의 살수다. 한번 붙어보자고! 죽기밖에 더 하겠어!'

사내는 적요남정을 노려보았다. 그가 중원에서 열 손가락 안에 꼽힌다고 하지만 자신 역시 약한 것은 아니다. 자신보다 강한 자가 열다섯을 넘지 않는 것을 생각한다면, 자신 역시 상당한 고수라고 볼 수 있었다.

차이는 겨우 다섯이다. 그 정도라면 목숨을 걸 만하다고 생각되었다.

도병(刀柄)이 부서져라 잡았다. 적요남정의 실력은 분명히 자신보다 위. 그를 상대하려면 일격필살의 한 수가 필요하다. 장기전이 된다면 내공이 많은 적요남정 쪽이 훨씬 더 유리하게 전개될 것이다.

'변수는…… 없군.'

주위가 조용하다. 사내를 노렸던 살수의 대부분이 죽어버렸다. 이 숲에서 적요남정을 제외하면 자신뿐이었다.

그의 손바닥이 땀으로 흥건히 젖어갔다. 고수와 마주하는 것이 이렇게나 힘든 것인지 몰랐다. 자신보다 강한 이는 마주하기보다는 암습을 해왔기 때문에 이런 고수들의 싸움에 익숙하지 않은 그였다.

'못해도 동귀어진은 할 수 있겠지.'

하지만 곧 그것이 얼마나 잘못된 생각인지를 알 수 있었다. 적요남정은 웃었다. 사내를 바라보며 웃는 그 웃음은 약자에게 보이는 강자의 여유였다. 그가 천천히 사내를 향해 걸어왔다. 그의 소매가 폭풍이라도 부는 듯 거칠게 펄럭였다.

사내는 적요남정이 다가와도 도를 뽑지 못했다. 빈틈이 보이지 않는다. 어딜 노려도 사로(死路)다. 적요남정을 향해 도를 뽑는 순간! 그는 죽는다.

"나를 노리는 이유가 뭐요? 내가 무림공적이라 해도 그대와는 상관없을 터인데……."

그렇게 말하면서 사내는 적요남정과 거리를 벌렸다. 도를 뽑는 것은 무리다. 도망가는 방법밖에 없다. 다행이라면 해안이 가까워 바다로 도망갈 수 있다는 것이다.

적요남정은 그의 말에 답하기 위해 슬며시 손을 내렸다. 거칠게 휘몰아치던 소맷단이 죽은 듯이 조용해졌다.

"네 녀석 목에 걸린 상금이 어마어마하다더군."

"그것뿐이라면 내가 주겠소. 내가 숨겨둔 돈이 내 목에 걸려 있는 상금에 비한다면 족히 열 배는 넘을 것이오."

사내는 천하제일의 살수다. 한 번 죽일 때마다 천문학적인 액수의 돈을 받는다. 그러기를 수십 차례, 그는 어지간한 상단보다 돈이 많았다. 겨우 무림문파가 상금으로 거는 것과는 차원이 달랐다.

적요남정은 고민했다. 물론 그가 이 먼 오지까지 온 이유가 사내의 목에 걸린 상금 때문만은 아니다. 이제 나이도 제법 먹었으니 무림공적을 처단하여 자리 한번 꿰차볼 생각이었다.

그런데 사내가 상금의 열 배를 준다고 한다. 상금의 액수는 어마어마하다. 몇 대를 놀고먹을 정도로 많은 돈이다. 그것의 열 배면 무지막지할 것이다. 또 주위에는 이 이야기를 들을 사람이 없다. 둘이 입만 다물면 당연히 무림공적과 모종의 거래를 했다는 사실을 들킬 일도 없다.

그가 고민하고 있는 동안 사내는 그를 없앨 준비를 하고 있었다. 적요남정이 아주 조금만 빈틈을 보인다면 사내는 단숨에 죽일 수 있었다.

사내는 최고의 살수다. 빈틈만 보인다면 살아 있는 전설인 삼왕도 죽일 자신이 있었다.

'젠장할! 빈틈이 없어.'

일도에 죽이기엔 적요남정은 너무 강했다. 땅따먹기로 서

열 십위에 든 것이 아니라는 듯 그에게서 조금의 빈틈도 보이지 않았다. 사내는 다시 도병을 부여잡았다. 단단하게 조인 가죽이 그의 손과 맞물렸다.

사내의 신형이 엿가락처럼 늘어났다. 그의 공격에 적요남정은 조금도 망설임없이 장력을 뿜어냈다. 사내는 급히 몸을 틀어 그의 장력을 피해냈다.

펑!

폭음과 함께 땅거죽이 뒤집혔다. 적요남정의 손은 연신 사내를 노렸다. 그러나 그의 손은 단 한 번도 사내를 맞히지 못하고 허공만을 부쉈다.

'이 자식!'

적요남정은 사내가 계속 자신의 공격을 피해내자 이를 악물고 더욱 공격에 박차를 가했다. 그의 내공이 많다고 해도 한계는 있다. 이렇게 빠져나가기만 하면 그라도 지친다. 그리고 정순하지 못한 내공이라 소모는 더욱 컸다.

적요남정이 애태울 동안 사내는 오히려 여유가 생겼다. 적요남정은 생각보다 뛰어난 고수가 아니었다. 그야 그의 일장은 산이라도 부술 듯 강했지만, 초식은 형편없었다. 백번을 때린들 천하제일살수인 그를 잡기에는 무리였다.

사내가 생각하듯 적요남정의 장법은 그리 뛰어난 것이 아니다. 그가 강한 이유는 수많은 여인들에게서 갈취한 내공과 탁한 내공에서 나오는 사이한 공력 때문이다. 제대로만 맞으면 어지간한 고수들도 속이 꼬여 죽어버리고 만다.

적요남정의 장력을 피하며 사내는 기회를 노렸다. 그러다가 보인 작은 틈, 그는 그곳을 비집고 단숨에 파고들었다.

"월굉(月轟)!"

사내가 적요남정의 지근에서 몸을 비틀었다. 그의 손에 들린 도가 몸을 따라 크게 원을 그리자 적요남정에게서 무언가가 떨어졌다.

툭!

그것은 팔이었다. 적요남정의 팔이 사내가 펼친 회심의 일초에 잘려 버린 것이다. 사내는 뒤이을 적요남정의 공격을 피해 거리를 벌렸다.

적요남정의 얼굴이 일그러졌다. 그의 어깨에서 끊임없이 피가 흘러내렸다. 붉은 비단옷이 피로 검게 물들어갔다.

"이놈!"

"이놈?"

적요남정의 성난 목소리에도 사내는 조금도 두려워하지 않았다. 전과는 처지가 달랐다. 두 손으로도 그를 잡지 못했는데 한 손으로 잡을 수 있겠는가.

그의 시선에 든 적요남정은 피를 철철 흘리며 쓰러져 있었다. 이성을 잃은 채 너무 피를 많이 흘린 것이다.

그 때문인지 사내는 여유로웠다. 추격자도 없었으며 여기서 조금만 더 가면 해안가가 나온다. 그곳에서 배를 얻어 해남도로 도망가면 더 이상 도망갈 일은 없는 것이다.

'내가 너무 쉽게 봤는가?

하지만 사내의 생각과는 달리 적요남정은 조금씩 이성을 찾기 시작했다. 그의 방심은 뼈아픈 것이었다. 장법의 고수가 한 팔을 내주다니…….

적요남정은 더 이상 피가 나지 않도록 지혈했다. 제법 많이 흘렀지만, 사내 정도는 상대할 수 있었다.

'한심하군. 무림 서열 십위라는 자가 방심이나 하고 말이야. 잘린 팔은 그에 대한 대가겠지……. 크큭! 하지만 오랜만이야, 이런 살의를 느끼는 것은.'

적요남정의 특기가 장법이라지만 그의 무공 전부가 장법인 것은 아니다. 독특한 기공을 사용하는 데 유용한 것이 장법일 뿐이다.

그의 몸에서 음산한 살기가 치솟아올랐다. 그 기운에 사내는 절로 몸을 움츠렸다. 전과는 확연하게 다른 기운. 사내는 깨달았다. 방금 자신이 상대한 자는 진짜 적요남정이 아니라는 걸.

진짜 오대악인인 적요남정의 입이 열렸다.

"반드시 네놈을 죽인다!"

적요남정의 살의에 찬 말에 사내는 뒤도 돌아보지 않고 달렸다. 적요남정의 손을 피해 있는 힘껏 도망갔다.

그는 운 좋게 적요남정의 팔 한 짝을 베어낼 수 있었지만,

그 이상의 요행이 통하지 않는다는 사실을 느꼈다.

조금만 더 가면 배를 탈 수 있었다. 살수답게 사내의 신법은 빨랐다. 하지만 그 뒤를 따라오는 적요남정의 신형 또한 그에 못지않게 빨랐다.

'내가 미쳤지!'

적요남정이 이성이 없었을 때 도망갔어야 했다. 몇십 년 동안 무림 서열 십위로서 존재한 그의 감각이 되살아나기 전에 튀어야 했다.

그들은 일 다경도 지나지 않아 해안가에 다다를 수 있었다. 막 떠나가는 배가 사내의 시선에 들어왔다.

"젠장!"

사내는 배를 향해 뛰었다. 적요남정 역시 사내의 뒤를 놓치지 않고 달려들었다. 사내가 급히 몸을 틀어 적요남정을 향해 도를 날렸다.

만만치 않은 경력이 담긴 도가 날아오자 적요남정은 어쩔 수 없이 손을 뻗었다. 그의 몸에서 붉은 기운이 폭발하듯이 토해져 나왔다.

펑!

그의 장력에 도가 산산이 부서졌다. 하나 사내는 그 기운을 역으로 이용하여 튕기듯이 날아 배 위로 착지할 수 있었다. 반대로 적요남정은 자신의 장력에 밀렸다.

더 이상 그의 뒤를 쫓을 수 없었다.

"천소지(天逍至)! 네놈이 다시 중원 땅을 밟게 되면 내 반드시 죽여 버리겠다!"

적요남정은 떠나가는 배를 바라보며 외쳤다. 그러나 그의 목소리는 공허하게 허공을 훑을 뿐이었다.

적요남정을 뒤로하고 사내가 탄 배는 해남도를 향해 유유히 흘러갔다.

간신히 배에 탄 소지가 피를 토해냈다. 주르륵 흘러내리는 선혈은 그가 내상을 입었다는 사실을 알려주었다.

그는 주위를 돌러볼 겨를도 없이 재빨리 가부좌를 튼 채 운기요상을 시작했다. 내상이 깊었다. 그동안 이어진 추격전 때 입은 상처도 있었고, 적요남정을 상대하느라 쓴 심력이 적지 않았다.

월굉은 그의 비기로 도를 진동시켜 그 파괴를 증폭시키는 기술이다. 온몸이 금강불괴라 해도 서슴없이 잘라 버리는 강맹한 기술이다. 하지만 월굉을 쓰기 위해서 소지는 자신의 모든 진기를 쥐어짜야만 한다. 지금 생각해 보면 그 뒤 어떻게 그런 경공을 발휘했었는지 의문이다.

한 시진 정도 지나자 어느 정도 내상을 수습할 수 있었다. 아직도 묵직한 통증이 느껴졌지만 참을 만한 것이었다.

"저…… 괜찮으신가요?"

조심스레 묻는 목소리에 소지는 고개를 돌렸다. 그의 시선

에는 이십대 중반 정도 되어 보이는 사내가 손을 내밀고 있었
다.

"……."

소지는 그의 손을 거부하고 일어섰다. 운기를 마치자 몸이
가벼워졌다. 다른 이의 도움은 필요없었다. 무엇보다 신경 쓰
이는 것은 이 분위기다. 적요남정 정도의 고수에게 쫓겨온 자
신을 아무렇지도 않게 보고 있다.

불안했다. 수십 년간 갈고닦아 온 살수의 본능이 그렇게 외
치고 있었다. 평범한 배라고 생각했는데, 그것이 아닌가 보
다.

'설마 이들은 무림인인가?'

소지는 잔뜩 긴장한 채 주위를 둘러보았다. 배 안에는 물건
을 정리하는 등 상단의 사람들이 대부분이었다. 간혹 자신을
도우려 한 사내처럼 일반인도 있었지만, 그 수는 극히 적었
다.

그제야 자신의 추측이 잘못되었다는 것을 알고 소지는 시
선을 다시 사내에게로 돌렸다.

"아, 미안하군."

소지는 무임승차한 자다. 게다가 무림공적이다. 그의 입장
으로선 지금 잘못 보여봐야 하등 좋을 것 없었다.

"아뇨, 괜찮습니다."

사내는 사람 좋은 미소를 지으며 말했다. 순간적으로 살수

의 본능이 치밀어 올랐다. 머리부터 발끝까지 찌르르 전해지
는 소름이 느껴졌다.

'이놈, 위험하다.'

이라고 그의 본능이 말하고 있다. 적요남정을 만났을 때와
같은, 아니, 그보다 더 강렬한 기운이 느껴졌다.

'한동안 무림공적으로 쫓기더니만 요놈의 감각이 이상해
졌나?'

본능대로라면 자신의 앞에 있는 사내는 무림 서열 십위보
다 더 강하다는 소리다. 그러나 그는 그런 사실을 믿을 수 없
었다. 겨우 이십대 중반 정도 되는 사내가 무림에서 열 손가
락 안에 들 수는 없다고 생각했다.

그것은 피똥 싸며 죽어라 무공 수련을 해왔던 자신이 가장
잘 알고 있었다.

"이름이 무엇인고?"

문득 호기심이 일어났다. 그 항구에서 가는 배는 해남도행
밖에 없으니 이 사내도 해남도로 가는 것일 게다.

하지만 악인들이 수두룩한 해남도다. 아무리 악인들이라
해도 먹고살아야 하니 상인들은 봐줄 수 있다고는 하나 이런
유약한 사내를 놓칠 리 없었다.

이 유약한 사내가 왜 해남도로 가는 것일까? 소지는 이 궁
금증을 속으로 삭였다. 그가 원하는 답은 조금 뒤 해남도에
도착하면 알 수 있을 것이다.

"진산이라고 합니다."

소지의 물음에 사내가 미소를 지으며 대답했다. 정말 순하고도 착한, 그런 미소였다.

그 미소에 살수의 본능이 비명을 지르고 있었다.

＊　　　＊　　　＊

해남도는 중원에서 생각하는 것보다 훨씬 큰 섬이다.

먼저 네 개의 항구가 있다. 동서남북으로 나뉜 항구들인데 각각이 맡고 있는 임무가 달랐다.

동쪽의 경우는 동이족과의 거래를 트기 위한 곳이었다. 동쪽의 민족들은 그 수가 많지 않았지만, 그들이 만든 자기들은 중원에서도 비싼 값에 팔리는 특등품이었다.

서쪽의 항구는 서장을 비롯한 서대륙의 교역을 담당한다. 그들은 자원이 풍부했다. 그에 비해 물품이 부족하여 싼값에 좋은 물건들을 얻을 수 있는 곳이다.

남쪽 항구는 군항이다. 해남도 근처에는 수많은 섬이 존재한다. 그곳에도 제법 사람이 사는데 남쪽 항구는 그들과 대적하기 위해 존재했다. 지금은 관리의 목적으로 더 쓰는 곳이 되었다.

북쪽 항구는 중원과 교류를 가지는 항구이다. 가장 크게 성황한 곳으로 언제나 사람이 북적이는 곳이기도 했다.

쿠웅!

묵직한 소리가 들리며 배가 북쪽 항구에 도착했다. 배가 쾌속선이 아니라 그런지 해남도까지 이르는 데 이틀이나 걸렸다. 해가 뉘엿뉘엿 져가는 것이 보였다.

소지는 물건을 나르거나 배의 일을 돕는 것으로 뱃삯을 대신했다. 또 배에서 만난 진산과의 사이도 제법 가까워질 수 있었다.

'하지만 놀라워. 그의 나이가 삼십대 중반이라니…….'

그의 얼굴이 아무리 봐도 스물다섯이 넘어 보이지 않으니, 열 살은 동안이었다.

배에서 내린 두 사람은 먼저 진산의 집으로 향했다. 소지가 해남도에 연이 없어 머물 곳이 마땅치 않았던 것이다. 약해 보이는 진산이 어떻게 해남도에서 살고 있는지는 의문이지만.

"여기서 그다지 멀지 않아요. 제 집은 바닷가에 있거든요."

그의 말대로 항구에서 해안가를 따라 반 시진 정도 걸어가니 작은 집 한 채가 눈에 들어왔다. 절벽 위에 아슬아슬하게 세워진 초가집은 당장에라도 무너질 것만 같았다.

"저기서 자다가 집째로 날아가는 거 아냐?"

소지는 작게 중얼거리며 좀 더 집 주위를 살펴보았다. 처음에는 몰랐는데 가까이 보니 절벽이 매끄럽게 다져져 있었던 것이다. 마치 곱게 펴진 철판을 보는 듯한 절벽은 인간의 힘으로는 불가능할 법한 것이었다.

곧 진산의 집 앞에 도착할 수 있었다. 집은 멀리서 봤던 것보다 더 초라했다. 집에 대한 문외한이 만들어놓은 티가 났다.

"안으로 들어오세요."

진산의 부름에 소지는 집 안으로 들어섰다. 작은 집 안에는 가구들이 몇 개 없었다. 심지어 식기들까지 없는 것으로 보아 이곳은 그야말로 잠만 자는 곳인 듯했다.

소지의 시선을 느꼈는지 진산은 멋쩍은 듯 웃으며 머리를 긁적였다.

"하하, 집이 초라하죠? 제법 힘들더라고요."

"뭐, 이 정도면 추, 충분히 좋다네. 경치도 아름답고 말이지. 하하……."

소지는 어색하게 웃으며 대답했다. 소지는 노숙하는 것보다는 훨씬 낫다고 자위하며 잠을 청했다.

아침에 일어난 소지는 아직 다 치료되지 않은 내상을 치료하기 위해 운기조식에 들어갔다. 몇몇 혈도가 크게 다친 것을 보아 이틀 정도는 요양해야 할 것 같았다.

'빌어먹을! 이번 일은 하는 것이 아닌데…….'

소지는 어떤 살행에도 자신이 있었다. 하지만 아무리 그가 천하제일살수라 해도 건드리지 말아야 할 존재들이 있다.

바로 동의맹(東義盟)과 은서각(隱西閣)이다.

동의맹은 소림, 무당을 포함한 정파를 대표하는 사대문파와 천하제일방인 개방, 그 외 남궁, 제갈 등 다섯 개의 세가가 뭉친 세력이다. 그들은 정의를 표방하고 있으며 스스로가 정의맹(正意盟)이라 부르는 존재들이다.

은서각의 경우는 공동, 청성을 포함한 정파 네 개 문파와 마도의 절대군주 마교가 공존하는 곳이다. 그 밖에 녹림칠십이채와 장강수로채, 하오문을 비롯한 사파들이 모인 사파연합이 한데 모여 있다. 사파와 마도의 밀도가 높아서인지 동의맹에 비해 제 몸을 많이 숨기는 단체이다.

'그 염가 놈을 죽이지 말았어야 했어.'

일의 발단은 조그맣다. 동의맹에는 검각(劍閣)이 있듯 은서각에는 도림(刀林)이 있다. 이들 세력은 비록 크지는 않지만 고수가 많아 제법 인지도가 있는 단체들이다.

소지가 죽인 염가 놈은 그중 검각의 인물이었다. 그는 검각에서도 서열 삼십위 안에 드는 고수다. 성품도 곧아 그에게는 친구가 많았다. 하지만 그가 죽을죄가 있다면 마누라를 잘못 선택한 탓일 게다.

염가 놈의 부인은 바람기가 심한 여자다. 남편인 염가 놈 몰래 몇 번이나 다른 남자들과 만났고 이제는 그 사실이 들통

날 지경에 이르자 망설임없이 소지를 고용한 것이다.

소지는 천하제일의 살수다. 염가 놈이 아무리 날고 긴다고 해봤자 검각의 일개 고수일 뿐, 그에게는 하등 문제 될 것이 없었다.

그녀는 돈도 많이 준다고 했다. 천하제일이든 천하제만이든 살수는 돈으로 움직이는 법이다. 소지는 그녀의 의뢰에 따라 염가 놈을 죽였다.

하지만 일은 염가 부인에게서 수료금을 받는 데서부터 틀어졌다. 그녀는 자신이 한 의뢰를 극구 부인하고 오히려 소지가 개인적인 원한으로 염가를 죽인 것이라 몰아세웠다. 의뢰인 잘 둔 덕에 소지는 검각의 원수가 되어버렸다.

그 후 뒤쫓아오는 검각의 무사들과 염가 놈과 친분이 있던 문파들의 무사들을 보는 족족 죽였다.

그렇게 자신을 추살하려는 이들을 죽이다 보니 어느새 무림공적이 되고야 말았다.

"휴우―"

운기조식을 마친 소지는 자리에서 일어났다. 내상이 어느 정도 치료가 되자 기분이 좋아졌다.

그는 집을 나서 주위를 둘러보았다. 진산을 찾기 위함이었다. 하지만 진산은 어디에 있는지 그 모습을 볼 수 없었다.

"어디 갔나?"

소지는 다시 집 안으로 들어갔다. 자세히 보니 자신이 운기조식을 했던 곳 근처에 작은 쪽지가 하나 떨어져 있었다.

　소지는 그것이 진산이 남긴 것이라는 사실을 인지하고 펼쳐 보았다.

　일이 생겨 먼저 나갑니다. 식사는 탁자 위에 있는 철전으로 해결하시면 되십니다. 항구 근처에서 잡수셔도 좋겠지만, 길을 따라 내륙으로 조금 더 들어가시면 좀 더 싸고 맛있는 곳에서 식사를 하실 수 있을 것입니다. 참고하세요.

　"흘흘, 기특한 녀석."

　소지는 탁자 위에 있는 철전을 집어 들고 집을 나섰다. 마침 그는 배가 고팠다.

＊　　　＊　　　＊

　해남도의 북쪽 항구에서 길을 따라 조금만 더 남쪽으로 가면 섬 유일의 문파인 해남파를 볼 수 있다.

　해남파는 중원에서 생각하는 것보다 훨씬 큰 문파다. 그리고 겨우 오 년 만에 해남도를 발아래 둘 정도로 강한 무력을 가지고 있기도 하다.

　중원인들은 이 사실에 대해 섬의 크기만 생각하고 비웃는다. 하나 해남도에 중원을 포함한 각지에서 온 마두들이 모인다는 사실을 생각한다면 결코 쉬운 일이 아니었다.

중원과는 고수의 밀도가 전혀 달랐다. 해남파에 든 무인들은 고수 아닌 자가 없다. 어떤 문파라도 당장에 장로가 될 힘을 가진 이들이란 소리다.

그래서 섬사람들은 어려서부터 무공을 익힌다. 그들은 생존을 위해 강해질 수밖에 없는 것이다.

평화로운 중원과는 그 배경이 달랐다.

중원에는 삼왕오악일성이 있다고 한다. 그들의 무공은 하늘에 이르렀다고 하며, 몇십 년간 그들은 중원무림의 하늘이었다.

해남도에도 한 명의 절세고수가 있다.

악귀(惡鬼).

해남도에서 그의 존재는 공포다. 시커먼 갑주와 피에 전 검붉은 칼을 든 자. 수많은 악인들이, 고수들이 그와 겨루었다. 그러나 그 누구도 살아남지 못했다.

실제로 해남파가 강성해진 이유는 이 악귀라는 존재가 문파에 들어선 뒤다. 상상을 초월하는 무공과 악랄한 수법들. 해남도의 악인들은 치를 떨었다. 그리고 살기 위해 스스로가 해남도에 들어가는 수밖에 없었다.

겨우 오 년이었다. 악귀가 해남파에 들어간 뒤로 말이다.

"지금쯤 일어나셨겠지?"

소지가 운기조식을 마쳤을 무렵, 진산은 해남파를 향해 발걸음을 옮기고 있었다. 십 리는 족히 넘는 거리지만 경공을 펼치진 않았다. 괜히 기력을 낭비할 필요가 없다는 것이 그의 생각이었다.

조금 걷자 그의 시선에 낡은 현판이 들어왔다.

海南派.

작고 낡은 현판 하나가 거대한 문에 힘없이 걸려 있었다. 해남파의 현판은 그 웅장한 건물들에 비해 매우 검소했다. 이는 과거 해남파가 약소문파였을 때 썼던 것을 그대로 걸어두었기 때문이다. 대부분의 문도들은 그 이유를 알지 못하지만 그만은 알고 있었다.

약자였던 그 시절을 문주는 잊지 못하고 있는 것이다.

현판 너머로 보이는 건물들은 그런 검소한 현판과는 다르게 몇 번이나 중축해 만들어 그 끝이 보이지 않았다. 그들은 그것으로 자신의 거대함을 알렸다.

그 거대한 장벽 위를 뚫고 나온 칼날처럼 날카로운 끝을 가진 적각들이 눈에 들어왔다.

방명록을 정리하던 사내가 진산을 발견하고 자리에서 벌떡 일어났다.

"아, 안녕하십니까!"

진산을 바라보는 그의 눈에는 공포가 가득 차 있었다. 당장이라도 터질 것만 같은 눈망울, 사내는 겁에 질려 있었다.

피식! 그를 본 진산의 입가가 비틀린다. 소지에게 보여준 미소와는 질적으로 다른 것이었다. 사내의 고개가 더욱 숙여졌다. 그러나 다시 올라가진 않는다. 진산과 눈을 마주치는 것조차 꺼려하고 있었다.

"수고."

다른 이들과 조금도 다를 바 없는 인사다. 그러나 그 속에 담긴 스산한 살기는 사내의 피를 차갑게 만들었다.

진산은 해남파 안으로 들어섰다. 소박한 현판과는 어울리지 않는 건물들이 문 안을 메우고 있었다. 높은 전각들이 하늘을 찌른다. 전각의 수가 수십이다. 마치 그것은 거대한 숲에 놓인 듯한 기분을 주었다.

그사이 건물 하나가 길게 몸을 편 채 누워 있다. 해남파에 존재하는 단 하나뿐인 궁전이었다.

진산은 그곳으로 향했다. 그곳이 그가 갈 곳, 문주가 있는 곳이다.

"……!"

"……!"

무림문파답게 해남파 내부는 떠들썩했다. 그러나 진산의 가는 길에는 침묵만이 감돌았다.

그것은 그의 존재가 주는 무게였다.

해남파는 해남도의 수많은 문파들을 제거, 흡수하였다. 그

때 선봉에 선 것은 겨우 다섯 명의 대락조원과 그 조장인 악귀뿐이다. 그러나 사 년 뒤, 해남파를 위협할 적이 사라지자 동시에 악귀 또한 사라졌다.

다른 문파들의 사람들을 품 안에 넣으려니 문제가 적지 않았다. 그리고 시간이 지날수록 그것이 심회되어 자칫 해남파가 쪼개질 상황이었다.

그 무렵 그가 등장했다.

해남파의 수많은 고수들이 숙청이라는 이름으로 잔인하게 죽어갔다. 그는 상대를 가리지 않았다. 그는 교활하고 난폭했다.

진산이 궁전에 다다르자 문 앞에서 서 있던 사내가 다가왔다. 문주의 호위무사다.

"문주님이 기다리십니다."

문주의 호위무사가 심히 떨며 말했다. 진산은 대답 대신 호위무사의 뒤를 따랐다.

접객실에 다다르자 호위무사는 읍을 하고는 다시 자신의 자리로 돌아갔다. 진산은 접객실의 문을 열었다. 안으로 들어가자 기다렸다는 듯이 노년의 사내가 다가왔다.

"오랜만이군."

노인은 미소를 지었다. 진산의 미소가 살가운 것이라면 노인의 것은 인자함이었다. 그리고 그 속에 담긴 것 또한 저마다 달랐다.

진산이 진득한 살기를 담은 반면, 노인의 미소는 음흉했다.

"반년 만인가요?"

"그러네, 육 개월 만이지."

노인은 허허 웃으며 대답했다.

"단도직입적으로 이야기해도 되겠습니까?"

"그래, 해보게."

노인은 여전히 미소를 지우지 않았다. 그것은 진산 역시 다르지 않았다. 둘 다 웃으며 이야기를 나누고 있었다.

어느 순간 진산은 웃지 않았다. 그리고 입을 열었다.

"문주, 더 이상 절 방해하지 말아주셨으면 합니다."

그가 이렇게 중원을 열망하는 것은 그의 형이 중원에 있기 때문이었다.

이유는 단지 그것뿐만이 아니었다. 반년 전, 형이 실종되었다는 서찰 하나가 해남도로 날아왔다. 진산은 서찰을 읽는 즉시 자리에서 일어나 뛰쳐나갔다.

그것을 지금 눈앞에 있는 노인이, 문주가 막았다.

"방해?"

"예, 왜 저를 막으시는 겁니까?"

진산의 목소리가 조금씩 커지기 시작했다. 그의 감정이 점차 고조되어 갔다.

하나뿐인 가족, 철이 들었을 때 그에게는 형뿐이었다. 그런 그가 사라졌다. 진산은 필사적이었다. 문주가 막은 이유는 해남파의 내분이었다.

"문주님이 내준 일은 모두 해결했습니다."

불과 반년. 그는 문주의 명에 따라 해남파 속에서 불거져 나오는 모든 소란을 진압했다, 그것이 비록 비인륜적이지만.

문주는 침묵했다. 그 역시 며칠 전 진산이 해남도를 떠난 사실을 알고 있었다, 그리고 어젯밤 다시 돌아왔다는 사실도. 하지만 문주는 그를 방해하지 않았다.

'하나 그가 그 사실을 믿어줄까?

아니, 그가 갑자기 돌아온 이유조차 모른다. 자신이 방해했다고는 하지만 과연 그랬는가? 그런 일은 불가능했다. 이미 떠난 사람을 잡을 정도로 문주는 강한 자가 아니었다. 그를 따르는 해남파의 문도들 중 그를 잡을 정도로 강한 자는 없었다.

그가 떠나려고 마음을 먹으면 언제라도 떠날 수 있다. 다만, 반년 전에는 해남파의 사정이 좋지 않았기에 그를 설득하고 막을 수 있었던 것뿐이다.

"문주님이 보낸 무사들이 나를 막을 수 있을 거라 생각했습니까?"

진산은 광동성에서 만날 수 있었다. 문주가 보낸 이백여 명의 무인들. 그들 개개인의 수준은 일류급이었다.

하나 그는 강했다. 그리고 진산의 검에는 용서란 없다. 이백의 무사 모두가 머리가 잘리고 심장이 꿰뚫린 채 죽어가야만 했다.

"내가 한 일이 아니라고 하면…… 믿겠는가?"

진산의 살기를 버티지 못하고 결국 문주가 입을 열었다.

"믿습니다, 제가 납득할 만한 이유가 있다면."

"그래? 그나마 다행이군."

문주는 작게 한숨을 토해냈다. 기회가 생겼다. 산전수전 다 겪은 문주에게는 그 정도만의 틈이면 충분하다. 같이 생활해 왔던 오 년간의 세월. 그 시간은 진산이라는 사내를 파악하기에는 충분한 시간이었다.

"먼저 묻겠네. 자네가 다시 해남파로 돌아온 이유는?"

"광동성에서 호남성을 넘던 중 무사들이 공격해 왔습니다."

"그 수는?"

"방금 전에도 말했듯이 이백 명 정도였습니다. 세지는 못했지만 그 정도는 될 겁니다. 천라지망이라도 펼치셨나요? 끊임없이 쏟아져 나오더군요."

진산은 지친 듯이 대답했다. 그러나 문주는 그 상황이 눈에 보일 듯 선명했다. 아마 그들은 진산의 옷깃 하나 손대지 못했을 것이다. 사실 그러했고.

문주는 곰곰이 생각하다가 무언가 떠오른 듯 진산을 향해 입을 열었다.

"해남파에서 내가 명령을 내린다고 해서 네게 덤빌 녀석이 있을까?”

“수가 이백이에요. 그 정도면 상대할 수 있겠다고 생각했 겠죠.”

진산은 퉁명스럽게 대답했다. 이백의 일류무사들은 제법 잘나가는 중소문파 하나와 필적한다. 단 한 명을 상대하기에 는 너무 과했다.

그의 말에 문주가 다시 물었다.

“정말 그렇다고 생각하나?”

“…….”

진산은 입을 다물었다. 해남도에서 감히 그를 상대로 대적 할 존재 따윈 없다.

그리고 능구렁이 같은 문주라면 좀 더 수월한 방법을 쓸 것 이다. 그 밖에 처리할 수 없는 일을 만들거나 하는 등의 것들 로 말이다.

“…문주님이라면 쓸데없이 부하의 피를 흘리게 만들지는 않겠죠.”

“알아주니 고맙구먼.”

문주가 가슴을 쓸어내리며 대답했다.

진산과 문주의 관계는 형식상 상하 관계일 뿐, 진산이 조금 만 마음을 바꾸면 언제든지 뒤집어질 수 있었다. 진산이 남의 위에 서는 것 자체를 좋아하지 않기에 문주가 위에 있을 뿐이 었다.

그리고 뒤집을 때 진산은 결코 문주를 살려두지 않을 것이다. 그것은 그 누구보다 문주 자신이 가장 잘 알고 있다.

'뒤처리가 깔끔한 놈이니.'

무림문파에서 자신보다 강한 수하란 그런 존재다. 언제 자신을 공격해 올지 모르는 존재…….

진산은 고개를 푹 숙인 채 중얼거렸다.

"그럼 누가 저를 노렸을까요? 설마 형의 실종과 관련된 무리가!"

사실 그들이 천소지를 잡기 위해 달려온 무사들이라는 것을 그는 모르고 있었다.

그리고 먼저 공격한 것은 그들을 문주가 보낸 해남파의 무사들이라고 생각한 진산이었다는 사실을…… 그가 기억할 리 없었다.

진산이 고개를 들어 문주를 바라보았다. 문주의 나이는 이미 칠십여 세를 넘어섰다. 그리고 오랜 시간 약소문파의 문주로서 있었다. 이름도 없는 문파를 당당히 해남도의 유일문파로 만든 것은 진산이었지만, 그전까지 유지한 자는 바로 문주였다.

문주라면 무언가 방법이 있어 보였다.

"그건, 이제부터 자네가 알아봐야 할 일이겠지."

문주는 작은 패(佩)를 꺼내 진산에게 건넸다.

흑철로 만들어진 듯 거무튀튀한 색채에 해남파라고 쓰여

있었다. 패의 뒷면에는 번참(繁斬)라고 음각되어 있는 것을
볼 수 있었다.

진산의 표정이 묘하게 찌푸려졌다. 뒤에 '번참'이라 쓰인
것이 눈에 거슬린 것이다.

"무수히 베어내다? 이런 별호는 처음 듣습니다만."

"그럼 해남도에서 부르는 대로 써줄까?"

"……."

문주의 말에 진산이 입을 굳게 다물었다. 사실 그에겐 변변
한 별호 하나 없었다. 그리고 번참이라는 것도 그다지 나쁘지
않은 것 같았다. 자신의 무공과 흡사한 면도 있으니 말이다.

그는 패를 품속에 넣었다. 쇠 특유의 서늘함이 가슴께에서
느껴졌다.

"감사합니다."

문주의 배려가 새삼 고마웠다.

*　　　*　　　*

소지는 무척이나 기분이 좋았다.

거기에는 세 가지 이유가 있었다.

첫째, 해남도가 생각보다 의외로 살기 좋은 곳이란 것이다.
먼저 산과 바다가 잘 어우러져 경치가 좋은 곳이었다. 그리고
길은 중원의 어지간한 성도만큼 잘 닦여 있었다.

해남도는 마두들만 있다는 소문이 자자한 곳이다. 언제나 피가 강처럼 흐르고 시체가 산처럼 쌓여 있을 것이라 생각했다.

그러나 그런 그의 생각과는 달리 해남도는 치안이 매우 잘 되어 있었다. 심지어 그 흔한 소매치기 하나 보이지 않을 정도였다.

둘째, 오늘따라 일진이 끝내줬다는 사실이다. 소지는 진산이 준 철전을 들고 객잔으로 가는 대신 도박장에 들렀다. 그는 숨겨둔 돈이 많았다. 대부분이 사람 죽여서 번 돈이다. 많이는 벌었는데 쓸 데가 없었다. 돈을 쌓기만 해서는 의미가 없다. 많은 돈을 즐겁고 빨리 쓰는 법은 도박을 하는 것이었다. 게다가 그는 도벽이 조금 있었다. 언젠가부터는 도박을 하기 위해 사람을 죽이게 되었다.

평소에는 운이 지지리도 없는 그였다. 언제나 잃었다. 물론 그때는 돈이 많았기 때문에 그가 잃은 돈은 티도 나지 않았다. 그러나 지금은 상황이 달랐다. 그가 쥔 돈은 철전 몇 개, 그것도 아침과 점심의 식사 몫이었다.

그는 난생처음 필사적으로 도박했다. 그러다 보니 철전이 어느 순간 은자가 되어 있었다.

마지막으로 그는 마음에 드는 도를 본 것이다. 그는 살수임과 동시에 무인이다. 하루라도 자신의 손에 도가 없으면 불안했다. 그리고 저번에 도망치느라 자신의 애도를 버렸다. 그래서 지금 그에게는 무기가 없었다. 그러던 중 무인의 허리춤에 걸린 도가 눈에 들어왔다.

해남도의 무인을 보는 것은 처음이었다. 노란 장삼에 등에 해룡(海龍)이라 쓰여 있는 것을 보니 해남파의 일개 조직 같았다. 그의 허리춤에 걸린 도는 일개 파락호가 찰 만한 것이 아니었다.

소지는 강호 서열 열다섯 안에 드는 고수다. 무기가 없다 해서 싸울 수 없다는 것은 아니다. 하지만 무기는 필요했다. 권장만으로 같은 수준의 고수를 상대할 수는 없었다.

웃기게도 이곳에는 변변한 대장간 하나 없었다. 무인이라 불리는 자들은 모두 해남파 소속이다 보니, 마을에 있는 대장 간에서 만드는 것은 간단한 농기구 정도였다.

투덜거리며 대장간을 둘러보던 와중에 소지는 제법 마음 에 드는 도를 보았다. 조금 자세히 보니 전에 쓰던 것과 거의 양식이 비슷했다.

욕심이 났다.

녀석은 약해 보였다. 아니, 한가락 할 듯 보이기는 했지만 중원서열 십오위 안에 드는 자신의 상대는 안 될 것 같았다.

"어이, 이봐!"

소지가 무사의 앞을 가로막으며 외쳤다. 무사는 걸음을 멈 췄다.

소지는 외칠 때 내공을 조금 실었다. 이제 앞에 있는 무사는 자신의 실력에 놀라 벌벌 떨 것이다. 도를 냅다 바치고 도 망칠 것이다. 해남파에 이를지도 모른다. 그러나 그때는 이미 자신은 세외로 도망갔을 것이다.

그의 계획은 처음부터 잘못되었다. 해남파에서 등에 '해 룡' 이라 붙은 옷을 입은 자는 해룡단(海龍團) 외에는 없었다. 해룡단은 해남파의 무력 부대 중 하나다. 그것도 해남파를 상 징하는 해 자와 강함을 상징하는 용 자가 붙을 정도로 강한 무력 부대다. 해룡단의 무력은 해남파 안에서 이, 삼위를 다 툴 정도로 강하다.

물론, 일위는 대락조였다.

어쨌든 무사는 강했다. 해남파에서 이, 삼위를 다투는 무력 조직이니 무서울 것이 없었다. 그는 자신 앞에 나타난 소지를 보았다.

큰 덩치에 험악한 얼굴. 한가락 하는 무공을 익힌 듯싶었지 만, 그에게는 파락호 이상으로 보이지 않았다.

"뭐냐?"

무사는 조금도 동요하지 않고 소지를 노려보았다. 자신은 해룡단원이었다. 그것도 그냥 단원이 아닌 부단장이었다. 그 들 중에서 이, 삼위를 다투는 무력 부대에서 부단장을 딱지치 기로 된 것이 아니다.

무사는, 아니, 해룡단의 부단장은 강했다.

'그냥 뺏을까? 아니면 몇 대 쥐어박을까? 대로변에서 죽일

수는 없겠지……. 무사니까 그냥 뺏기지는 않을 테고 죽고 싶을 정도로 패는 게 낫겠어.'

마음을 먹은 소지는 부단장 앞으로 한 걸음 다가섰다.

"야, 조용히 따라와라."

"하?"

부단장은 자신의 앞에 있는 사내가 미친 것이 아닌가 생각했다. 해남도에서 감히 자신에게 이런 태도를 보이는 자는 없지…… 는 않았지만, 드물었다. 그러나 드문 사람 중에 소지는 끼지 않았다.

몇 번 밟아줄 생각이었다. 마침 소지가 으슥한 골목으로 가는 것이 보였다. 그는 주위를 둘러보았다. 사람들이 그들을 주시하고 있었다.

부단장은 소지의 뒤를 따라갔다. 한번 죽도록 팰 생각이었다.

소지도 뒤따라오는 부단장을 보았다. 주위를 두리번거리는 것을 보니 자신의 기세에 겁먹은 것 같았다. 일이 쉽게 풀릴 것 같았다.

두 사람이 서로 다른 생각을 가지고 같은 곳으로 향했다.

그날따라 소지는 운이 있었다.

진산은 해남파를 나오면서 계속 품속에 있는 작은 패를 만지작거렸다. 서늘한 감촉이 이제는 따스하게 바뀌었지만, 기분은 여전히 좋았다.

문주는 사람을 다룰 줄 아는 사람이다. 자신의 마음에 쏙 드는 것을 준비해 주었다.

'아! 천 형이 이 부근에서 점심을 먹고 있지 않을까?

해남파를 나오고 조금 걸으면 그가 말해준 거리가 나온다. 진산은 그곳으로 발걸음을 옮겼다. 이곳에는 제법 먹을 만한 객잔이 많았다. 이곳 무사들을 위한 객잔도 있었고 해남파에 오는 외부인들을 위한 객잔도 많았다.

진산은 외부인이 자주 다니는, 그럴싸한 가게로 걸어갔다. 소지의 성격으로 이런 곳에 들어갈 것이 틀림없었다. 돈이 적어 비싼 음식을 먹진 못하겠지만 말이다.

우당탕탕!!

그렇게 발걸음을 옮길 때 어둠 속에서 무언가 굴러왔다. 진산은 인상을 찌푸리며 그 무언가를 자세히 보았다.

암기는 아니다. 바위만 한 거대한 덩치를 가진 사람이었다. 그러나 얼마나 맞았는지 엉망이 되어 있었다. 검은 옷이 어디서 많이 본 것 같았다. 그를 조금 훑어보니 흉악한 얼굴이 드러났다.

그가 찾던 천소지였다.

진산의 시선이 어두운 골목으로 향했다. 어둡다고는 하지만 그의 눈에는 선명하게 보였다. 눈에 익었다. 해룡단의 부단장이었다. 자신과는 감히 눈조차 마주치지 않으려는 자였다. 강아지마냥 살살 기던 녀석이었다.

그런데 감히 자신의 손님으로 온 사람을 건드렸다? 진산의
입가가 작게 일그러졌다.

"너, 이리 와봐."

부단장은 조금 많이 짜증났었다. 어디서 굴러온 개인지 모
를 것이 자신에게 엉겨댔다. 그리고 자신의 도를 노렸다. 그
래서 조금 손을 봐줬다. 덕분에 짜증이 조금 풀렸다. 마지막
이라 생각하고 있는 힘껏 뻥 찼다. 아마 녀석의 내장은 엉망
으로 뭉개졌을 것이다.

녀석이 굴러 누군가 앞에 멈췄다. 유약해 보이는 청년이었
다. 그런데 그가 그 녀석을 아는 것 같았다. 부단장은 조금 더
힘을 써볼 생각이었다. 그 청년도 같이 손볼 생각으로 앞으로
나섰다.

"어라?"

청년을 자세히 보니 눈에 익었다. 아니, 눈에 익은 것이 아
니라 눈에 틀어박힐 정도로 외운 존재였다.

앞으로 나서던 부단장의 발걸음이 그대로 굳었다. 발등에
말뚝이라도 박은 것처럼 움직일 수 없었다. 청년은 자신을 함
부로 굴릴 수 있는 '드문 존재' 중 하나였다, 그것도 최악의.

"이리 안 오냐?"

진산의 입에서 낮은 중저음의 목소리가 나왔다.

부단장이 잽싸게 튀어나갔다. 그는 겨우 몇 걸음을 위해 자신이 펼칠 수 있는 최고의 신법을 발휘했다.

그는 지난 반년간, 사 년이나 함께 싸워왔던 동지들을 아주 가볍게 죽인 사람이었다. 물론, 그들은 죽어도 싼 녀석들이었다. 하지만 조금의 인정도 없었고, 그 방법은 잔인하기 그지없는 것들이었다.

해남파에서 그의 존재는 귀신, 그 자체였다.

아무리 그가 해룡단의 부단장이라도 그 앞에서는 길 수밖에 없었다.

"부르셨습니까?"

부단장은 잽싸게 진산 앞에 부복했다. 진산의 성격 더러운 거 하루 이틀 겪는 것이 아니었다.

"야, 네가 천 형을 이렇게 만들었냐?"

진산이 소지를 가리키며 물었다. 부단장의 얼굴이 핼쑥해졌다. 천 형이라니! 그것은 자신이 아는 진산의 입에서 나올 단어가 아니었다. 자신보다 나이 많다고 존대할 인간이 아니었다. 애초에 그런 성격이었다면 자신이 이렇게 길 이유도 없다.

부단장은 저도 모르게 고개를 저었다.

사실 굳이 부단장이 거짓말을 할 필요는 없었다. 진산이 숙청을 조금 많이 했고 그 과정이 잔인하기는 하지만, 자기편을 사소한 이유로 때려죽이지는 않는다.

그러나 그것이 진산이 아는 사람이라면 사정은 달라진다. 그것은 매우 심각한 상황이다. 몰랐다고 해서 봐준다면 그간 죽어간 녀석들이 매우 아쉬워할 것 같았다.

'씨발! 먼저 간 전 부단장 새끼가 부르는 거 아냐?'

자신에게 온갖 욕이며 저주를 퍼붓던 것이 생각이 났다. 그 빌어먹을 자식의 머리가 눈앞의 사내의 검에 날아갔다. 자신이라고 날아가지 말라는 법 없었다.

"거짓말하면 죽습니다."

"으헉!"

진산이 정색하고 말했다. 갑작스런 존대에 부단장이 털썩 주저앉았다. 사실 소지가 의식을 차린 것을 안 진산이 조금 말투를 고친 것뿐이다. 부단장 정도 되는 고수를 함부로 다루면 된통 당한 그에게도 나쁜 의미로 보일 것 같아서였다.

하지만 부단장에게는 그것이 새로운 협박으로 느껴졌다.

부단장이 잽싸게 진산의 바짓가랑이를 부여잡았다.

"제, 제발! 살려주십시오. 제가 알았다면 감히 대인의 형님을 건드렸겠습니까? 제발, 제발! 제발!! 한 번만 용서해 주십시오!"

고수의 체면은 이미 온데간데없었다. 중원의 정파라면 명예를 중시하여 죽더라도 그런 태도를 보이지 않았겠지만, 해남도는 달랐다. 그들이 강해진 이유가 생존을 위해서다. 간신히 살아남아 해남도에서 제법 인정받는 지위에 올랐는데 죽을 위기에 처했다. 죽고 싶지 않았다. 반드시 살고 싶었다.

진산의 인상이 조금 찌푸려졌다. 천 형이라고 부르긴 했지만, 그것은 엄연히 예의상이다. 그에게는 형은 진천 하나뿐이다. 기분이 나빴다. 하지만 소지 앞에서 함부로 사람을 죽여선 안 된다. 그에게 되도록 좋은 모습을 보여야만 했다.

중원으로 나가려면 아무래도 안내자가 필요했다. 아무것도 모르는 자신이 중원에서 어떤 일을 벌일지 두려웠다. 싸우는 것은 문제가 아니나 그렇게 되면 형을 찾는 데 애로 사항이 아주 제대로 꽃필 것이다.

그것만큼은 사양이었다. 그래서 소지가 필요하다. 모습을 보기에 쫓기느라 제법 빨빨거렸을 것 같다. 지리 정보 하나만은 제법 쓸 만할 것 같았다. 덤으로 세력에 대해 자세히 알고 있으면 더 좋을 것 같다.

어쨌든 소지는 그런 사람이다. 잘 보여야 유용하게 쓸 수 있는 자다.

“한 번. 딱 한 번만 봐줄게요. 되도록 싸가지 고치고 사람 좀 되세요. 제 말 잘 들어주시길 바랍니다. 아니면 진짜 죽습니다.”

‘어라?

소지는 지금 땅에 누운 채 귀를 기울였다. 그는 진산을 만만하게 봤다. 일단 무공을 익힌 거 같지도 않았고, 익혀봐야 자신보다 강할 것 같지 않았다. 비리비리한 그의 신체가 거기에 한몫을 했다.

겉만 보면 무지 약해 보였다. 그런데 적요남정쯤 되는 실력을 가진 놈이 그의 바짓가랑이를 잡고 늘어지고 있었다.

'무언가 있다!'

소지는 슬며시 눈을 떴다. 여전히 약해 보인다. 그는 슬쩍 밀면 죽어버릴 것 같다. 그런데 자신보다 고수가 그 앞에서 빌빌거리고 있었다.

소지는 한 번 더 생각해 보기로 했다. 조금 더 생각하니 이유는 명확해졌다.

진산도 해남파에서 일하는 것 같았다. 해룡이라 써 붙인 녀석도 해남파 사람이다. 그렇다면 진산은 그의 상관이다. 문파란 것이 꼭 고수라고 고위직에 있으란 법이 없었다. 고수인데 머리 나쁘면 고위직을 받기 힘들다. 그러나 머리가 뛰어나면 문주가 옆에 끼고 산다.

물론 고수도 곁에 끼고 살지만 그래 봐야 호위무사지, 그것이 군사보다 높을 수 없었다.

소지는 진산이 머리가 좋아서 그보다 상관이 되었다고 생각했다. 자세히 들어보니 진산은 그에게 죽이니 어쩌니 해도 존댓말을 하고 있었다.

"감사합니다!"

부단장이 정중히 인사를 하고 냅다 튀어버렸다. 진산이 언제 마음 바뀔지 모르는 일이었다. 그는 평소에 안 썼던 신공을 오늘만 두 번이나 썼다. 아마 해남파에 돌아갔을 때는 내상 좀 입었으리라.

진산은 부단장이 사라지자 소지를 들어 업었다. 그가 깨어 있다는 사실을 알았지만, 그가 일어나지 않는데 억지로 일으킬 수는 없었다. 그렇다고 두고 갈 수는 더더욱 없었으니 어쩔 수 없이 업고 가야만 했다.

그러나 문제가 있었으니 소지의 키는 진산보다 머리 두 개 정도도 더 크다. 진산도 작지 않은 키였지만, 소지의 키가 너무 컸다.

진산이 소지를 업고 가자 그의 다리가 질질 끌렸다.

진산은 소지를 집에 두고 다시 해남파로 발걸음을 옮겼다. 여유를 가지고 천천히 움직였던 것과는 다른 걸음이었다. 그는 신법을 발휘했다. 그의 신형이 화살처럼 날아갔다.

해남파의 현판이 눈에 들어왔다. 그는 문이 열리는 것을 조금도 기다리지 않고 단숨에 해남파의 담을 뛰어넘었다.

"으헉!"

그가 문파 내에 들어오자 해남파의 무인들이 신음을 토했다. 진산은 그들이 예를 표할 때까지 기다리지 않았다. 조금도 망설임 없이 해룡단이 기거하는 숙소로 달려갔다.

그는 무지막지하게 빨랐다. 누구도 그를 막을 수도 쫓을 수도 없었다.

부단장은 자신의 방에 콕 틀어박혀 있었다. 진산의 심기를 거슬리게 했다는 사실이, 그러고도 자신의 목이 붙어 있다는 사실이 그는 실감나질 않았다.

그는 꿈에서 깨어나지 않은 기분으로 마음을 가다듬고 있었다.

콰쾅!

문짝이 박살 나며 누군가 뛰어들었다. 부단장은 고수였다. 그것도 중원에서 적요남정에 준할 정도로 강자였다. 그는 자신의 도를 뽑아 침입해 온 자를 경계했다.

그런 부단장의 눈에 누군가가 자세히 보였다. 유약해 보이는 사내였다. 겉으로 보면 무공도 별거 없어 보이는 자였다.

진산이었다.

"그래, 한판 붙어보자고?"

진산의 인상이 다시금 찌푸려졌다.

지금 여기 온 이유는 아까 전의 분이 덜 풀려서가 아니다. 중원으로 나갔을 때 소지를 통제할 수단이 필요한 것이었다.

진산 자신은 해남파의 사람이 아니면 되도록 좋은 인상을 보여주기 위해 노력했다. 과거에 형의 가르침도 있었고, 앞으로 중원에서 형을 찾기 위해서는 그런 모습을 연기할 필요가 있었다.

그러나 그렇게 되면 천소지는 해남도를 나가지 않을 것이다. 진산이 보기에 그는 쫓겨온 자다. 과거 해남파에 도망 온 이들은 죄인들이었다. 그것도 단순한 죄인이 아닌 무슨무슨 공적이라니, 역적이라는 굵직굵직한 이들이다. 다시는 자신의 고향 땅을 밟지 못할 사람들이었다.

아마 소지도 다시는 중원 땅을 밟을 수 없는 처지일 것이다.

그가 다시 중원에 가기 위해서는 강제적인 수단이 필요했다. 하지만 이미 천소지가 자신의 손님이라는 사실이 해남도에 퍼진 마당에 천소지를 겁줄 만한 사람은 부단장밖에 없었다.

"아, 아닙니다!"

그가 평생을 같이했던 애도를 거리낌없이 버렸다. 그것은 마누라와 같은 존재였지만, 자신의 생명까지는 아니었다.

진산은 앞으로 해야 할 일을 생각하고 인상을 풀었다. 그리고 부단장을 향해 단도직입적으로 말했다. 그는 이야기를 길게 끌고 싶은 생각이 없었다.

"너, 요즘 뭐 하나?"

"예?"

"뭐 하냐고! 노는 거 외에, 먹고 자는 거 외에 말이다."

"그것이……."

부단장은 당장 할 말이 없었다. 해룡단은 해남파에서도 제법 강하다고 쳐주는 무력 부대다. 그런데 지금 해남파에는 적이 없다. 불과 얼마 전까지만 해도 치열하게 싸웠던 그들이었지만 지금은 일이 없었다.

자연히 해룡단은 수련하는 것 외에는 딱히 일이 없었다. 일이 있다고 해도 그것은 단원 수준에서 처리되는 일이었다. 단장은 서류라도 처리하는 등 일이 제법 있었지만, 부단장은 그닥 할 일이 없었다.

"할 일 없지?"

"……."

진산의 물음에 부단장은 대답하지 못했다. 무슨 이유로 꼬투리를 잡힐지 몰랐다. 아무것도 하지 않고도 해남파에서 급여를 받는다면 진산이 가만히 있을 것 같지 않았다.

부단장이 대답을 하지 않자 진산이 다시 아미를 모았다. 그가 조금씩 화가 나고 있다는 사실을 눈치 챈 부단장이 잽싸게 입을 열었다.

"옛! 현재 아무 일도 없습니다!"

"그래?"

진산이 음흉한 미소를 지으며 다시 물었다. 부단장은 침을 꼴깍 삼키며 고개를 끄덕였다. 진산의 미소가 한없이 사악해 보였다.

"내가 이번에 중원으로 나갈 생각인데, 조금 쓸 만하다 싶은 녀석들은 다 바쁘더라고."

진산 밑에는 펑펑 놀고 있는 수하들이 다섯 명이 있다. 또 그들은 부단장에 비해 훨씬 고수였다. 그러나 그 사실을 부단장은 말할 수 없었다. 진산도 무서웠지만, 그 밑에 있는 녀석들도 만만치 않았기 때문이다.

사실 진산도 그들을 생각하지 않은 것은 아니다. 하지만 그들까지 데려가면 문주가 매우 섭섭해할 것 같았다. 또 자신이 빠져나가는 것도 반년이나 잡았는데 남은 대락조까지 빼가려 하면 다시 잡을 것 같았다.

그래서 중원엔 만만하고 소지를 통제할 수 있을 부단장을 데려가기로 마음먹었다.

"왜? 싫어?"

'당연합니다! 당신과 절대로 같이 가기 싫습니다!'

라는 생각은 입 밖으로 튀어나오지 않았다. 속으로 중얼거릴 뿐이다.

"아닙니다. 대락조장님과 함께한다면 어디라도 좋습니다!"

생각과는 전혀 다른 말이었다. 그러나 그의 머리보다는 입이 더욱 생존 본능이 투철했다. 언제나 생각대로 튀어나오지 않는 것을 부단장은 내심 감사하고 있다.

부단장의 대답에 진산은 빙그레 미소를 지었다. 중원으로 가기 위한 준비는 이만하면 됐다.

안내인과 시종. 그리고 여행 경비는 넘치도록 있었다.

"아! 그런데 어이하여 이렇게 급하게 오신 겁니까?"

자신의 방문을 박살 내며 온 이유가 궁금했다. 순간 적이라고도 착가할 정도로 무식한 방법이었다.

부단장은 내심 그것이 불만이었다. 수리하는 데 진산이 돈을 줄 것 같지 않았고, 수리하는 동안 자신은 여기서 생활할 수도 없었다. 그나마 고친다고 해도 그때쯤이면 자신은 이미 중원 땅을 밟고 있을 것이다.

"그러면 조금 더 말을 잘 들을 것 같아서 말이야. 네 몸을 패는 것보다 문 하나 부수는 것이 더 낫지 않겠어?"

진산은 부단장 눈앞에 불끈 주먹을 쥐고 흔들었다. 아니라면 당장이라도 팰 기세였다. 그의 주먹은 무척이나 매웠다.

부단장의 얼굴이 울상을 지으며 고개를 끄덕였다.

*　　　　*　　　　*

'이런, 이런…….'

소지는 불과 며칠 만에 다시 중원으로 나가야만 하는 상황을 맞이했다. 자신 앞에 정중히 고개를 숙이는 진산과 그 뒤에서 힘껏 눈을 부라리고 있는 부단장 녀석 때문이다.

그는 죽어도 중원으로 가기 싫었다. 중원에 놓고 온 재산이 상당했지만, 해변에서 눈을 부라리고 있을 적요남정을 생각하면 가슴 한구석이 서늘했다. 그것뿐만이라면 부단장이라는 녀석의 무공을 믿고 갈 수 있었겠지만, 그는 무림공적이다. 중원에서 자신을 노리는 자가 부지기수다.

"미안하네. 내 처지가……."

거절하려고 했다. 해남도에 남고 싶었다. 그러나 뒤에서 부라리는 두 눈동자가 두려웠다. 상사인 진산이 있을 때라면 몰라도 그가 중원으로 간다면 그는 당장이라도 자신을 쳐 죽일 것만 같았다.

등에서 식은땀이 흘렀다. 해남도는 섬이었다. 제법 컸지만, 도망갈 길은 몇 없었다. 그리고 해남도에서 저치는 제법 높은 곳에 있는 자 같았다. 진산보다는 밑이겠지만, 최소한 자신이 도망가는 것을 막을 힘은 있을 것 같았다.

중원에 가면 죽을지도 모른다. 하지만 해남도에 홀로 남으면 필히 죽는다.

"천 형, 해남도의 의원 중 성형을 할 줄 아는 이가 있습니다. 얼굴을 바꾸면 중원에서도 알아보는 자가 없을 것입니다."

인피면구와 성형은 전혀 다른 것이다. 인피면구는 얼굴에 덧씌우는 것이라면 성형은 얼굴을 완전히 바꾸는 것이다. 고수라 불릴 정도 되면 인피면구를 썼는지 안 썼는지 정도는 구분할 줄 안다. 그래서 무림공적인 소지로서는 그것이 하등 쓸모가 없었다. 그러나 성형은 다르다. 얼굴 자체를 바꾸는 것이다. 얼굴에 손대는 찝찝함 외에는 문제가 없었다.

소지는 그의 말에 솔깃했다. 사실 그도 중원에 가고 싶었

다. 중원에 쌓아둔 돈이 산더이처럼 있다. 하지만 그곳으로
갈 힘이 없었다. 하지만 해남도에 남아 있다가는 죽을 것 같
았다. 뒤에서 눈이 튀어나와라 꼴아보는 부단장의 시선이 부
담스러웠다.

결정적으로 소지는 자신의 얼굴이 얼마나 흉악한지 잘 알
고 있었다. 손대는 김에 진산만큼은 아니어도 조금 덜 흉악하
게 바꿀 수 있을 것 같았다.

"성형의원이 있단 말인가?"

"예, 제 부탁이라면 공짜로 시술을 해주실 것입니다. 일단
시술하고 보름 정도 요양을 하시면 곧 새 얼굴을 가지실 수
있을 겁니다. 그렇게 되면 앞으로 쫓길 일이 없게 되겠죠."

"그, 그래?"

"예."

진산이 단호하게 대답했다. 물론, 성형이라는 것이 보름 만
에 끝나는 것이 아니다. 하지만 조금이라도 빨리 가기 위해,
소지의 얼굴을 못 알아볼 정도로만 대충 바꾸고 좀 나간다 하
는 영약을 바를 생각이었다. 그렇다면 보름으로도 충분할 것
이다.

'뭐, 별일있겠어?

소지는 진산의 말에 따르기로 생각했다. 좁은 섬보다 아무
래도 넓은 중원에서 사는 것이 더 좋을 것 같았다.

"좋아. 까짓것 뭐, 진 아우의 부탁인데 내 함께 가주지."

"감사합니다."

진산은 소지가 무르기 전에 잽싸게 움직였다. 부단장도 소지가 중원으로 간다고 하자 힘껏 부라렸던 눈에 힘을 풀었다. 장시간 힘을 주었더니 눈알이 뽑힐 것 같았다. 그렇지만 그렇게 노려보지 않았다면 소지는 절대로 해남도를 떠나지 않았을지도 모른다.

"그럼 어서 가죠."

"어?"

진산의 행동은 빨랐다. 먼저 소지를 데리고 성형의원에게 보냈다.

의원이 있는 곳은 해남파와 그리 멀지 않은 곳이었다. 현재 해남도의 중심은 해남파다. 그러다 보니 모든 것이 해남파 중심으로 이루어졌다.

"오셨습니까?"

의원은 미리 언질을 받았었는지, 소지가 오자 바로 수술을 준비했다.

그는 상의를 벗고 단단한 침대 위에 누웠다. 의사는 그 위에 하얀 천을 올리고 두꺼운 수건으로 그의 목을 고정했다.

의원의 침이 소지의 수혈을 파고들었다. 자칫 치명적인 요혈이 될 수 있는지라 소지는 본능적으로 방어하려 했지만, 진산에 의해 간단히 무산되었다.

눈꺼풀이 무겁게 감겨왔다. 그러나 소지는 더 이상 그에 반

항하지 않았다. 그는 조용히 눈을 감았다.

　의원이 소지의 얼굴을 조물딱거리고 있을 때 진산은 하나의 서책을 읽고 있었다. 얼마나 애독했는지 책은 많이 해어져 있었다.
　부단장이 무슨 비급인지 보기 위해 슬며 몸을 움직였다. 그의 움직임은 은밀하고 조용했다.

　강호에서는 예의가 가장 먼저이다! 사파라면 예의를 차릴 필요 없으나, 정파를 만나게 된다면 언제나 상전을 대하듯 공손히 대하라!

　컸다. 책 한 면에 겨우 다섯 글자 정도 될까 말까 했다. 책이 제법 얇았으니 저런 말 두세 개만 더 들어가면 끝일 것 같았다.
　"별 시답지도 않은 책을 다 보네. 저거 쓴 놈 누구야?"
　부단장이 저도 모르게 중얼거렸다.
　"내 형님이다."
　부단장이 입을 꾹 다물었다. 그는 지금 용의 역린을 건드렸다고 생각했다.
　진산이 가장 민감하게 반응하는 것이 바로 그의 형에 대한 것이다. 그는 형을 무척이나 사랑하고 존경한다. 언젠가 우상이라고까지 했다.

지금 부단장은 그런 사람을 씹은 것이다.

"형님이 나 어렸을 때 써주신 책이지. 내 보물이자, 이제부터 내가 실천해야 할 것들이다."

해남도에서는 실천할 필요도 이유도 없었다. 그놈들은 사파고 마두였다. 마음에 안 들면 갈아버리면 그만이다.

하지만 중원에 나가서 형을 찾기 위해서는 조금 성격을 죽일 필요가 있었다. 또 과거에 형이 이런 것을 남기고 갔었다. 진산으로서는 지켜야만 하는 것이었다.

진산은 가장 먼저 소지에게 실천했다. 그리고 소지의 태도로 보아 제법 쓸 만한 것 같았다.

'빌어먹을! 오늘 일진이 왜 이렇더냐!'

오늘 하루 몇 번이나 진산의 성질을 건드리는지 모른다. 부단장은 자신의 목을 매만졌다. 얼마 후 목과 머리가 생이별한 모자와 같은 꼴이 날 것 같았다.

진산이 조용히 자리에서 일어났다.

"하아, 네 녀석이 할 일이 있으니 죽이진 않겠다. 그것으로 만족하겠느냐?"

"아, 예! 물론입죠!"

부단장은 다시 한 번 살았다는 생각이 들었다.

생각해 보니 요즘 진산의 성격이 많이 죽었다는 소문이 도는 것 같은데 그런 것 같기도 하다. 근래 죽은 놈들도 없었고,

자신 역시 몇 번이나 살아남았다.

　책은 고이 접혀 진산의 품속으로 슬그머니 기어들어 갔다.
진산의 눈에서 시퍼런 안광이 폭사했다.

　"내가 생각하기에는 네놈은 뒤지게 한번 맞아야 정신을 차
릴 것 같다."

　진산의 신형이 부단장을 향해 벼락처럼 떨어져 내렸다.

　부단장에겐 그의 폭력을 피할 길이 보이지 않았다.

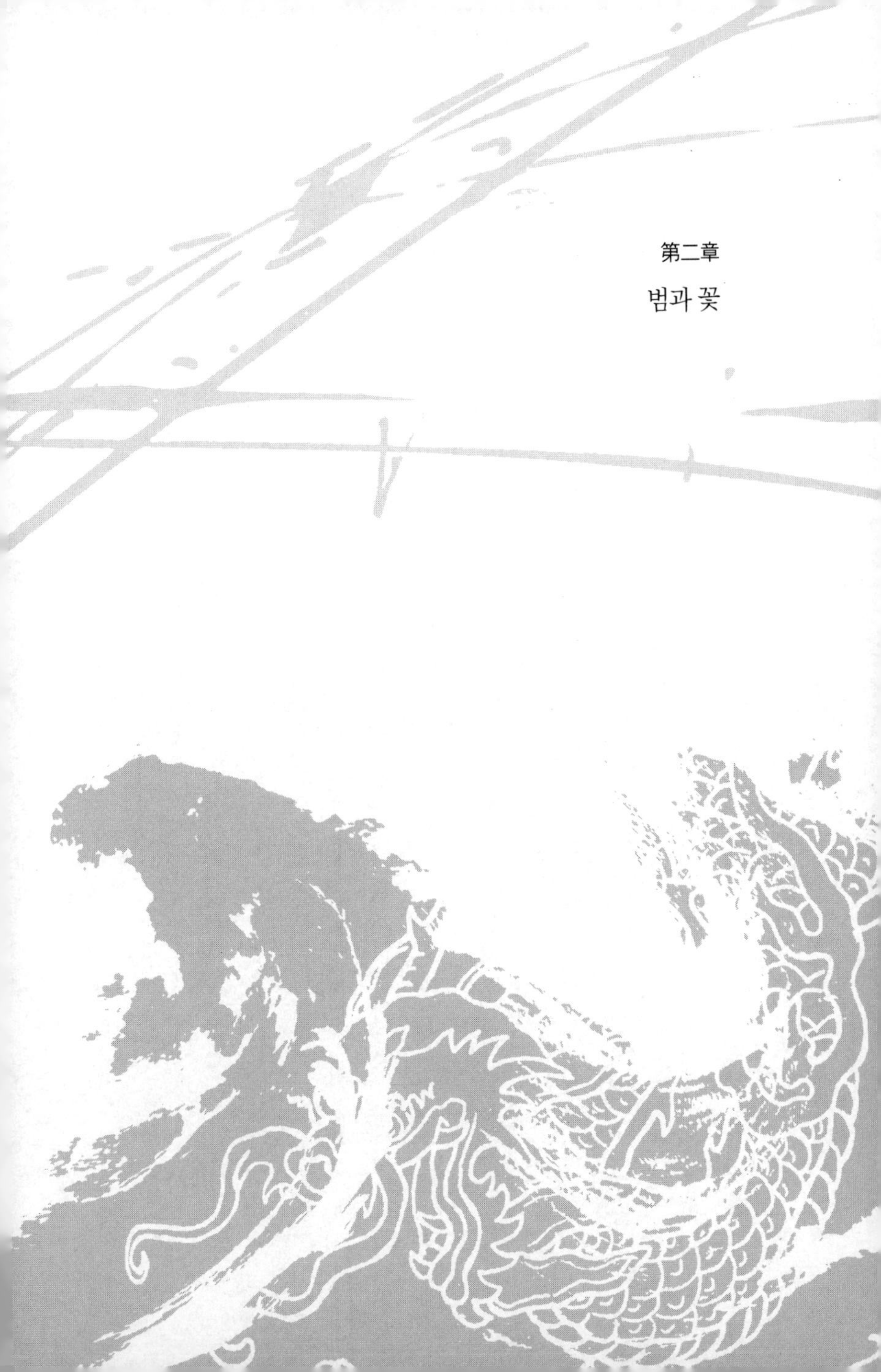
第二章
범과 꽃

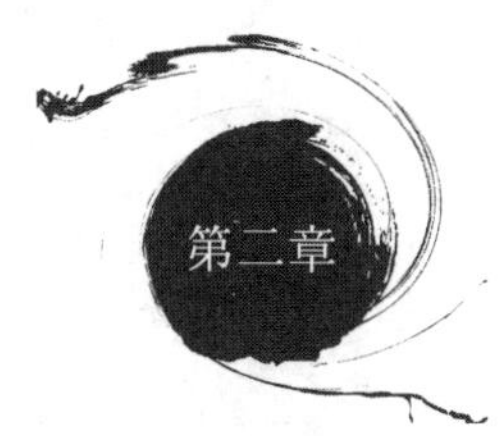

시술이 끝나자마자 그들은 중원으로 향하는 배에 올랐다. 일행은 진산과 해룡단 부단장, 천소지뿐이었다.

배는 나흘 정도 걸려 광동성이 아닌 복건성에 올랐다. 광동성에는 적요남정이 기다리고 있을 것이라는 소지의 말 때문에 뱃머리를 돌린 것이다.

복건성의 하문현에 도착한 그들은 먼저 가까운 객잔에서 여장을 풀었다.

항구가 있는 곳이라 그런지 객잔이 성황을 이루었다. 그들이 택한 객잔은 그중 가장 크고 화려한 곳이었다.

진산과 부단장, 소지는 모두 방을 나누었다. 그들 셋은 그 정도의 돈은 충분히 소지하고 있었다.

"천 형, 몸은 어떻습니까?"

진산이 조심스레 소지에게 물었다. 성형은 생각보다 대단히 많은 체력을 요구하는 수술이었다. 게다가 소지는 보름 내로 얼굴을 바꾸기 위해 조금 더 약을 강하게 썼기 때문에 치밀어 오르는 약기에 그의 몸은 상당히 쇠약해져 있을 것이다.

그 때문인지 그는 아직도 붕대를 풀지 못하고 있었다.

"아! 괜찮다네. 내가 이래 봬도 고수가 아닌가! 이 정도는 아무것도 아니라네. 하하하!"

소지는 호쾌한 웃음을 지으며 대답했다. 하지만 그의 몸은 영 상태가 좋지 못했다. 생각보다 약의 독기가 강했다. 그것들은 끊임없이 자신의 내공과 충돌하였고 매일 그의 내공이 조금씩 깎여 나갔다. 물론 운기를 하면 다시 차 오르기는 했지만, 그것이 상당히 피로했다.

더군다나 체력이 약해진 상태에서 익숙지 않은 배 위에 사흘간 있었더니 현재 그의 몸은 상태가 그리 좋지 않았다.

진산은 소지에게서 시선을 거두고 부단장을 바라보았다.

"부단장께서는 괜찮으신지요?"

매우 상투적인 말투였다.

부단장은 흠칫 놀라 입을 다문 채 고개를 끄덕였다. 배에 오르기 전에 그에게 맞은 기억이 떠오른 것이다. 다시금 그때를 생각하니 오금이 저려왔다.

소지는 그런 부단장의 태도를 이해할 수 없었다. 배에 오를 때 어딘가 아파 보이긴 했지만, 그는 고수다. 어지간한 일로는 몸에 문제가 있을 리 없었다.

"아, 진 아우. 형을 찾는다고 하지 않았는가. 이후 어디로 갈 생각인가?"

"그것이……."

진산이 입을 달싹였다. 사실 그는 형의 행방을 찾을 방법이 없었다. 그의 형과 과거에는 가끔씩 연락을 나누었지만 지난 육 개월 동안은 아예 연락이 두절되었다. 형은 자신에 대한 이야기를 매우 아꼈다. 그래서 진산이 아는 것은 그다지 많지 않았다. 또 해남도 역시 그 상황이 좋지 않아 수하를 돌려 형이 하는 일에 대해 조사해 볼 수 없었다.

지금에 와서는 거의 정보가 될 것이 없었다.

그가 쓰게 웃으며 머뭇거리자, 소지가 입을 열었다.

"뭐, 내가 도와주기로 했으니 걱정하지 말게나, 진 아우."

소지는 천하제일의 살수였다. 그가 비록 살문과 같은 세력을 가진 것은 아니지만, 그 역시 자신만의 세력을 가지고 있었다. 그것이 비록 전투가 아닌 정보나 자금을 운용하는 등의 비무력 세력이었지만 말이다.

"감사합니다."

진산이 소지를 향해 고개를 꾸벅 숙였다. 소지는 그의 진심을 담은 인사에 난해한 표정을 지었다. 그러나 그를 제지하거나 하지 않았다. 자신이 암살이 아닌 다른 일에 도움이 된다는 것에 내심 기분이 좋아졌기 때문이다.

부단장은 스스럼없이 고개를 숙이는 진산의 모습에 경악했다. 그는 함부로 고개를 숙일 사람이 아니다. 그는 그만한 지위도 있었고 힘도 있는 사람이다. 그리고 자존심이 누구보다 강한 자였다.

진산이 다시 고개를 들자 소지는 입을 열었다. 그가 보기에 진산은 세상을 잘 모르는 것 같았다. 강호에는 강호에 맞는 법이 있었고, 또 그 법의 중심이 되는 것들이 있었다.

먼저 그것을 알려주어야 했다.

"으흠! 그럼 먼저 자네가 알아야 할 것들을 알려주겠네."

"예. 경청하겠습니다."

진산이 자세를 바로하고 소지 앞에 앉았다.

부단장도 진산을 따라 그 옆에 앉아 소지를 바라보았다.

"먼저 무림의 고수들에 대해 알아야겠지. 세상에는 삼왕오악일성의 존재가 있다네. 구룡(九龍)이라고도 부르는 존재들이지. 그리고 그 밑으로는 십대고수가 있는데 무림 서열 십위부터 십구위에 이른 자들이지. 나 같은 경우는 무림 서열 십오위로 나 역시 십대고수 중 하나에 든다네."

소지는 삼왕오악일성에 대해는 자세한 언급을 피했다. 어차피 만날 가능성도 높지 않았기 때문이다. 그러나 자신이 포함된 십대고수에 대한 것은 조금 자세하게 말했다. 비록 구룡

에 가려져 그 강함이 눈에 띄지 않지만 그들도 충분히 강하다
는 사실을 알리고 싶었다.

　소지의 노력에도 불구하고 부단장은 심드렁한 눈빛으로
그의 말을 들었다. 그가 겪은 유일한 십대고수는 소지였다.
그는 중위권에 속하면서도 그다지 강하지 않았다. 그래서 십
대고수 전체가 만만하게 보였다. 부단장은 자신보다 약자에
게 관심을 보이는 성격이 아니었다.

　진산은 달랐다. 애초에 그보다 강한 존재는 진짜 드물었
다. 삼왕오악일성에게 조금 관심이 가기는 했지만, 십대고수
에 대한 이야기도 재미있었다.

　"그리고 무림에는 두 개의 세력이 있다네."

　십대고수에 대한 장황한 설명이 끝나고 나서야 그는 본론
에 들어섰다.

　"우리도 정파와 사파 정도는 알고 있다고."

　소지의 말에 부단장이 끼어들었다. 무림은 정파와 사파로
크게 나눌 수 있었다. 그것은 그들의 무공이나 그들이 하는
행위로 나뉘는 것으로서 대표적으로 정파의 소림이나 사파의
마교가 있었다. 그들은 정도와 마도로도 비교하곤 하나 대체
로 정파, 사파로 불린다.

　부단장의 말에 소지는 고개를 내저었다. 몇십 년 전의 과거
에는 그렇게 나뉘었다고 하나 지금은 그 상황이 달랐다.

　"지금은 다릅니다. 현 무림은 동과 서, 지역으로만 나뉘어

져 있습니다.”

사상으로 나누던 과거와는 확연하게 달라졌다. 현 무림은 그때보다 더 더러운 싸움을 하고 있었다.

“제대로 알지도 못하면서 나불거리지 말아라.”

진산이 살기를 담아 부단장에게 전음을 보냈다. 부단장이 당황하며 고개를 푹 숙였다.

소지가 그의 모습에 의아해하며 다시 입을 열었다.

동의맹과 은서각, 이야기가 깊어짐에 따라 밤 역시 깊어져만 갔다.

밤이 깊어지자 먼저 소지가 자리에서 일어났다. 복건성에도 자신이 남긴 정보대가 남아 있을 것이다. 자신이 무림공적이 되었다고 하여 며칠 사이에 없어질 정도로 정보대가 나약하지는 않았다. 만약 없다고 해도 전서구로 다른 곳에서 정보를 끌어올 수 있었다.

어쨌든 최대한 빨리 현 상황을 파악해야 했다.

소지가 자리에서 일어나고 그 뒤를 이은 것은 부단장이었다. 진산과 단둘만이 남은 상황이 그에게는 거북했다. 적당히 핑계를 남기고 그는 방을 빠져나갔다.

결국 방 안에 남은 것은 진산뿐이었다.

“하아―!”

진산이 작게 신음성을 토해냈다. 소지의 이야기를 들어보니 형은 동의맹에 있는 것 같았다. 스스로 무림맹에 취직했다고 했으니 그것은 틀림없었다. 그러나 동의맹의 무사가 실종된 사건에 대해서는 은서각이 개입되지 않을 리 없었다. 어디서부터 시작해야 하는지 결정하기 힘들었다. 또 두 개의 세력이 만만치 않으니 조사는 쉽지 않을 것. 또한 진산의 머리를 힘겹게 만들었다.

그저 연락 두절 정도라면 큰 문제는 없겠지만, 문제는 실종이다. 벌써 반년 전의 일이니 살아 있기를 희망하기는 늦었을지도 모른다.

만약 그의 형이 중원의 암계에 의해 희생된 것이라면…….

"…쓸어버려야겠지."

진산은 작게 중얼거렸으나 그 안에 담긴 살기가 만만치 않았다.

그는 자리에서 일어났다. 그것은 조금 더 생각해야 할 상황이었다.

일단 중원에 왔다. 일은 소지와 부단장이 일으킬 것이다. 자신은 제삼자로서 뒤에서 움직이면 될 것이다. 그렇게 방관자로서 보면 형을 찾는 단서를 얻을 수 있을 것이다.

"형…… 조금 더 기다려 줘."

그답지 않은 나약한 한마디의 말이 방 안을 조용히 울렸다.

소지는 중원의 정세에 대해 알기 위해 안가(安家)를 찾았

다. 그곳은 살수가 숨거나 정보를 필요로 할 때 만든 곳이었
다. 그만한 살수가 복건성에 안가 하나 없을 리 없었다.

그의 안가는 하문의 조금 위 강가에 위치해 있었다. 버드나
무 숲이 울창한 곳으로 겉으로 보기에는 시원하게 흘러내리
는 강과 함께 버드나무가 어우러졌다. 그러나 여기에 절진이
펼쳐져 있었다.

소지가 버드나무 숲 근처에 가자 누군가가 다가왔다. 안가
로 들어가려던 소지의 움직임이 멈춰졌다.

하나둘 모습을 드러내는 그들의 수는 모두 열다섯 명이었
다. 그들은 야심한 밤에 어울리게 검은 복면을 쓰고 있었다.
하나같이 고수의 기세를 뿜어내는 것이 적요남정이나 자신에
비교할 바는 아니지만 제법 쓸 만해 보였다. 이런 냉전 시에
고수가 열다섯이나 복면을 쓰고 나타나는 상황은 그리 좋은
것이 아니었다.

소지는 기척을 죽이고 다가오는 사람을 관찰하기 시작했
다.

"첩자의 말로는 하문현에 오대세가(五代世家)의 후기지수
들이 모인다고 합니다."

사내 중 하나가 입을 열었다.

오대세가라 함은 남궁세가, 하북팽가, 신창양가, 제갈세가,
황보세가를 말한다.

그는 조금 더 귀를 기울였다.

"그들에게 호위가 몇이라고 하더냐?"

사내 중 대장으로 보이는 자가 입을 열었다.

"드러난 호위는 없습니다. 그들의 무공이 나이에 비해 워낙 강하기 때문에 따로 호위가 필요치 않은 것 같습니다."

그들 후기지수들은 무공이 강한 만큼 자존심도 강했다. 호위가 쫄래쫄래 뒤따라오는 것을 원치 않았을 것이다. 또 그것이 그들에게 위험이 될 것이라는 사실을 그들은 미처 깨닫지 못했다.

'현재 동서가 휴전이라고는 하나 여전히 전쟁의 연장이라고 봐야 한다. 그들의 몸이 자신 하나만의 것이 아님을 생각할 때 그 행동은 어리석다고 볼 수 있다.'

소지가 그런 생각을 하고 있을 때 사내 중 하나가 조심스레 입을 열었다.

"오호삼화(五虎三花)의 무공은 만만치 않습니다. 오호를 잡고 삼화를 꺾으려면 우리만으로 부족하지 않겠습니까?"

오호삼화는 오대세가의 후기지수를 일컫는 말로써 다섯 마리의 범과 세 송이의 꽃을 이르는 말이었다.

그들은 겨우 이십대 초중반의 나이에 고수에 이른 자들이었다. 고수 열다섯이 암습을 가한다고 하나 그들은 그들이 몸담은 조직에서 그닥 뛰어난 고수들은 아니었다.

"의심하지 마라. 목숨을 버려서라도 그들을 제거해야 한다. 그들은 미래에 동의맹을 이끌 자들이다. 그들이 무림공적을 쫓아 가문을 나와 이곳까지 온 것을 행운으로 생각해라. 이보다 더 좋은 기회를 노릴 수는 없다.”

대장의 말에 사내들은 입을 다물었다. 분명 이만한 기회는 없었다. 평소에 그들 모두가 모이는 일은 많지 않았고 그나마 이루어진다 해도 자신들의 가문이나 동의맹 내에서였다.

이번 기회에 반드시 성공해야 한다.

‘그 빌어먹을 녀석들이 나를 노린 거였군.’

소지는 오호삼화를 상기했다. 그들의 얼굴 하나하나가 그의 머릿속에 선명하게 떠올랐다.

무림공적이라 함은 자신이었다. 괘씸하기 이를 데 없었다. 자신이 비록 적요남정에게 밀리고 부단장에게 깨졌지만, 자신은 십대고수이며 동시에 천하제일의 살수였다. 아무리 미래에 동의맹을 이끌 자들이라 하지만 그것은 미래일 뿐이다. 애송이들이 자신을 노렸다는 사실에 소지는 분개했다.

고수들이 몸을 움직였다. 그에 소지는 따라갈까 하다가 그만두었다. 오호삼화가 죽든 말든 그에겐 상관없었다.

아니, 오히려 죽어주면 고마웠다.

“썩을 놈들.”

고수들이 사라지자 소지가 작게 씨부렁거렸다. 어린것들까지 자신을 노린다는 생각이 들자 기분이 더러웠다.

그 무렵 부단장은 시장 골목에서 서성이고 있었다. 저녁에도 시장은 활발하게 이루어지고 있었다. 원래 아침부터 여는 시장이 있고 저녁부터 여는 시장이 있었다. 부단장이 찾은 곳은 후자에 해당했다.

여기저기 먹거리가 널려 있었고 호객 행위가 추운 밤을 후끈 달아오르게 해주었다.

부단장의 눈동자가 바쁘게 돌아갔다. 그는 해남도 토박이다. 줄창 싸움과 수련만 했던 그가 이런 광경을 보는 것은 난생처음이었다. 그래서 그는 열심히 눈동자를 굴렸다. 맛있어 보이는 것은 하나 사 먹어보고 재밌는 물건을 보며 하나씩 사보았다.

그는 돈이 많았다. 그리고 그의 허리에 찬 도는 제법 비싸 보였다.

"야, 저 녀석 어때?"

시장의 뒷골목에서 한 사내가 부단장을 가리켰다. 비쩍 마른 몸이었지만 사내 몸에는 상처가 수두룩하여 이 바닥에서 제법 논 사람인 것 같았다.

"무림인 아냐?"

비쩍 마른 사내 옆에 있던 매부리코의 사내가 말했다. 이 바닥에서는 다른 놈은 몰라도 무림인은 건드려선 안 된다. 그들은 무공을 반 푼어치도 모르는 사람이다. 그들 같은 자 다섯이 모여도 삼류무사 하나 상대하지 못할 정도로 약했다. 그들에게 무림인은 신이요, 악마였다.

그래서 그들은 어지간한 무림인보다 눈썰미가 날카로웠
다. 그들은 내기가 없었으니 기운보다는 그 사람이 풍기는 기
세를 읽었다. 어쩌면 이는 대단한 재능이 아닐 수 없었다.

"설마, 저렇게 팔푼이처럼 싸돌아다니는 녀석이 무림인으
로 보이냐? 저건 부잣집에서 처음 집 밖으로 나온 도련님이나
하는 짓이야."

매부리코 사내는 고개를 가로저었다. 그는 도련님이라고
부르기에는 나이가 제법 들어 보였다. 그러나 그의 어벙한 태
도가 그들의 눈을 흐리게 만들었다.

부단장의 몸은 단단했다. 그러나 그것은 무공 수련으로 만
들어진 무림인의 몸이 아니었다. 그것은 수많은 사선을 넘어
오면서 단련된 전사의 몸이었다. 뒷골목에서도 몸이 좋은 녀
석은 쌔고 쌨다. 그것이 그들의 눈을 흐리게 만들었다. 그리
고 부단장이 보인 섬 촌놈의 태도가 그들의 눈을 더욱 흐리게
만들었으니…….

"위협할 거냐?"

"아니, 훔친다."

비쩍 마른 사내가 답했다. 원래는 위협해서 탈탈 털고 싶었
지만, 조금 남은 그의 감각이 위험하다 말하고 있었다.

부단장은 그 무렵 무언가가 빠르게 다가온다는 사실을 느
꼈다. 그들의 실력은 고수급인지 조금만 신경을 쓰지 않으면
놓칠 것 같았다.

그는 시큰둥하게 보다가 그 인기척이 진산이 묵고 있는 객
잔으로 향하고 있다는 사실을 알고 일순 표정을 바꾸었다.

'아~! 어떤 자식이 대락조장이 있는 곳으로 가는 거야?'

부단장의 몸이 시위에서 튕겨진 화살처럼 날아갔다. 하지
만 그 누구도 그가 날아간 사실을 눈치 채지 못할 정도로 고
요하고 빠른 몸놀림이었다.

그의 주머니를 노리던 두 사내가 일순 움직임을 멈추었다.
다른 사람들은 못 봤지만 그들은 봤다. 아니, 그들도 자세히
보진 못했다. 그저 부단장의 신형이 사라졌다는 사실 빼고는.

부단장이 신법을 펼쳤다. 열다섯의 고수와는 저만치 떨어
져 있었는데 몇 번 땅을 박차자 그들을 곧 따라잡을 수 있었
다.

이들이 진산을 노릴 리는 없었다. 그 둘은 처음으로 중원에
나서는 거다. 은원 따위는 조금도 없는 몸이었다.

하지만 그는 성격이 더러웠다. 조금 시끄럽게 군다면 그들
을 갈기갈기 찢어 죽일 것이다. 그리고 그때 덤으로 자신도
같이 쪼갤 것 같았다.

자신은 현재 이곳에서 언제라도 화풀이할 수 있는 사람이
었다.

이대로 그들의 움직임을 눈감기엔 진산이 너무 무서웠다.

그래서 그는 그들 앞에 섰다.

공연히 진산의 화를 돋우고 싶지 않았다.

열다섯 명의 고수는 자신들 앞에 나타난 고수의 등장에 신법을 멈추었다.

"역시 호위가 없을 리 없지. 그런데…… 자네 혼자인가?"

검은 복면의 대장이 부단장을 보며 물었다. 그들은 부단장이 오호삼화의 호위무사라고 생각했다. 그만큼 부단장의 몸에서 나는 기세는 강했고, 그들을 바라보는 그의 시선은 날카로웠다.

부단장은 무어라 변명하려 하다가 가볍게 고개를 끄덕였다. 중원까지 와서 진산이 무서워서라 말하고 싶지는 않았다.

해남도에서는 그것이 전혀 자존심 상하는 것이 아니지만, 중원은 다를 것 같았다. 괜스레 모욕을 당해서 중원에서도 힘들게 살고 싶지는 않았다.

"저자는 고수다. 모두들 조심해라!"

"옛!"

대장의 전음에 사내들이 모두 대답했다. 그들도 고수였지만, 그 앞에 있는 사내는 더 고수였다. 그리고 그들은 그것을 직감적으로 느낄 수 있었다.

모두가 긴장하고 있는 사이 부단장이 당당하게 앞으로 나섰다. 그의 허리춤에 꽂힌 도는 뽑히지 않았다. 심지어 도병에 손을 가져가지도 않았다. 권각으로 싸우겠다는 뜻이었다.

그의 의지에 열다섯 사내의 얼굴이 새빨갛게 물들었다. 그가 자신들을 무시한다고 생각되었다.

채챙!

그들의 허리춤에서 또는 등에서 검이 불쑥 튀어나왔다. 그러나 그들의 검은 먹을 발라놓은 듯 검게 물들어 있었다. 이는 어둠 속에서 암습을 가할 때를 생각해 발라놓은 것이었다. 하지만 부단장 정도 되는 고수를 속이기에는 무리가 있어 보였다.

어느새 부단장이 느릿한 걸음으로 사내들 앞에 다가섰다. 그는 분명 느렸지만 빨랐다.

부단장이 손을 뻗었다. 주먹을 지른 것이 아니었다. 그러나 그 손에서 퍼져 나오는 경력은 예사 것이 아니었다.

"헛!"

가장 가까이에 있던 사내가 신음을 토하며 허리를 크게 젖혔다. 부단장은 손을 거두지 않고 그대로 팔꿈치로 사내를 찍어 내렸다.

파팟!

사내가 허공에서 몸을 비틀고 그 뒤에 있던 사내들이 부단장에게 검을 날렸다.

"큿!"

부단장은 먼저 자신에게 날아오는 검을 가볍게 몸을 틀어 피해냈다. 동시에 몸을 비틀어 피하는 사내의 사타구니를 향해 발을 날렸다.

퍽!

"크악!"

크게 균형을 잃은 사내는 부단장의 발길질에 가볍게 날아가 처박혔다. 사타구니를 정통으로 맞았으니 죽지 않아도 평생 고자 신세를 면하지 못할 것이다.

부단장은 몸을 돌리며 자신을 노렸던 사내를 향해 팔꿈치로 공격했다. 사내가 크게 놀라 몸을 숙였다. 다른 사내들이 부단장을 향해 검을 날렸다. 이번에는 다섯 개의 검이 부단장을 노렸다.

"죽엇!"

사내의 외침은 검과 함께 부단장을 찔렀다. 아니, 찌른 것 같았다. 감촉이 느껴지지 않음을 알고 다섯 사내는 급히 뒷걸음질했다.

부단장의 신형이 사라졌다.

"위다!"

뒤에서 지켜보던 대장이 외쳤다. 어느새 몸을 띄운 부단장이 그들을 노려보고 있었다. 그의 시선은 싸늘했다. 시선을 느낀 다섯 사내는 등골이 오싹했다.

부단장은 공중에 붕 뜬 상태에서 가장 가까이에 있는 사내를 노렸다. 그의 신형이 갑자기 벼락처럼 떨어져 내려 사내의 머리를 짓뭉갰다.

으적!

수박 부서지는 소리와 함께 뇌수가 섞인 분홍빛 액체가 그의 머리에서 흘러나왔다.

부단장은 그대로 다음 사내를 노렸다. 그의 무공은 현묘한 초식은 없었지만, 실용적이고 그 효과는 대단했다. 사내들은 그의 일수를 받는 것조차 버거워했다.

'그가 도를 뽑는다면……'

대장이 속으로 작게 뇌까렸다. 역시 오대세가의 호위다. 그는 자신의 절기를 사용하지 않음에도 범상치 않았다.

그는 이를 악물었다. 여기서 더 이상 수하들을 소모할 수는 없었다. 뒤에서 지켜보던 그가 부단장을 향해 제비처럼 날아들었다.

"이자는 내가 맡겠다. 모두들 오호삼화를 노려라!"

"옛!"

대장의 전음에 사내들이 썰물처럼 물러섰다. 잘 훈련된 이들이었다. 갑작스런 움직임이었지만 부단장은 당황하지 않았다. 그 뒤로 다가오는 대장을 보았기 때문이다.

제법 날카로운 검이 부단장의 심장을 노렸다. 그는 몸을 비틂으로 가볍게 피해냈다.

붕!

그의 주먹이 바람을 일으키며 대장을 노렸다. 대장은 신음성을 토하며 고개를 숙였다.

그의 공격을 피하며 대장은 몇 걸음 뒤로 물러섰다.

"무공이 대단하십니다. 당신의 존성대명을 알고 싶습니다."

대장이 포권을 하며 부단장을 치켜세웠다. 부단장이 진산에게 매일같이 고개를 조아리지만, 해남도 내에서나 중원에서나 그의 실력은 매우 뛰어나다고 할 수 있었다. 실상 그의 실력은 이미 무림 서열 십위 안에 들 정도로 강했다. 비록 구룡에는 미치지 못하겠지만 적요남정과 거의 동수에 이를 것이다.

"하하하! 못 말할 것도 없지. 이 몸은 바로!"

파파팟!

그가 이름을 채 말하기도 전에 대장과 죽은 자들을 제외한 아홉 명의 사내가 신법을 발휘하여 지붕 위로 올라섰다.

쉬익!

부단장이 아차! 하고 외칠 때 대장의 검은 어느새 부단장의 미간을 노리고 있었다.

슈캉!

하얀 섬광이 붉게 물들었다. 순간 대장은 자신의 눈을 의심해야만 했다. 어느새 부단장의 손에는 현란한 도 한 자루가 들려 있었다.

툭!

대장의 오른팔이 땅에 떨어졌다.

"여기서 네놈을 죽이는 것은 어렵지 않다. 하지만 그동안 네놈의 수하들이 조장님이 계신 객잔에 더욱 가까이 가겠지. 그것은 내 임무를 저버리는 것. 운이 좋은 줄 알거라."

순간 그의 표정이 바뀌었다. 딱딱하게 굳은 그의 얼굴은 무언가 두려운 듯했다. 대장은 오호삼화를 지키지 못한 것에 대한 처벌 때문이라고 생각했다. 하나 그것과 달리 부단장은 진산만을 생각하고 있었다.

픽! 하고 바람 빠지는 소리와 함께 부단장의 신형이 사라졌다.

그곳에는 이제 팔 한 짝을 잃은 대장만이 남아 있을 뿐이었다.

안가에는 사람이 들 수 없었다. 그곳엔 최고의 절진이 펼쳐져 있었고, 그것은 인간의 출입을 금했다. 이곳에 출입할 수 있는 것은 안가의 주인인 소지뿐이었다.

소지는 그간 쌓인 전서구들을 보며 쓰게 웃었다. 무림공적이 되고 도주 중이라 세상에 대해 알기 힘들었다. 그땐 그를 추격하는 자들을 상대하는 것만으로도 벅찼다.

쌓인 전서구들을 보며 그는 짧게 한숨을 토해냈다. 하루 만에 소화하기에는 너무 방대한 양이었다.

하지만 그는 아직 무림공적이었고 또 살수였다. 정보가 부족하면 그는 언제 목에 칼이 들어올지 알 수 없을 것이다.

　어쩔 수 없이 전서구들이 남긴 서류들을 들었다. 살기 위해 하는 일이었다. 이는 하기 싫어도 해야만 하는 것이었다.

　그러다가 그의 눈에 무언가 들어왔다. 전서구도 보내는 종류가 다양하다. 그저 정보만을 전달하는 것이 있다면 긴급을 요하는 것이 있었고, 중요한 내용을 전달할 때도 있었다.

　딱히 그가 원하는 정보는 보이지 않았다. 대부분 소지가 추격을 당할 때 추적자들이 어디에 있었다는 사실만이 보고되어 있을 뿐이다.

　"흐음, 이것이 마지막인가?"

　소지가 마지막 서찰을 펼쳤다. 서찰의 겉면에는 일급(一級)이라 쓰여 있다. 그것을 북 뜯어낸 소지는 그 속에 담긴 내용을 읽기 시작했다.

　서찰에는 누군가가 단신으로 이백의 무사를 학살한 것에 대해 쓰여 있었다. 그들은 모두 소지를 뒤쫓던 자들로 그 형체를 알아볼 수 없을 정도로 잔인하게 난자되어 죽었다. 어찌나 처참하게 죽었는지 그 주위는 피로 목욕을 한 듯 흠뻑 젖어 있었단다.

　이것을 써 보내는 이도 그것을 보았는지 글자는 심히 흐트러져 있었다. 잔뜩 겁을 먹은 모양이다.

　"적요남정 그 자식이 나한테 한 팔을 잃고 살짝 미쳐 버린 건가?"

　소지는 그렇게 가볍게 중얼거리고는 서찰을 휙 던졌다.

진산이 머무는 객잔은 안쪽으로 들어가면 숙소고 바깥으로 나가는 부분은 식당으로 되어 있었다. 식당은 모두 삼층으로 이루어져 있는데 그 경치가 제법 좋아 많은 사람들이 이용하였다.

방 안에만 있는 것에 답답함을 느꼈던 진산은 허기를 채울 겸 식당으로 나왔다. 제법 돈을 낸 일행이었기 때문에 점소이가 알아서 삼층 자리로 모셨다.

"여기서 가장 잘하는 요리 몇 개와 향이 좋은 술을 주기 바라네."

"예. 오늘은 좋은 송아지가 들어왔는데 그것으로 드리겠습니다."

"그래, 그것이 좋겠군. 그것으로 부탁하네."

"예, 주문을 받았습니다. 그럼 일각 정도만 기다려 주시길 바랍니다."

점소이의 말에 진산은 가볍게 고개를 끄덕였다. 그 정도는 기다려 줄 수 있었다.

진산은 요리를 기다리는 동안 바깥의 풍경을 바라보았다. 길게 시장이 난 것이 보였고, 곳곳에 붉은 등이 선 것을 볼 수 있었다. 그리고 그 끝에는 어둠에 검게 물든 바다가 눈에 들어왔다.

'아! 나는 진짜 해남도를 나왔구나!'

그제야 자신이 있는 곳이 해남도가 아닌 중원이라는 것을 실감했다. 해남도에서 보는 바다가 아님을 알고서야 그것을 느끼다니, 자신도 참 둔감하다고 생각되었다.

진산이 쓰게 웃었다.

오늘따라 술이 고팠다.

그가 그런 생각을 하는 동안 삼층으로 누가 올라오고 있었다. 화악! 하고 느껴지는 꽃 향기에 사람들의 시선이 계단 쪽으로 향했다. 다만, 고향 생각에 취한 진산만이 멍하니 바다를 볼 뿐이었다.

아리따운 여성들이었다. 길게 늘어뜨린 비단결 같은 검은 머리에 오뚝한 콧날, 크고 선명한 눈동자가 아름다웠다.

세 명의 여성이 삼층에 오른 것이었다. 그들은 각각 노랗고, 하얗고, 푸른 옷을 입고 있었는데 그것들이 그녀들을 더욱 돋보이게 하였다.

그들은 남궁유미(南宮唯美), 제갈화린(諸葛華潾), 팽설향(彭雪香)으로 강호에서 흔히들 삼화라 부르는 여인들이었다.

원래 이곳엔 그녀들 외에 오호들 역시 함께 묵고 있으나 그들은 무슨 일인지 밖으로 나가 있었고 그녀들만이 식사를 위해 이곳에 온 것이었다.

"유미 언니, 오늘따라 피부가 너무 곱다."

제갈화린이 미소를 지으며 남궁유미를 칭찬했다. 반면 팽설향은 무엇이 못마땅한지 뚱한 표정으로 땅만 바라보고 있었다.

　남궁유미는 제갈화린의 칭찬에 부끄럽다는 듯 얼굴을 붉혔다. 하지만 고수들이 보기에는 숨을 억지로 참아 얼굴을 붉혔다는 사실을 간단하게 알 수 있었다.

　'가지가지들 한다.'

　진산은 시끄러운 소리에 그녀들을 봤다가 실소했다. 그만한 고수가 남궁유미의 호흡을 느끼지 못했을 리 없었다. 그런 건 그들 정도 수준에게나 통하는 사기술이었다.

　그때 점소이가 계단을 올라 요리를 날랐다. 진산의 시선은 그녀들에게서 거두어지고 점소이가 가져온 요리로 향했다.

　진산은 먹는 것을 무척이나 좋아했다. 그가 형과 같이 살았을 때는 너무 가난했고 그 뒤 무공을 익힐 무렵에는 먹을 것이 없어 풀뿌리나 나무줄기를 채집해 먹었다. 해남파를 키울 때만 해도 제대로 음미하면서 먹을 틈이 없었다.

　최근에야 음식을 음식답게 먹을 수 있게 된 진산이었다. 해남도의 음식에만 익숙해진 진산에게 중원의 음식은 큰 충격이었다.

　진산은 허겁지겁 먹기 시작했다.

　게걸스럽게는 진산의 생각이었고 실제로 그는 하나하나 음미해 가면서 음식을 먹고 있었다. 아리따운 여인들을 두고 아무렇지도 않다는 듯 홀로 먹는 그의 모습은 더욱 눈에 띄었다.

조금 자존심이 상한 남궁유미와 제갈화린은 그에게로 다가갔다. 마침 사람이 많아 자리가 없었기에 합석을 해야 할 처지였다. 그 둘이 먼저 가자 팽설향은 어쩔 수 없이 그녀들의 뒤를 따라갔다.

두 여인이 다가오자 진산은 슬며시 젓가락을 멈추었다.

"저기, 합석해도 되나요?"

제갈화린이 귀엽게 물었다. 진산은 그녀를 바라보다가 이내 고개를 끄덕였다. 내숭이 조금 거슬렸지만 맛있는 음식과 술을 먹고 마시는 데에 여인들이 있어 나쁠 것은 없었다.

허락이 떨어지자 남궁유미가 잽싸게 앉아 점소이를 불렀다. 간단한 음식과 술을 조금 더 시킬 요량이었다.

그 뒤를 이어 제갈화린이 앉았고, 팽설향이 내키지 않은 듯 서 있다가 결국 자리에 앉았다.

그녀들이 그곳에 자리 잡자 시선이 그의 자리로 쏟아져 내렸다. 선녀들이 그곳에 강림한 것이다.

사람들의 시선이 뜨거웠으나 누구도 그것을 신경 쓰지 않았다. 삼화는 이미 사람들의 시선에 익숙했고, 진산 역시 다른 의미로 익숙해져 있었다. 그것이 호의냐 살의냐가 다른 것이었지만.

'어머! 이 사람!'

제갈화린은 속으로 작게 탄성을 토했다. 그는 사람들의 시선에 아랑곳하지 않았다. 보통 이렇게 사람들의 시선이 모이면 그 시선에 신경을 쓰게 마련인데 그는 아무렇지도 않은 듯 젓가락을 놀렸다. 또 자신과 같은 미모의 여성이 셋이나 있음에도 눈 하나 깜박이지 않았다.

무언가 큰 인물인 것 같았다. 무공을 익힌 것 같아 보이지 않으니 학문 쪽으로 연이 있는 것 같았다. 그렇게 보자 그가 학자처럼 보였다.

제갈화린은 처음 본 사람에게 반할 정도로 멍청하지는 않았지만, 그런 점과 함께 진산의 수려한 외모를 보자 조금쯤 마음이 동했다.

'이 사람 정말 잘생겼네.'

그것은 남궁유미라고 해서 다르지 않았다. 물론 그녀는 잘생기고 능력있는 사람을 많이 보았다. 남궁세가의 형제들이 그렇고 오호가 그랬다. 하지만 그들은 무인으로 잘생긴 것이지 학사풍의 외모는 아니었다.

신선한 외모의 진산에게 남궁유미는 조금 끌렸다.

팽설향은 그 둘과 달랐다. 애초에 진산은 그녀의 이상형과는 전혀 다른 자였다. 그의 이상형은 강한 무공의 소유자였다. 강함을 숭상하는 팽가의 여식답게 그녀는 강한 자를 꿈꾸었다. 진산은 어떤 의미에서 가장 그녀의 이상형이라고 할 수 있지만, 외형이 너무 유약해 보였다.

그래서 팽설향은 그가 마음에 들지 않았다.

그런 그녀의 시선이 진산을 향했다. 남궁유미와 제갈화린에게 이것은 반쯤 장난에 지나지 않을 것이다.

하지만 진산이 그런 것을 알 턱이 없었다. 그저 그녀들의 시선이 조금 불쾌할 뿐이었다.

그러나.

와장창!

식당의 한 부분이 깨져 나가면서 일은 일어났다.

검은 복면을 뒤집어쓴 사내들이 객잔으로 난입해 왔다. 그 뒤로 뒤늦게 부단장이 모습을 드러냈다. 그놈들의 대장에게 몇 마디 내뱉는 사이 제법 거리가 벌어진 것이다.

사내들이 검을 뽑아 주저없이 삼화를 노려왔다. 너무 아름다워서 쉽게 눈에 띈 것이다. 그들은 지체없이 검을 날렸다.

"이 자식들!"

부단장의 눈에 세 명의 선녀가 보였다. 예뻤다. 그들을 보호해 주고 싶었다. 노총각의 추태라고 생각할지도 몰랐지만 그는 정말로 여자가 궁했다.

그러나 그 앞의 사내를 보고 그 마음은 씻은 듯이 사라졌다.

진산이 앉아 있었던 것이다.

부단장의 신형이 섬광같이 움직였다. 사내들은 불쑥 솟아나온 부단장을 보고 검을 거두었다. 검을 내질렀다가는 그에게 당할 것 같았다.

"부단장아."

진산이 나직이 입을 열었다.

"예, 예?"

부단장이 작게 떨며 입을 열었다.

"네가 데려온 놈이냐?"

"아, 아닙니다!"

진산의 목소리는 작았지만 그의 말에는 무게가 있었다. 제갈화린과 부단장은 이를 느꼈고, 나머지는 그것을 느끼지 못했다. 그래서 그들은 그저 진산과 그의 관계를 문사와 그 밑에 있는 호위무사쯤 된다고 생각했다.

부단장이 도를 치켜세웠다. 그가 우려하던 일이 터졌다. 그러나 상황을 조금이나마 만회해야만 했다. 그의 몸에서 상상도 할 수 없는 살기가 치솟았다.

식당 내의 사람들은 모두가 침묵하였다. 서늘한 살기가 매서운 폭풍이 되었다.

사람들은 부단장이 자신들의 상상을 뛰어넘는 고수라는 것을 알 수 있었다.

놀람은 그들 말고도 세 송이의 꽃에도 일어났다. 갑자기 나타난 복면인들이 자신을 노린다는 사실은 알고 있었다. 그러나 뒤에 나타난 사내는 알 수 없었다. 그저 그녀들 앞에 앉아 있는 사내의 수하라고 생각했다.

그렇게 생각하자 그를 조금 얕잡아 본 것이 있었다. 그녀들은 진산을 제법 잘생긴 서생으로밖에 보지 않았기 때문이다, 그것도 유약한.

그러나 부단장의 몸에서 터져 나오는 살기는 자신들의 생각을 훨씬 상회하는 고수의 것이었다.

어디서 이런 고수가 튀어나온 것인가? 그녀들은 복면인과 부단장을 바라보며 머리를 재빨리 굴리고 있었다.

"나 식사 중이다."

적막한 가운데 진산의 목소리가 낮게 울렸다. 그 누구도 반응하지 않았으나 부단장만이 몸을 흠칫 떨었다.

그리고 그것이 제갈화린의 눈에 들어왔다.

소지는 안가에서 예비용 도를 꺼냈다. 묵직한 것이 제법 쓸 만했다. 묵빛이 도를 따라 흘렀다.

"흐음, 시간이 되었군. 그럼 가볼까나?"

그는 안가를 빠져나와 하문현을 향해 신형을 움직였다. 천하제일살수답게 빠르고 은밀한 신법이었다.

하문현에 도착한 소지는 먼저 대장간을 찾았다. 그의 도는 아직 집이 없었던 것이다. 그가 든 것은 예기를 머금은 도가 아닌 그저 단단하고 무뚝뚝한 도였지만, 아무래도 도집은 필요했다.

나오면서 봐둔 대장간으로 그의 신형이 다시 움직였다.

"노인장, 이 검의 상태는 어떠한가?"

수려한 사내가 쇠를 두드리는 노인의 눈앞에 한 자루의 검을 들이밀었다. 금빛으로 번들거리는 검신은 평범한 쇠로 만든 것이 아님을 알 수 있었다.

굉장한 보검이 그 앞에 어른거렸으나 노인은 아무런 말도 하지 않았다. 그는 묵묵히 자신의 쇠를 두드렸다.

"음……."

청년의 미간이 구겨졌다. 하지만 그는 아무런 말도 하지 않고 뒤로 물러서 조용히 노인의 일을 기다렸다. 그것으로 그가 어느 정도 예를 배운 것을 알 수 있었다.

그가 앉은 자리에는 네 명의 사내가 더 있었다. 그들 역시 허리에 검이나 도를 차고 있었으며 그 기세가 나이에 어울리지 않게 매서웠다.

'진 아우가 이들보다 십 년을 더 살았지만 기세는 이들만 못하구나.'

물론 진산이 의도적으로 숨긴 것이고 또 소지는 그가 무공을 익히지 않았다고 생각하니 이는 당연한 것이다. 그러나 소지는 내심 아쉬웠다. 의형제까지는 아니었지만 형, 아우 하는 사이의 사람이 그들보다 약하다는 것이 마음에 들지 않은 것이다.

그러나 곧 자신이 할 일이 떠오른 소지는 그들에게서 시선을 거두고 노인에게 다가갔다.

“노인장, 일하는 데 번거롭겠지만 내 말 좀 들어주쇼.”

소지는 말에 내공을 담아 노인의 귓구멍 속에 집어넣었다. 노인의 인상이 미미하게 찌푸려졌다.

깡깡 울리는 쇳소리가 잠시 멈춰졌다. 노인이 자리에서 일어났다. 소지는 무표정하게 그를 바라보았다. 쇠가 물속에 처박혔다.

치이익! 하고 메케한 연기가 올라왔다.

“무슨 일이오!”

노인은 그제야 입을 열었다. 노인의 제자로 보이는 이들이 와 물속의 쇠를 꺼내 들고 작업을 시작했다.

소지는 씨익 미소를 지으며 자신의 도를 내밀었다.

“도집이 필요하오.”

소지의 말에 노인은 슬쩍 청년들을 바라보았다. 소지의 시선이 노인의 눈길을 따랐다. 그들의 눈은 차갑게 가라앉아 있었다. 그중 하나는 흥분을 참지 못하고 도병을 힘껏 부여잡고 있었다.

피식!

바람 빠지는 소리가 소지의 입에서 흘러나왔다. 소지는 그들이 누군지 짐작할 수 있었다. 고급스런 옷에 가문을 상징하는 문양. 그리고 나이에 어울리지 않게 강한 기세는 오대세가의 후기지수라는 오호 외에는 없을 것이다.

그러나 그들이 아무리 강하다고 해도 감히 자신의 상대는 될 수 없었다.

"먼저 온 손님이 있소."

"도집 하나만 던져 주오. 금방 끝나는 일이 아니오. 그리고 저들의 병기는 신병이라 부르기에 부족함이 없는 것이오. 저런 것을 하나도 아니고 다섯이나 손질하려면 문을 닫아야 할 시간이지 않소."

그것은 틀리지 않은 말이었다. 청년 중 몇몇은 인상을 찌푸렸고 몇몇은 고개를 주억이며 미소를 짓고 있었다.

전자는 제법 머리가 있는 놈이고 후자는 머리에 똥밖에 안 든 놈일 것이다.

노인은 소지의 말에 적당한 크기의 도집을 꺼내 주었다.

검이든 도든 일정한 규격이라는 것이 있다. 몇몇 특이한 무공을 익히는 자가 아니라면 그들의 검이나 도의 크기는 일정했다. 그랬기에 대장간은 미리 검이나 도를 만들어 파는 것이다.

그것은 검집이나 도집도 다르지 않았다.

노인이 준 것은 그다지 대단한 것은 아니었다. 오히려 초라하다고 볼 수 있었다. 보통 철로 되어 있는 도집이 단단한 나무로 되어 있었던 것이다. 나무를 베어내 모양을 만들고 그 속을 파낸 것 같았다.

도집에는 하늘을 쪼개는 검은 섬광의 그것이 그려져 있었는데 그것이 조금 마음에 들었다.

소지는 조금도 망설이지 않고 도를 들어 도집에 넣었다.

스륵— 철컥!

착 달라붙는 것 때문에 더욱 마음에 들었다. 그는 은자 몇 개를 노인에게 던져 주었다. 나뭇조각에 비해 그 가격이 매우 후하다고 할 수 있었다.

노인은 당연하듯 은자를 받아 들었다. 그 때문에 소지는 더욱 마음에 들었다. 그것에는 그만한 가치가 있다는 뜻이었다.

그들은 그 거래가 만족스러웠을지도 몰랐다. 그러나 청년들, 오호는 달랐다.

그들은 이런 사소한 일을 넘기기에는 자존심이 너무 강했다.

"이봐, 멈춰!"

청년들 중 제법 덩치가 있는 사내가 으르렁거리며 말했다. 오호 중 팽호성(彭虎姓)이었다. 그는 아까 전부터 나타난 붕대사내가 마음에 들지 않았다. 분명 그들이 먼저 왔는데 당당하게 먼저 물건을 받아간다. 물론 그가 할 일이 그닥 시간이 걸리는 일도 아니었고 자신들의 할 일은 제법 시간이 필요했으며, 어쩌면 이 대장간에선 무리한 일일 수도 있다는 사실을 인지하고 있었다.

하지만 용서할 수 없었다. 용서하고 싶지도 않았다. 그들은 오대세가의 후기지수다. 소가주였으며, 소공자였다. 또 오호라 불리며 그들 또래에 비해 훨씬 많은 명성을 지니고 있었다. 그에 비해 붕대사내는 자신들 아랫것들과 다르지 않은 자였다.

"흥!"

소지는 가볍게 코웃음을 치며 대장간 밖으로 발을 옮겼다. 굳이 그를 상대할 필요성을 느끼지 못했기 때문이다.

"멈추란 소리 안 들리나!"

팽호성의 입에서 심후한 내공이 담긴 음성이 터져 나왔다. 그의 목소리는 대장간 안을 쩌렁쩌렁하게 울렸다. 이는 팽가 특유의 음공인 사자후(獅子吼)일 것이다.

깡깡 울려 퍼지는 소리가 일순 중지되었다. 소지가 인상을 찌푸리며 뒤로 돌아섰다.

그의 눈빛은 담담했다. 팽호성의 사자후에 내상을 조금도 입지 않았다는 뜻이었다. 비록 노인을 비롯해 대장간의 다른 사람들 때문에 그 힘이 약했다고는 하나 소지를 향해 응축된 기운을 쏘아 보냈다. 겉으로 들린 것과는 달리 그는 몇 배나 더 큰 고통을 감수해야 했을 것이다.

그러나 소지의 눈은 호수처럼 고요했다. 그 어떤 고통도 격정도 느껴지지 않았다.

살수의 심살(心殺)이었다. 마음을 죽임으로써 평정심을 가지는 심법이었다.

그 사실을 모르나 팽호성은 그것만으로도 그가 심상치 않은 자임을 짐작했다.

“나를 불렀는가?”

나직나직한 말이었다. 그러나 진산의 것과는 조금 달랐다. 진산의 나직함에는 조금이나마 감정이 담겨 있었다. 그러나 심살을 시전한 그에겐 감정이 느껴지지 않았다.

상대는 마치 벽과 대화하는 기분일 것이다.

“네놈 말고 또 누가 있단 말이냐?”

“나만 사람인가? 네 뒤에 있는 놈들은 개자식들이란 말인가?”

소지는 심살을 오래 사용하지 못했다. 자연스레 입이 거칠어졌다. 그것은 그의 성격이기도 했다.

다른 오호들의 얼굴이 와락 구겨졌다. 그들 역시 팽호성과 다르지 않은 감정을 가지고 있었다. 다만 다혈질인 팽호성이 먼저 나서니 굳이 손을 쓰지 않으려 했던 것뿐이다.

그러나 소지는 노골적으로 그들을 씹어댔다. 칭찬만 받았던 그들이었다. 그런 소리를 듣고도 그들의 심기가 좋을 리 없었다.

“여기서 내 도를 뽑기에는 적절치 않다. 네놈이 명예를 아는 무인이라면 피할 생각을 하지는 않겠지.”

팽호성이 소지를 도발했다. 자신의 명성에 겁먹어 도망치지 못하게 하려는 것이었다.

‘헹! 병신. 내가 무사냐? 무사냐고! 나는 살수다, 임마!’

소지는 속으로 그렇게 대답했지만 그것은 속으로만 갈무

리했다. 애초에 자신을 잡고자 나선 오호였다. 지금 칼을 가는 것도 자신의 목을 치려고 가는 것이다. 마음에 들지 않았다. 자신이 얼마나 얕보였으면 이런 애송이들까지 나섰단 말인가!

그 화를 이들에게 풀 생각이었다. 그래서 일단 참았다. 화는 그들을 따라간 뒤에 풀어도 되었다.

"좋아! 가지!"

그가 흥분한 듯 몸을 거칠게 움직이며 팽호성의 뒤를 따랐다.

오호는 오만에 의해 눈이 멀었다.

강자를 보지 못하는 그들은 몸이 고생해야 할 것이다.

소지가 속으로 작게 웃었다.

아주 시원하게.

부단장은 기세를 바꾸었다. 진산이 뒤에서 지켜보고 있었다. 식사 중 피를 보는 것을 좋아할 리 없었다. 뼈가 부러지는 소리를 원할 리 없었다. 무엇보다 사람이 죽은 곳에서 식사를 하고 싶지 않을 것이다.

그는 죽이지도, 몸을 가르지도, 부수지도 않고 그들을 쫓아내야 한다. 그리고 그 뒤의 일은 그의 몫이었다.

"조용히 꺼져라."

부단장이 강하게 도병을 부여잡으며 한마디 내뱉었다. 그러나 그의 입에 발라져 나온 살기는 기존에 그가 뿜어냈던 것과는 상반된 것이었다.

십대고수 중 수위를 차지하는 적요남정에 준하는 그였다. 그가 뿜어내는 살기가 만만할 리 없었다.

모두가 숨을 죽였다. 그사이 진산만이 식사를 하고 있었다. 모두가 그것에 대해 기분 나쁘게 바라보고 있었지만, 부단장만은 마음이 놓였다. 그에겐 오히려 그가 젓가락을 놓는 것이 더욱 두려웠다.

"그럴 수는 없소! 우리의 목표는 오호삼화외다!"

그들은 당당하게 자신이 노리는 자를 말하면서 산개했다. 그가 뛰어난 고수라서 공격을 막는다고 해도 삼화를 향한 아홉 개의 공격을 다 막지는 못할 것이다.

진산을 향하는 아홉 개의 검공에 부단장은 크게 놀랐다. 그러나 그는 곧 침착하게 그들의 공격을 거두기 시작했다.

쾅! 쾅! 쾅!

물고기가 헤엄치듯 부단장의 도가 그의 허리춤에서 부드럽게 빠져나와 허공을 누볐다. 그의 도는 정확히 사내들의 검을 노려 부수어냈다.

사내의 얼굴이 검게 죽었다. 아마 적지 않은 내상을 입은 것이리라.

"크윽! 대단하군."

그들은 뒤로 물러서며 말했다. 부단장은 그대로 달려가 그

사내의 가슴을 향해 발길질했다. 사내의 몸이 붕 떠 객잔 밖으로 날아갔다.

붕붕붕!

어느새 도를 집어넣은 부단장은 연신 발을 놀리며 내상을 입은 사내들을 밖으로 몰아냈다. 단 아홉 걸음 만에 그들은 모두 객잔 밖으로 튕겨져 나갔다.

부단장은 단숨에 몸을 날려 그들의 뒤를 따라갔다.

사내들은 자신의 계획이 실패했다는 사실을 알자 도망가기 시작했다. 자신들이 아무리 노력해 봐도 부단장 하나를 이길 수 없을 것 같았다.

안에는 삼화뿐이었다. 그렇다면 오호는 다른 곳에 있을 터이고 그곳에 호위가 있다고 해도 부단장만큼 강할 것 같지는 않았다.

그들은 재빨리 신법을 써 도망가기 시작했다.

'이 새끼들이!'

부단장은 그들을 내버려 둘 생각이 없었다. 그들 때문에 진산에게 당할 판이었다. 죽이지 않겠지만 진산의 주먹은 자신을 용서할 리 없었다.

절대고수의 주먹은 매섭다. 진산의 절기가 검이라고 하나 그의 권장이 약한 것은 아니었다.

그놈들을 잡아 화풀이라도 할 생각이었다.

부단장의 신형이 엿가락처럼 늘어났다.

객잔 안은 한동안 혼란스러웠다. 복건성이라고는 하지만 동의맹의 영역이었다. 그런데 그 영역에서 오대세가의 후기지수를 노린 고수들이 나타났다는 것은 상당히 놀랄 만한 일이었다.

그러나 그것보다 더 놀란 사실은 그들을 한 수만으로 가볍게 내쫓은 고수의 등장이었다. 그는 삼화의 호위로 보였으니 아마 오대세가의 고수 중 하나일 것이라.

반면 삼화는 부단장의 정체가 궁금했다. 세가의 장로와 비견해도 결코 뒤지지 않는 자였다. 그 정도 되는 고수를 그녀들이 모를 리 없었다.

하나 그가 누군지는 제갈화린조차 알지 못했다. 그저 관부의 사람인가도 생각했지만, 그러기에는 그들의 행색이 너무 남루했다.

결국 삼화의 시선은 진산에게로 향했다. 부단장과 같은 고수를 말 한마디로 손쉽게 다루는 자에 대해 의문이 든 것이다. 그에게 티끌만큼의 내력도 느껴지지 않았으니, 그들은 대충 권력이 대단한 자라고 짐작했다.

권력에는 그에 걸맞는 정보가 따르는 법이다.

"소협의 성함을 알 수 있을까요?"

가장 먼저 입을 연 것은 남궁유미였다.

소협이라는 말에 진산은 살짝 인상을 찌푸렸다. 자신의 나이가 서른 중반이다. 그런 말을 듣기에는 그의 나이가 너무 많았다. 하지만 그 역시 자신의 외모가 그녀들과 별반 차이가 나지 않는다는 것을 알고 있으므로 억지로라도 인상을 폈다.

"진산이오."

그는 퉁명하게 대답했다. 억지로 인상을 폈다고 해도 기분까지 나쁘지 않은 것은 아니었다.

그것을 남궁유미는 자신의 속내를 숨기기 위해 억지로 퉁명하게 대답했다고 생각했다. 그런 이유로 많은 사람들이 그녀에게 그런 태도를 보였기 때문이다. 물론 그들은 모두 그녀의 노예나 다름없는 상태가 되었지만.

"진 소협이시군요. 소협과 방금 나가신 분이 상당히 친분이 있어 보이는데……."

재차 제갈화린이 물어왔다. 사실 그녀는 부단장보다 그의 정체가 더욱 궁금했다.

부단장은 진산을 두려워했다. 보통 무인이 문인을 두려워하는 일은 없었다, 그 반대라면 몰라도. 그 사실을 잘 아는 제갈세가였다.

"그는 나의……."

말하려다가 진산이 입을 다물었다. 사실 부단장과 자신의 사이는 아무런 사이도 아니다. 부단장의 주인은 엄연히 문주였고 그와는 그저 동문 정도일 뿐이다.

해남파의 경우는 동문이라는 개념이 매우 작아서 거의 남이라고도 볼 수 있었다.

하지만 그것은 진산의 생각일 뿐 부단장은 달랐다. 그에게 진산은 신이었다. 두려움과 선봉의 대상이 바로 그였던 것이다.

물론, 그 사실을 진산이 알 리가 없었다.

"소협?"

제갈화린이 조심스럽게 말을 걸었다. 진산이 갑자기 말을 멈춘 것을 보아 그들 사이에는 긴밀한 무언가가 있다고 생각했다.

팽설향은 조금 놀랐다. 겨우 삼십 중반 정도 되어 보이는 자가 그 가진 무공이 대단했던 것이다.

부단장의 나이는 이미 사십이 넘었으나 노화가 이미 멈춰 있었다.

그의 무위에 그녀의 가슴이 뛰었다. 그만한 무위는 가문의 장로들에게서도 볼 수 있는 것이었다. 그러나 쭈글쭈글하게 늙은 장로와는 달리 부단장은 젊었다. 그리고 강했다.

"그분은 어떤 사람이죠?"

"그분?"

팽설향의 말에 진산은 미간을 찌푸렸다. 부단장은 그분이라고 부를 정도로 대단한 사람이 아니다, 특히나 자신 앞에선.

그러나 진산은 이들 앞에서 나쁜 모습을 보이고 싶지 않았다. 그것은 그녀의 미모 때문이 아니라 그녀들이 가진 배경 때문이었다. 형을 찾기 위해서는 무림과의 충돌을 최소화해야 했다.

그는 소중한 것을 위해서라면 비굴해질 줄도 아는 사내였다.

"아, 그는 제 수하입니다. 제법 아끼는 자죠."

그는 속으로 주먹을 꽉 쥐었다. 지금 한 거짓이 진실이 되기 위해서는 열심히 아껴주어야겠다고 생각했다. 그것이 마음이 아닌 주먹이라 해도.

진산이 부드럽게 웃으며 말하자 분위기가 화사하게 변했다. 그의 외모는 그만큼 대단했다. 눈에 확 띄는 것이 아니라 은은하게 사람의 시선을 끄는 외모였다.

그가 만면에 미소를 짓자 두 여인이 얼굴을 붉혔다. 익숙하지 않은 미에 그녀들은 면역이 없었고 또 진산은 알게 모르게 섭혼술을 쓰고 있었다.

'생각지도 못한 곳에서 제법 요긴하군.'

진산은 그녀들의 붉어진 얼굴을 보며 생각했다. 사실 그가 익힌 섭혼술은 대단한 것은 아니었다. 그저 상대에게 호감을 주는 정도뿐이었다.

수려한 외모와 함께 강하진 않으나 섭혼술을 쓰니 그녀들의 마음은 더욱 진산에게 끌리게 되었다.

"그런 고수를 수하로 데리고 다니시다니…… 소협도 무공을 익히셨습니까?"

팽설향이 물었다. 그러나 그녀는 그가 무공을 익히지 않았다고 생각하면서 물은 것이다. 무공을 익혔다고 보기에 그의 몸은 너무 약해 보였고 조금의 기운도 느낄 수 없었다. 손에 물집 하나 없는 것을 보아 외공조차 수련한 것 같지 않았다.

진산의 그의 말에 대답을 하는 대신 씁쓸한 미소를 지어 보였다. 그것은 보는 사람에 따라 해석을 달리하게 만들었다. 진산은 자신이 무공을 익혔다는 사실을 대답하길 회피한 것이었지만, 삼화는 그가 무공을 익히지 않아 밝히기를 꺼려한다는 것으로 받아들였다.

그녀들의 낮은 실력으로는 바다와 같은 그의 힘을 알 수 없을 것이다.

누군가 바람처럼 날아와 진산의 옆으로 다가왔다.

"주공, 모두 처리했습니다."

부단장이었다. 그는 곁에서 진산이 하는 이야기를 모두 듣고 상황을 파악했다. 대화가 어느 정도 끝나자 그는 잽싸게 자리를 차고 들어온 것이다.

그들의 시선은 진산에서 부단장으로 옮겨졌다. 진산을 보았을 때의 시선과 부단장을 바라보는 시선은 사뭇 달랐다.

부단장은 절정고수였다. 그리고 부단장은 진산과 달리 숨길 생각도 없었다. 그래서 그의 몸에선 언제나 강맹한 기운이 흘러나왔다.

“사문이 어딘지 알 수 있을까요?”

팽설향이 조심스럽게 물었다. 자신의 사문이나 익힌 무공에 대해 비밀로 하는 일은 많았다.

부단장은 잠시 머뭇거리다가 진산을 향해 시선을 돌렸다. 자신은 출신을 해남파라고 말해도 상관없지만, 그것은 진산이 결정해야 할 것이었다.

“사문이라고 할 만한 것은 없습니다. 다만 부단장은 우연히 얻은 비급으로 무공을 익힌 것뿐입니다. 그 이상은 말씀드리기 조금 곤란하군요.”

진산이 미안하듯이 말했다. 그녀는 그런 것에 전혀 신경 쓰지 않았다.

“부단장이라 함은 무슨 부대라도 이끄시는 건가요?”

“예. 그는 작지만 몇몇 수하를 두고 있습니다.”

팽설향의 물음에 진산은 친절하게 대답해 주었다. 팽설향은 부단장에게 더욱 강렬한 시선을 보냈다. 고수에 일개 부대의 부단장이라 한다. 물론 그 정도 실력이라면 대대의 대장이 되어도 부족할지 모르지만 세력을 가지고 있다는 것은 그가 그만한 지도력을 가지고 있다는 소리였다.

팽설향이 부단장을 바라볼 때 제갈화린은 진산을 바라보았다. 순진한 미소를 짓고 있지만 그는 어쩌면 부단장보다 더 거물일 것이다. 그만한 고수를 수족으로 다루며 못해도 일개 부대를 소유하고 있었다.

어떤 재력가의 도련님인지는 모르지만 지금같이 어수선한 시기에 그의 등장은 우연이라고 보기 어려웠다.

'진산, 진산이라… 조사해 봐야겠어.'

제갈화린이 눈을 빛냈다.

"시키신 술과 요리들입니다."

점소이가 그들 사이로 들어와 요리와 술을 놓기 시작한다. 그들은 다시 식사를 하면서 이야기를 나누기 시작했다.

그리고 그 시각 객잔에 또 다른 인물이 모습을 드러냈다.

*   *   *

하문현에서 제법 떨어진 갈대밭이었다. 인기척은 없었고 큰 대로가 갈대밭 사이로 시원스럽게 뚫려 있었다. 커다란 달이 태양을 대신해 길을 밝히고 있었다.

갈대밭에 외로이 노송 하나가 늘어져 있었다. 그 앞에 커다란 바위가 있었는데 그 앞으로 소지와 오호들이 서로를 노려보고 있었다.

스르릉!

팽호성의 도가 으르렁거리며 뽑혀 나왔다. 달빛에 영롱하게 비춰지는 도는 상당히 값비싼 보도(寶刀)로 보였다.

소지의 도는 소리없이 뽑혔다. 그의 도는 달빛에도 쉬이 비춰지지 않았다. 묵빛의 도는 빛을 받는 것을 원치 않았다. 묵직한 감각이 손목을 누른다. 날은 날카롭지 않다. 그러나 그의 도는 단단했다.

팽호성의 도는 소지의 도와는 다르게 아주 날카롭게 서 있었다.

"네놈은 누구냐? 누구기에 붕대로 얼굴을 가리느냐?"

"그것을 네가 알 필요가 있을까?"

소지가 비릿하게 웃으며 말했다. 붕대가 꿈틀거렸다. 그러나 오호는 붕대에 가려진 그 웃음을 볼 수 없었다.

팽호성이 강하게 도를 부여잡았다. 팽가의 도법은 매섭다. 그것은 십대고수의 일인인 소지 역시 잘 알고 있었다. 무림공적이 되어 팽가에 쫓길 때 그 도법을 충분히 맛볼 수 있었다.

부웅!

팽호성이 혼원벽력신공(混元霹靂神功)을 끌어올렸다. 겨우 스물 남짓한 청년의 기운이라고 볼 수 없는 막대한 기운이 갈대밭을 스치고 지나갔다.

'호오. 신공을 육성 이상 익혔다는 것인가!'

소지는 놀랐다. 혼원벽력신공은 강한 무공이나 그만큼 익히기 힘든 무공으로 알려져 있었다. 나이 오십 먹은 현 팽가의 가주도 십성이라는 것을 상기할 때 그의 재질은 상상을 초월하는 것이었다.

오호들이 비슷비슷한 수준이라고 하니 남은 오호들의 실력도 만만치 않을 것이다.

“제법이군.”

“흥! 제법이 아니라 대단하다고 하는 거다.”

팽호성은 소지를 향해 혼원벽력도(混元霹靂刀)을 펼쳤다. 대지를 쪼갤 듯 그의 도가 수직으로 내리그었다. 그들 사이의 거리를 단숨에 찢어버렸다.

소지는 그의 공격에 반격을 하지 않았다. 뒤로 크게 물러서며 피했다.

“도망가는……!”

피슝!

‘거냐!’ 라는 말이 채 나오기 전에 소지의 신형이 쏜살처럼 튀어나갔다. 팽호성이 거리를 줄였던 보법과는 그 궤를 달리했다. 그의 신형이 갑자기 커졌다. 그의 그림자가 그를 따라오지 못하고 길게 늘어졌다.

부— 앙!

도가 하늘을 가린다. 숨조차 쉴 수 없는 압박감이 주위를 지배한다. 그의 도가 떨어져 내렸다.

별이 그에게로 떨어졌다.

낙성도법(落星刀法). 소지의 절기였다.

콰쾅!

“크학!”

팽호성의 신형이 거침없이 뒤로 물러났다. 소지의 공격을 막았던 그의 보도는 큰 홈집이 남아 있었다.

오호들의 시선에 놀람이 떠올랐다. 팽호성의 실력은 그들과 백중지세다. 팽호성을 일격에 패퇴시킬 정도라면 그들 역시 그럴 가능성이 있었다.

아니, 그 이전에 그가 보인 일초식은 그들도 막기 쉬워 보이지 않았다. 일 초를 막더라도 그 다음은 장담할 수 없는 것이었다.

"쿨럭!"

팽호성의 입에서 피가 토해져 나왔다. 내상이 적지 않은 것이다. 오호들의 눈빛이 싸늘하게 가라앉았다. 그들은 각자의 병장기를 잡았다.

그들은 팽호성을 뒤로하고 하나의 진을 만들었다. 그 중심에 남궁유성(南宮流星)이 서 있었다. 천하제일검가(天下第一劍家)로서 진의 중심을 맡은 것이다.

오대세가가 함께 모였을 때 자주 애용하는 진법이었다. 서로의 결속력을 더욱 다지고 그들의 적을 패퇴시키기 위한 진법이었다.

소지도 이 진법을 알고 있었다.

'흐음, 오행살가진(五行殺加陣)인가?'

그들은 자신에게 위험이 된다고 생각하자 하나로 뭉쳤다. 그것은 소지의 실력을 인정한다는 뜻도 되었지만, 결코 살려두지 않겠다는 뜻이기도 했다.

오호들의 눈이 살기로 번들거렸다. 개개인으로서는 질 수도 있다. 그들도 또래 중에서 강하다는 사실을 알지만 중견고수까지 이긴다고 생각하지는 않는다. 그리고 그들이 보기에 붕대사내, 소지는 중견고수이다.

그리고 적이다.

소지는 긴장하지 않았다. 분명 오호 정도의 고수가 만든 오행살가진은 매섭다. 하지만 그것은 겨루었을 경우에 그렇다. 소지는 애초에 그들과 피를 흘리며 싸울 생각이 없었다. 그저 조금 혼내주고 싶을 뿐이다. 오호들이 이렇게 나온다면 도망가면 그만이었다.

도망갈 능력은 충분했다. 또 그는 그들과 정면 대결을 할 필요도 없었다. 한 방에 팽호성의 몸과 자존심에 상처를 주는 것만으로도 만족했다.

"오행살가진이라…… 오랜만에 보는 거군."

불과 며칠 전에 오대세가에 쫓길 때 보았다. 그러나 그는 마치 아주 오래전에 보았다는 듯 말했다.

오호들은 혼란스러웠다. 오행살가진은 살기가 너무 강해 어지간해서는 보이지 않는 진법이었다. 소지야 무림공적이기 때문에 보았지, 그냥 적이었다면 보지 못했을 것이다.

소지가 오행살가진을 잘 아는 것 같자, 오호들은 더욱 긴장했다. 팽호성을 일격에 쓰러뜨린 자다. 그것이 만약 우연이라고 해도 그 일초는 충분히 인정받을 만하다. 그리고 그는 오행살가진을 안다. 질 리는 없으나 쉬이 이길 것 같지는 않았다.

"당신은 누구요? 누구기에 오대세가의 후계자들인 우리를 핍박하는 거요?"

오호 중 제갈청(諸葛菁)이 물었다. 그의 손에는 철로 된 붓이 하나 들려 있었는데 그것은 제갈세가가 자랑하는 소탄필검(겸彈筆劍)이 틀림없었다. 소탄필검은 본래 검을 붓처럼 펼치는 검법이나, 검 대신 붓을 쓰는 것으로 유명했다.

"핍박이라…… 핍박은 내가 아니라 그대들이 하는 것이 아닌가? 하나를 가지고 다섯이 진까지 펼치다니……."

소지의 말에 오호들의 얼굴이 붉어졌다. 그러나 홀로 상대하기에는 소지의 실력이 너무 강하다는 것을 알고 있었다.

그들은 자존심이 너무 강했다. 언제나 그들은 당당하고 태양처럼 빛나는 존재여야만 했다.

팽호성이 일 초에 쓰러지고 그들이 홀로 상대하기 두려워 뭉쳤다는 사실을 없애야 했다. 그러려면 소지를 반드시 죽여야 했다.

그들은 진을 펼친 채 조금씩 소지를 향해 걸어나갔다. 어떻게 해서든 제압해야 한다. 혼자면 이길 수 없다. 다섯이면 지지 않을 자신이 있었다.

오호들이 기회를 노렸다.

소지 역시 기회를 노렸다. 다른 것이 있다면 오호들은 소지를 죽일 생각이었고, 소지는 도망갈 생각이라는 것이다.

탓!

소지가 그들을 향해 날아갔다. 공간을 찢으며 다가오는 그의 신형은 무척이나 빨랐다. 진의 중심에 있던 남궁유성이 그의 도를 막기 위해 나섰다. 진을 보조하던 제갈청이 그의 허리를 노리며 붓을 놀렸다. 다른 오호들도 진을 따라 소지를 노렸다.

쏴아아아—!

그들의 기세에 갈대밭이 거칠게 춤을 췄다.

소지의 신형이 그들의 기세에 조각날 것 같았다.

텅!

땅이 움푹 파이며 큰 구덩이가 생겼다. 오호들의 얼굴로 흙이 튀어 올랐다. 소지의 진기가 담긴 흙은 하나의 무기였다. 그 사이에 들어 있는 돌들 역시 만만하게 볼 것이 아니었다.

먼저 남궁유성의 검이 흙을 잘게 부수며 돌을 치웠다. 그 뒤를 이어 제갈청이 그들을 가리는 흙을 완전히 치워냈다.

남은 오호들이 뒤이을 소지의 공격에 대비해 튀어나갔다. 그러나 그곳엔 아무것도 없었다.

"이익!"

남궁유성의 신형이 다시 앞서 나갔다. 그의 눈에 저 멀리 사라지는 소지가 들어왔다. 그 뒤를 쫓기 위해 신법을 펼치려는 것을 제갈청이 막아섰다.

"진을 부수며 쫓아가 봐야 그에게 당할 뿐이야. 어차피 그는 도망갔으니 팽호성의 내상이나 치료하자.”

제갈청의 말에 남궁유성은 담담히 고개를 끄덕였다. 일리가 있는 말이었다. 홀로 그 도를 막을 자신이 없었다.

남은 오호들이 쓰러진 팽호성의 내상을 치료하기 시작했다.

제갈청이 소지가 사라진 곳을 향해 차갑게 바라보았다.

'천소지는 살수다. 살수가 저런 요란한 무공을 쓸 리가 없다. 그렇다면 그는 무림공적이 아니란 말인가? 그렇다면 그는 누구란 말인가!'

갑자기 등장한 고수만큼 그들에게 안 좋은 일은 없었다. 그런 작은 변수들이 계산에 치명적인 문제를 안겨준다.

'기회가 된다면 반드시 제거해야 한다.'

제갈청의 눈빛이 무겁게 가라앉았다.

*　　　*　　　*

다음날 일행은 다시 길을 떠났다. 삼화들이 동행을 하는 것이 어떠냐고 물었으나, 진산은 내키지 않아 거절했다. 그들과 친해지는 것은 나쁘지 않으나 조금 더 강호의 정세를 안 뒤에 해도 늦지 않을 것이다.

벌써부터 그런 이들과 함께한다면 조금 편협된 시선으로 강호를 볼지도 모른다.

진산은 제삼자다. 제삼자의 눈으로서 형을 찾아야만 했다. 되도록 직접 나서는 일은 사양하고 싶었다.

"주공, 어디로 가실 겁니까?"

부단장이 진산에게 다가와 물었다. 소지 역시 그의 곁으로 다가갔다.

"조금 돌아서 동의맹에 갈 생각입니다."

이왕이면 은서각과의 경계를 거치는 것이 조금 더 중원에 대해서 알 수 있을 것이다.

진산의 말에 부단장과 소지가 고개를 끄덕였다. 말과 함께 노숙을 위한 물품들을 산 그들은 성도에 올랐다.

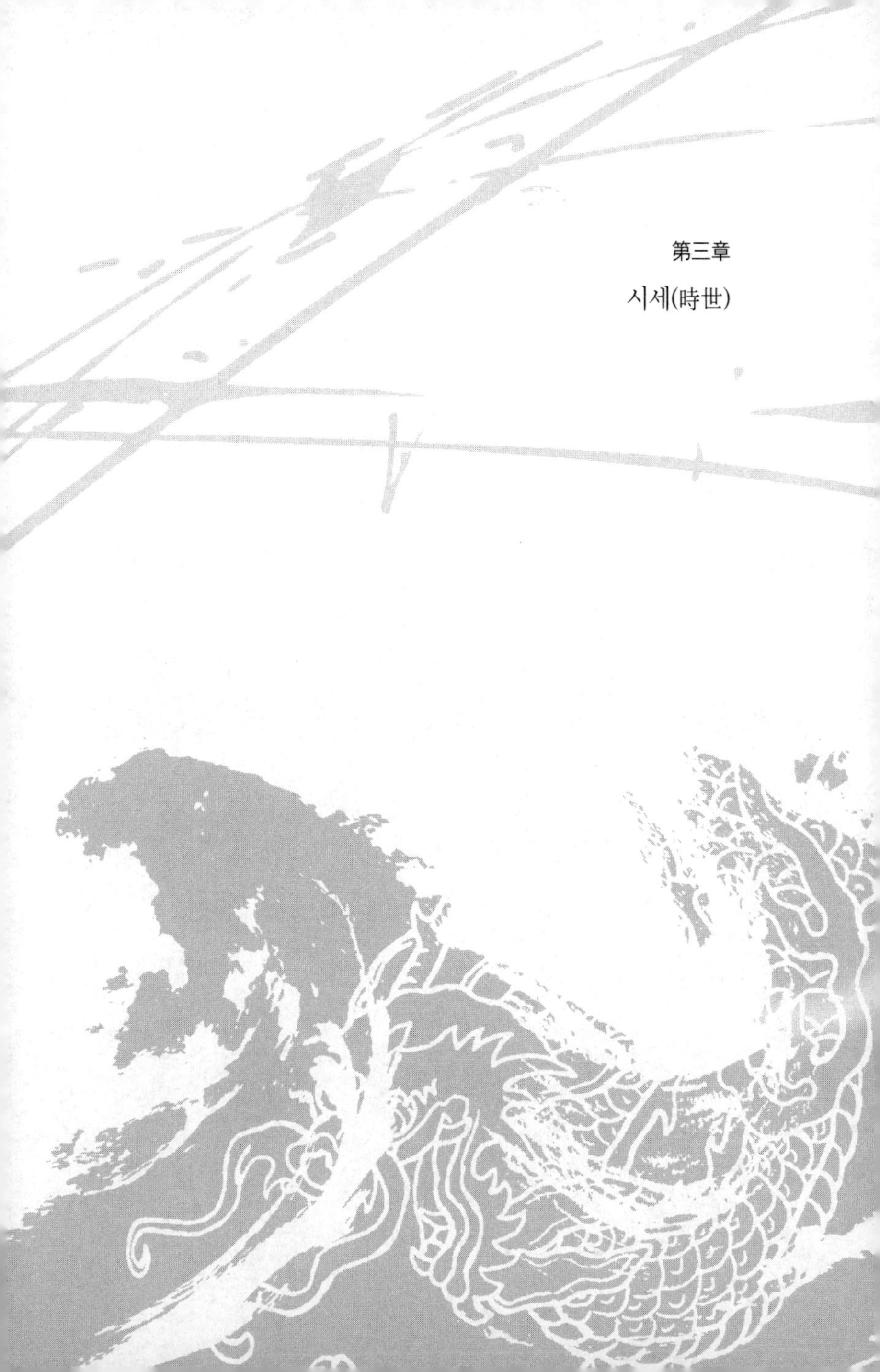

第三章

시세(時世)

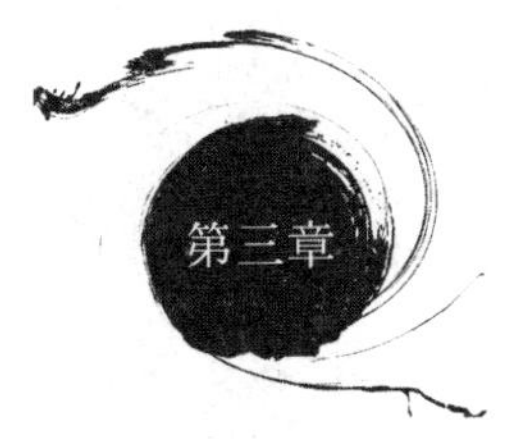

진산과 그 일행은 바쁘게 움직이지 않았다. 진산에게는 실종된 형을 찾아야 한다는 사명이 있지만, 섣불리 움직이면 그 피해를 형이 입는다는 사실을 충분히 인지하고 있기 때문에 그는 되도록 여유롭게 움직였다.

복건성에 도착한 지 두 달이 지나서야 그들은 강서성에 이를 수 있었다.

강서성은 동의맹의 분타가 큰 힘을 쥐고 있는 지역이었다. 물론 강서성 전체가 그들의 관할 구역은 아니었지만, 그들이 가진 무력은 다른 문파들에 비해 한두 수 정도 높았다. 그 때문에 자금도 많았고 덕분에 많이 부유해졌다.

덕분에 다른 분타주와는 달리 강서분타주의 힘은 제법 강했다.

그런 분타주에게 며칠 전 손님이 찾아왔다.

"하하, 오호삼화께서 저를 만나러 와주시다니 영광이군요."

그가 크게 웃으며 말했다. 그의 앞에는 듬직한 다섯 명의 청년과 아름다운 세 명의 여인이 자리하고 있었다. 그들은 그리 기분이 좋지 않은지 인상을 찌푸리고 있었다. 분타주는 그들의 기분을 좋게 해주기 위해 갖은 노력을 다했다.

사실 분타주의 직위는 결코 오호삼화의 아래가 아니다. 또 강서분타주는 분타주들 중에서도 제법 서열이 높았다.

그러나 오호삼화는 후에 오대세가의 주인과 기둥이 될 자들이다. 오대세가의 주인은 분타주로서는 감히 올려다볼 수 없는 존재들인 것이다.

그래서 분타주는 어떡해서든 오호삼화의 기분을 맞춰주려 애썼다.

'제길! 그놈은 도대체 어디로 사라진 거야! 강서성으로 간 사실까지는 알았지만……'

팽호성이 속으로 작게 뇌까렸다. 붕대사내에게 겨우 일 초에 깨진 사실이 억울했다. 분명 붕대사내가 자신보다 고수라는 사실은 인정한다. 그만한 도법은 쉬이 볼 수 있는 것이 아니라는 것 역시 잘 알고 있다.

그러나 아무리 그렇다고 해도 자신이 일 초 만에 깨졌다는 사실은 인정하고 싶지 않았다. 그래서 그는 사내가 운이 좋았다고 여겼다. 다시 싸운다면 적어도 백 초, 아니, 오백 초는 능히 겨룰 수 있다고 생각했다.

'그 자식! 내가 반드시 꺾어주겠어.'

팽호성과는 달리 남궁유성은 그를 꺾고 싶었다. 오대세가 중에서도 가장 세가 강한 남궁세가다. 남궁유성은 흔히들 천하제일검가라 불리는 남궁세가의 후계자다. 자존심 강한 오호 중에서도 그는 가장 자존심이 강했다.

다른 무엇보다 스스로가 부족하다고 여겨 오행살가진을 썼다는 사실이 수치스러웠다.

'그것이 겁먹고 꼬리 만 개와 무엇이 다르단 말인가!'

그 뒤로 두 달 동안 그는 필사적으로 수련을 했다. 물론 여행 중이었고 다른 오호들의 눈도 있어서 제대로 하지는 못했다. 그러나 그는 기재였고, 조금의 성과를 이룰 수 있었다.

남궁유성은 자신이 강해졌단 사실을 느꼈고 그러자 붕대 사내와 다시 겨루고 싶어졌다. 이번에는 지지 않을 자신이 있었다.

'제길…… 아무런 소문을 내지 않다니. 그놈 무슨 생각을 하는 걸까?'

제갈청은 고민했다. 은서각 사람이든 동의맹 사람이든 자신이 그와 같은 상황이라면 그때의 상황을 소문낼 것이다. 다른 누구도 아니고 오호들이다. 그들이 스스로 오행살가진을 펼치게 만든 것은 충분히 자랑거리였다.

그것이 겨우 소문이라도 사실이었기에 효과는 크다. 그것만으로 조금이지만 자신의 입지는 세우고 오대세가의 입지는 줄일 수 있었다.

그러나 붕대사내는 소문을 내지 않았다. 아니, 오히려 쉬쉬하는 것 같았다.

그렇다면 무언가 노리는 것이 있을 것이다.

'오대세가의 재력은 막강하다. 우리 제갈세가 하나만으로도 그 가진바 재산이 천문학적인 액수다. 그가 돈을 요구한다면 어느 정도 줄 수 있다. 명성을 그깟 몇 푼과 비교할 수 없으니까.'

그러나 돈을 노린 자라면 지금까지 연락이 없을 리 없었다. 세가에서 아무런 연락이 없는 것을 보아하니 그는 다른 세가에 알리지도 않은 것 같았다.

제갈청은 태어나서 처음으로 머리가 아팠다. 붕대사내가 원하는 것이 무엇인지 알 수 없었다.

'무엇을 원하는 거냐!'

처음에는 죄인이라고 생각했다. 무림공적은 해남도로 도망갔으니 아닐 것이고, 조정에 죄를 지었다고 생각했다. 그래서 소문도 내지 않고 조용히 사라졌다.

이건 말이 조금 되는 것 같았다. 하지만! 죄진 놈이 당당히 성도에 들어서서 도집까지 사고 오호와 붙었다? 그 정도밖에 안 되는 머리를 가진 놈이라면 튀기 전에 잡혔을 것이다.

'내가 두 달 동안 문제를 풀지 못하다니! 이건 수치다! 빌어먹을. 반드시 네놈을 찾아서 이유를 묻겠다!'

그들은 각각 다른 이유로 소지를 찾기 위해 혈안이었다. 물론 소지는 벌써 붕대를 풀었고, 달라진 외모로 진산과 강서성을 활보하고 있었다. 그러나 아쉽게도 그 사실을 그들이 알 리 없었다.

오호 중 세 명이 험악하게 인상을 찌푸리자 분타주는 애가 탔다.

"아하하, 기분이 조금 저조하신 것 같습니다. 하하하하!"

분타주가 분위기를 어떡해든 풀기 위해 어색한 미소를 지었다.

"분타주는 기분이 좋으신가 봅니다? 그렇게나 시원스레 웃으시고 말입니다."

그런 그를 보며 제갈청이 말했다. 물론 제갈청은 그가 자신들 때문에 난처하단 사실을 알고 있었다. 하지만 안다고 해서 그를 도와줄 마음은 눈곱만치도 없었다. 오히려 그를 향해 대신 화를 풀고 있었다.

'아, 그분은 지금쯤 어디 계실까?'

제갈청이 분타주를 골려주고 있을 때 팽설향은 부단장을 생각하고 있었다. 날카롭고 강한 고수의 기세. 그것은 그녀의 오라비인 팽호성과는 비교할 수 없을 정도로 강했다. 아니, 가주인 자신의 아버지와 능히 견줄 만했다. 물론, 아버지가 더 강하다고 생각하는 그녀였지만 그만큼 그가 강하다고 생각했다.

외모를 보아 부단장은 서른 중반이었다. 그렇다면 그녀와의 나이 차가 거의 열다섯에 이른다. 하지만 무공을 익힌 사람이 쉬이 늙지 않는다는 사실을 그녀는 잘 알고 있었다. 쉰이 넘은 그녀의 아버지도 지금은 겨우 마흔 중반으로밖에 보이지 않는다.

나이는 상관없는 것이다.

팽설향의 상상 속에서 부단장은 점점 미화되고 있었다. 근육이 두 배쯤은 더 부풀었고 외모도 세 배쯤은 멋져졌다. 그덕에 부단장과 그녀가 다시 만나도 못 알아볼지도 모른다.

무언가 황홀경에 빠진 팽설향이었다. 그녀를 보며 분타주는 가슴을 쓸어내렸다. 삼화의 기분은 나쁘지 않은 것 같았다.

분타주는 비싼 돈 주고 분타를 개조하기를 잘했다고 생각했다.

'휴, 다행이군. 다른 삼화들도 다르지 않겠지.'

그런 생각을 하며 그의 시선이 남궁유미에게로 향했다. 그녀는 얼음처럼 차가운 눈을 하고 있었다. 순간 분타주의 마음이 꽁꽁 얼어붙는 것만 같았다.

'오라버니를 욕보인 자의 일행이라 이거지!'

그녀는 진산을 생각했다. 그녀의 머릿속에선 멋지다고 생각했던 그의 미소가 사악하게 변해 있었다.

남궁유미 역시 남궁유성에게 거는 기대가 크다. 그는 강하고 멋졌다. 얼마나 많은 청첩장이 그에게 날아왔는지 그녀는 잘 알고 있었다. 그런 남궁유성은 남궁유미에게는 우상이었다. 그런 그의 자존심을 뭉갠 자가 마음에 들 리 없었다. 증오하고 또 증오했다.

얼마 전 그녀의 정보 조직을 이용해 알아본 바 그자가 진산의 일행이라는 사실을 알 수 있었다. 서로 형이라니, 아우라니 할 정도로 친하다고 한다. 그 때문일까? 그렇게 호감 가던 진산이 싫어졌다.

그리고 생각해 보면 그는 수상한 게 한두 가지가 아니었다. 무공도 익히지 않은 자가 고수를 수하로 부리고, 남루한 옷을 입고 있으면서 고급 객잔에 들어와 식사를 하고 있었다.

그녀는 그를 은서각에서 파견한 첩자라고 생각했다. 아마 그녀들을 노린 자객들을 쫓았던 것은 연기였을 게다.

'다시 만나면 반드시 죽여주겠어!'

그녀는 독하게 마음먹었다. 그녀는 남궁유성만큼은 아니지만 천하제일검가의 딸인 만큼 조금의 검법을 익히고 있었다. 그것이 세간에서는 고수라고 불릴 정도다. 약하지는 않을 것이다. 무공을 익히지 않은 진산의 심장 정도는 가볍게 후벼 팔 수 있다고 생각했다.

"술이라도 한잔하심이 어떨까요?"

분타주는 마지막 패를 꺼내기로 결심했다. 고이 아껴둔 술이 자신의 비밀 저장고에 몇 통 있었다. 구하기가 쉽지 않은 술이었다.

그는 눈물을 머금고 하인을 불러 술을 가져오려 했다. 그때 제갈화린이 입을 열었다.

"술은 제어 중추를 마비시키는 힘을 가지고 있습니다. 그래서 취하면 자제력을 잃고 횡설수설하게 됩니다. 물론 내기로 취기를 몰아내면 되지만 그래서야 술을 마시는 의미가 없게 됩니다. 저는 다른 분들 앞에서 자제력을 잃은 모습을 보이고 싶지 않습니다. 또 굳이 술을 마시고 싶은 기분도 아니고요. 따라서 거부합니다."

제갈화린이 냉정하게 거절하고 나섰다. 그녀도 기분이 그리 좋지 못했다.

물론 진산 때문이다. 현재 동서가 대립하고 있는 상황이다. 비록 십몇 년 동안 전쟁이 없다고 하지만, 그 때문에 더욱 어수선한 상황이었다.

전쟁이 끝나지도 않은데 사람들은 평화에 젖어 있다.

이것이 얼마나 위험한 상태인지 제갈세가는 잘 알고 있다.

지금 같은 시기에 양 세력이 격돌한다면 멸망의 길을 걸을 것이다. 그리고 그사이 새외나 다른 세력이 중원을 노릴 것이 뻔하다.

제갈화린은 진산을 세외나 조정의 사람이라 생각하고 있었다. 부단장이라고 전투 부대를 세세하게 나누는 것 때문에 그녀는 조정이라는 생각에 조금 기울었다.

'황제가 그들을 보내서 원하는 것은 무엇일까?'

붕대사내라는 고수를 보내 오호의 사기를 꺾었다. 또 부단장이 나서 자신의 무공을 보여 삼화를 감탄케 하였다. 그들은 이미 미래의 동의맹 주력들에게 나름대로 인정을 받은 것이다.

이것으로 얻을 바는 많다. 하지만 무엇을 위한 행동인지 그녀는 짐작할 수 없었다.

'지금 내 생각이 비약이라고 할 수 있다. 하지만 정말 그렇다면…… 우리는 준비를 해야 한다.'

아무리 황제라 해도 무림을 지배하게 할 수는 없다. 또 더러운 세외 것들이 중원을 노린다는 사실도 마음에 들지 않았다.

그녀는 눈을 감았다. 황제든 세외든 쉬운 상대는 아니었다.

'진산…….'

그녀의 머리 위로 화사하게 진산이라는 존재가 떠올랐다.

그녀의 얼굴이 일순 붉어졌다. 멋진 사내였다. 남루한 옷을 입고 있음에도 당당했다. 그를 계속 앞에 두고도 초라한 차림을 했다는 사실을 인지할 수 없었다.

무공을 익히지 않았음에도 멋진 옷을 입지 않았음에도 그는 강했고 아름다웠다.

'당신이 무슨 생각을 가지고 있는지는 모르지만, 강호에 나왔다면 다시 만날 수 있겠죠.'

단 한 번 만났을 뿐인데 그는 가슴 깊이 박혀 빠져나올 줄 몰랐다. 오히려 더욱 깊이 파고들어 그녀의 마음을 아프게만 만들었다.

진산은 단지 형을 찾기 위해 나선 것뿐이었다.

*   *   *

상석에 앉은 사내가 고민에 빠진 듯 턱을 괴고 있었다. 그의 곁으로 여덟 명의 장로가 그와 마찬가지로 침통한 표정에 빠져 있거나…… 하지는 않았고, 콧구멍을 파거나 하품을 하는 등 태평하게 앉아 있었다.

그들 사이에는 길쭉한 탁자가 늘어져 있었다.

"오호삼화 살해 작전은 실패했소."

사내가 한숨을 토해내며 말했다. 그러나 그의 말에 장로 여덟은 아무런 대답도 하지 않았다. 서책을 보거나 졸거나 딴 짓을 하고 있었다. 애초에 그들은 이런 회의에 관심이 없었다. 나이 먹어서까지 열심히 일을 할 정도로 그들은 조직을 사랑하지 않았다. 또 원래 그런 조직이기도 했다. 사내가 들어서면서 많이 바뀌기는 했지만, 장로들마저 바뀔 리는 없었다.

그들은 조금 더 놀고 싶었고 조금 더 쉬고 싶었다.

하지만 사내는 그런 그들이 못마땅했다. 장로들은 한때 혁혁한 공을 세워 이 자리에 있는 자들이다. 자신보다 경험이 많고 능력있는 자들인 것이다. 그러나 그들은 일을 하지 않는다. 회의를 한번 하려 하면 별의별 핑계를 다 대면서 피한다.

여덟 명의 장로가 다 회의에 참석하는 일은 일 년에 한 번 있을까 말까 했다.

"뭐, 고수라 해도 그들은 소모품이 아닌가? 오호삼화를 상대하기는 많이 벅차지."

코를 후비던 장로가 흐느적거리며 말했다. 사내가 보낸 자들은 고수라 불리는 실력을 가지고 있었지만, 하급 중에서도 최하급이었다. 오호삼화를 죽이기 위해서는 조금 버거운 자들이다.

"그렇다 해도 그들의 수가 열다섯이오! 그리고 소모품이라고는 하지만 고수가 쉽게 구해지는 줄 아오?!"

사내가 격분하며 말했다. 소모품이기는 하나 그들은 고수다. 고수 하나 만드는 데 드는 비용이 만만치 않다. 뭐, 팔대 문파나 오대세가, 마교 정도 되는 곳에는 고수가 썩어 문드러질 정도로 많다. 하지만 그들 조직은 팔대문파나 마교에 비하면 정말 보잘것없는 문파다. 아니, 그전에 그들과 붙어 대단한 문파는 중원에 존재하지 않는다.

그들은 오호삼화를 죽이기 위해서, 아니, 못해도 반병신을 만들기 위해서 투입된 것이다. 소모품이라는 말이 오호삼화 정도 되는 후기지수 앞에서지, 다른 곳에서 그들은 충분한 정예다.

그런데 열다섯 중 열넷은 죽고 대장은 팔 병신이 돼서 돌아왔다. 그것이 문제가 아니다. 오호삼화는 고수들 중에서 중하급은 되었고 그 수가 여덟 명이었다. 아무리 조직이 보낸 자객들이 두 배 정도 된다고 하지만 그들을 죽이기에는 무리가 많았다. 같은 고수라고 하지만 거기서도 등급이 있는 법이다.

하지만 상처 하나 내지 못했다는 사실이 문제다. 열넷을 가볍게 상대한 고수가 있다는 사실도 문제였다.

그들은 팽호성이 내상을 입었다는 사실도 알고 있었다. 그들의 정보 수집 능력은 가히 개방과 견줄 수 있을 정도였다. 그리고 그 고수가 사실은 오호삼화의 호위가 아니라 다른 놈의 수하였다.

한마디로 그들 열다섯을 그냥 날린 것이다.

사내는 그 말을 하고 싶었던 것이다. 하지만 빌어먹을 장로들은 자신의 이야기를 어디로 듣는지 헛소리만 하고 있다.

"하아—"

그의 입에서 한숨이 토해져 나왔다. 늙은 것들이 돈만 받고 놀기만 한다. 사내는 그것을 용서할 수 없었다. 그만큼 자신의 조직을 사랑하는 사람도 없을 것이다. 또 조금만 더 열심히 한다면 마교는 힘들어도 팔대문파 정도의 힘을 가질 수 있다는 사실도 알고 있다.

그들은 막강한 정보력을 바탕으로 대문파로 거듭날 것이다.

사내는 그렇게 꿈꾸고 있다.

'아~ 이놈의 회의는 왜 이리도 기누?'

장로들은 그런 생각은 조금도 없었다. 이미 해먹을 거 다 해먹은 그들이었다. 이대로 살아도 아무런 문제가 없었다. 명성을 얻는다고 해도 그들 대부분이 죽었을 때의 이야기일 거다. 장로들은 죽은 뒤의 명성 때문에 괜히 노력할 필요는 없다고 생각했다.

덕분에 둘 사이에 신경전은 아주 팽팽했다.

"일단 새로이 나타난 고수들을 조사해 볼 필요가 있다고 사료됩니다. 따로 조사대를 만들어 보낼 테니 허락해 주시길 바랍니다."

조직은 사내의 힘만으로 돌아가는 것이 아니다. 그랬다면 장로들을 죄다 갈아 치우고 성실한 놈으로 재구성했을 것이다. 사람을 쓰는 일에는 장로들의 허락이 필요했다.

"좋아, 좋아! 자네들 역시 좋지?"

"아! 그렇고말고! 역시 우리 문주라니까!"

"어, 어. 뭐가? 뭔데?"

"나도 찬성!"

"그럼 모두 허락한 걸로 알고 회의는 끝나는 건가?"

장로들은 슬슬 지겨운 회의가 끝날 기미가 보이자 잽싸게 나섰다. 그중에는 졸다가 일어나 상태 파악을 못하는 자도 있었다.

사내, 아니, 문주는 이를 악물었다. 당장이라도 장로들을 패대기쳐 버리고 싶었다. 하지만 장로들은 그보다 고수였다. 그들이 장로 일을 도박으로 딴 게 아니다. 발군의 무공 실력을 가지고 있었다. 그것은 문주인 사내보다 강했다.

"후, 그럼 이것으로 회의를 끝내겠습니다."

문주의 어깨가 축 처졌다.

＊　　　＊　　　＊

삼룡표국은 강서성에서도 열 손가락 안에 드는 표국이었다. 성 규모인지라 대표국이라고는 할 수 없었지만, 중소 표국 중에서는 제법 큰 편에 속했다.

과거부터 그들의 명성은 대단했다. 보통 중소 표국에는 고

수 하나 있기도 힘든 반면 삼룡표국에는 고수가 셋이나 있었
다. 일개 표국치고 상당하다고 볼 수 있었다.

보통 고수가 표사가 되는 일은 없다. 버는 일이 제법 짭짤
하다고는 하지만, 명색의 고수가 하릴없이 물건 따위나 지키
는 일을 하기에는 그간 익힌 무공이 너무 아까웠다. 그것 말
고도 그들은 충분히 먹고살 수 있었다. 차라리 부잣집 도련님
옆에서 건달들이나 삼류무사들 갈구면서 호위무사나 하는 것
이 훨씬 나았다.

그래서 삼룡표국의 위상은 강서성에서 제법 되는 편이었
다.

그런 삼룡표국에 몇 달 전 위기가 찾아왔다.

가장 처음 사건이 터진 것은 옥화산에서였다. 옥화산은 그
산세가 조금 험하고 그곳에는 녹림칠십이채 중 하나인 옥랑
채가 있었다. 그들은 고수들이 없는 틈을 타 표물을 노렸고,
삼룡표국의 거래에 응하지 않았다.

본래 표국과 산적과의 사이는 적이 아니다. 표국은 산적에
게 돈을 주어 표물을 지키고, 산적은 그들에게 돈을 받아 생
활한다.

그것이 녹림이라면 그 체제가 더욱 잘 잡혀 있어야 한다.

만약 산적들이 그것을 무시하고 무작정 표물을 노린다면
표국에서는 토벌대를 만들어 항전하는 수밖에 없다. 표국은
돈이 많다. 큰돈과 명분은 고수도 부릴 수 있는 법이다. 산적

을 때려잡는다면 정파에서는 손을 빌려주는 데 인색하지 않다. 고수들이 몰려오면 산적들은 그날로 장사를 접어야 한다.

그렇다고 표국이 무턱대고 산적을 토벌할 수는 없었다. 그들이 있어야 상인들이 표국을 이용하는 법이다.

어쨌든 삼룡표국은 당했고, 표물을 찾기 위해 그들은 옥랑채를 뒤졌지만 옥화산은 넓었고 그들은 쥐꼬리만큼의 흔적도 남기지 않았다.

그 뒤로 고수가 끼지 않은 표행에는 반드시 산적들이 나타났다. 그들은 표물은 물론 표사들의 목숨까지도 빼앗았다. 그렇다고 표행에 일일이 고수를 붙여줄 수는 없었다. 삼룡표국에 고수라 할 사람은 셋밖에 없었기 때문이다.

표행은 많고 고수는 셋이다.

그들은 잡지 못하고 표행의 수는 줄어들었다.

삼룡표국의 신용이 바닥까지 추락하는 데 채 한 달이 걸리지 않았다.

"제길!"

썰렁한 표국 내에서 한 사내가 욕지기를 내뱉으며 연무장 바닥을 힘껏 찼다. 쿵! 소리가 나며 깊은 발자국이 남았다.

"일룡 오라버니, 화 푸세요. 화를 낸다고 어쩔 수 있는 것도 아니잖아요."

사내에게 귀여운 소녀가 미소를 지으며 다가왔다. 열다섯, 열여섯쯤 되었을까? 아직 어린 티를 버리지 못한 소녀가 비단

옷을 입은 채 다가왔다. 그런 그녀의 허리춤에는 작지만 단도가 하나 들려 있었다.

일룡은 그녀를 바라보며 코웃음 쳤다. 가장 화를 내야 하는 사람은 바로 그녀였다.

그녀는 바로 국주의 딸이었다.

사내는 그런 그녀의 태도가 마음에 들지 않았다. 기울어가는 표국에서 그녀의 장신구는 언제나 비싼 것들이었고 그것이 이틀을 넘기지 못한다. 과거에는 그런 사치를 귀엽게 보았지만 다 말아먹게 생긴 가운데에도 귀엽게 볼 수는 없었다.

"흥! 그럼 어쩌라는 거지? 그냥 탱자탱자 놀아봐?"

일룡이 으르렁거렸다.

"어머! 그게 아니죠. 제 이야기는 공연히 화를 내지 마시고, 우리를 습격한 산적들에게 푸시라는 거죠."

일룡의 과격한 말에 그녀는 가볍게 웃으며 대답했다. 그녀로서는 그렇게 잘나가던 삼룡표국이 기울어져 가고 있다고는 상상할 수 없었다. 그저 일이 조금 줄어든 거라고 생각할 뿐이었다.

그녀의 태도에 일룡이 혀를 찼다. 아직도 철이 덜 들었다. 그것이 한심했다. 그는 거친 낭인 일을 하다가 온 사람이었다. 기밀이지만 그녀가 고수라는 사실을 알고 있었다. 국주인 이호섭은 그녀에게 고수 호위를 붙이는 것보다 고수로 만들었다. 삼룡이라 하면 그녀를 말하는 것이었다.

일룡은 삼룡이 무공을 익히면서 그러한 사정 하나 모르는 것이 답답했다. 그는 느지막이 몸을 맡긴 표국에서 편안한 노후를 보내고 싶었다. 다음 대 그녀가 국주가 되면 오래지 않아 망할 것 같았다.

"누구냐!"

쉬익!

일룡의 허리춤에서 수리검이 섬전처럼 날아갔다. 나무 위에서 검은 그림자가 뛰어내렸다.

사내의 모습이 연무장 앞에 드러났다. 검은 야행복과 허리춤에 길게 늘어진 검이 인상적이었다.

사내가 복면을 벗었다.

"일룡 형님, 이런 것 좀 함부로 던지지 마쇼."

사내의 손에는 수리검이 들려 있었다. 그가 가볍게 던지자 수리검이 화살처럼 일룡에게로 날아갔다.

"이룡아, 언제까지 옛 습관을 못 버리냐."

그에게서 수리검을 받아내며 일룡이 말했다. 이룡은 과거 살수였다. 하지만 살수 생활이라는 것이 칼날 위를 걷는 것처럼 위험한지라 때려치우고 표국의 표사가 되었다. 느긋한 노후를 맞이하기에는 표국처럼 좋은 곳도 없었다.

부잣집에서는 대우가 좋지만 애새끼 뒤치다꺼리를 하고 싶은 마음이 없었다.

"이룡 오라버니, 뭐 좀 알아내신 거 있으세요?"

이룡은 전직이 살수라 잠입에 뛰어나다. 그는 가끔 다른 표국에 들어가 정보를 빼오거나 하는 일을 했다. 이번에는 자신의 표국에 숨어서 첩자들을 관찰했다. 일련의 사건으로 보아 표국에 첩자가 있을 것임을 확신했기 때문이다.

삼룡의 물음에 이룡이 쓰게 웃었다. 별 소득이 없었다. 그들이 어찌나 은밀하게 움직이는지, 아니면 진짜 없는 것인지 그는 첩자를 발견할 수 없었다.

"후우, 일이 생겼다. 이번에는 우리 셋 다 갈 것 같다."

그 말에 일룡과 삼룡 모두가 인상을 찌푸렸다. 대표 고수 셋이 동시에 나갈 표행이라니. 그만큼 임무가 크다는 사실도 되었지만 텅 빈 표국 또한 걱정이었다.

이룡이 한숨을 토해냈다. 일을 받은 것은 국주다. 그들이 아무리 고수이고 대표두라고 해도 국주가 하라는데 안 할 수는 없었다. 조금 이례적이라면 삼룡까지 나선 것이다.

"아버지는 왜……."

그녀는 표행을 나가고 싶어하지 않았다. 그녀는 표국을 대표하는 고수기는 하지만 그 정체를 드러낸 적이 없었다. 가끔 표사들 앞에서 남장하고 무공을 보인 것 빼고는 단 한 번도 나선 적이 없었다.

표행은 생각보다 고되고 힘들다. 물론 낭인이었던 일룡이나 살수인 이룡이 볼 때는 유람까지 하는 편한 일이지만, 집에서 고이 자란 삼룡으로서는 하고 싶지 않은 일인 것이다.

"이번 표행은 안휘의 남궁세가로 가는 것입니다. 그리고 그곳으로 가기 위한 최단 경로는 백운산과 옥화산을 거쳐야 합니다."

뒤이은 이룡의 말에 그들의 미간이 구겨졌다. 옥화산에는 옥랑채가 있었고, 백운산에도 녹림칠십이채 중 하나인 백호채와 백룡채가 있었다. 제법 험한 일진이었다.

"오라버니, 꼭 그 길로 가야 해요? 동쪽의 임고산을 거쳐 가는 길도 있잖아요."

"그 길은 멀다. 직선상으로는 분명 가깝지만, 강을 거슬러 올라가는 것인지라 쉽지 않다. 산적은 없겠지만, 길이 쉽지 않고 마을이 많아서 그곳을 거치는 데 시간이 많이 걸린다."

일룡의 말에 삼룡은 풀이 죽어 입을 다물었다.

이번 표행은 험하다. 지금까지 녹림에게 당해서 피해를 본 액수가 한두 푼이 아니다. 그들이 삼룡표국을 노렸다면, 이제 마지막을 보려 할 것이다.

표국이나 녹림이나 마지막이 될지도 모르는 표행이었다.

그런 삼룡표국의 대문을 누군가 두드렸다.

"진 아우, 우리가 꼭 표국과 함께 가야겠는가?"

이제는 평범한 얼굴로 변한 소지가 진산에게 물었다. 그에 진산은 고개를 가볍게 끄덕였다.

그는 중원에 나와보지는 못하는 대신 중원의 영웅소설을

읽곤 했다. 그들은 여행 중 표사들을 만나거나, 표국을 찾아가 같이 표행을 하곤 한다. 진산 역시 그들과 같은 방식으로 가려 했다.

그러나 중원에서 잔뼈가 굵은 소지는 그것이 마음에 들지 않았다. 표행은 제법 돈이 되는 것을 지키면서 가는 길이다. 돈이 되는 것을 노리는 도적 놈들은 의외로 많다. 그로서는 귀찮게 그런 녀석들과 얽히고 싶지 않았다.

그런 생각은 부단장 역시 마찬가지였다. 표국은 단 한 번도 보지 못했지만, 무엇을 하는지는 잘 알고 있었다. 그들은 여행을 하는 것이 아니다. 경치를 즐기는 운치도 없고, 그저 가장 빠른 길로 가려고만 한다. 그래서는 낭만이 없다. 비록 진산에게 반협박으로 참여한 것이지만, 이왕 중원에 나온 김에 세상 구경 좀 하고 싶었다.

그러기 위해서는 고된 표행길보다는 돈 좀 쓰면서 돌아다니는 것이 낫다. 그리고 돈 문제는 소지만 있으면 문제없어 보였다. 소지는 돈이 좀 많은 듯했다.

"휴, 약간의 설명이 필요하겠군요."

진산이 숨을 내쉬며 입을 열었다. 소지와 부단장이 귀를 기울였다.

"제가 중원에 온 이유를 기억하십니까?"

그가 조용히 입을 열었다.

"자네의 형을 찾는 것 아닌가?"

“주공의 형님을 찾으시는 것 아닙니까?”

둘이 거의 동시에 대답했다. 그것이 가장 큰 목적이었다. 진산이 그런 티를 전혀 내지 않아 잠시 망각하고 있었지만 그게 진실이었다.

잊었던 사실을 떠올리자 둘의 얼굴이 붉어졌다. 하나는 귀찮다고 몸을 사렸고, 다른 하나는 아예 여행까지 하려 했다.

“기억하시는군요.”

“무, 물론!”

“당연합죠. 그게 어떤 일인데요.”

이번에도 진산의 말에 거의 동시에 대답했다.

소지는 그가 얼마나 형을 아끼는지 조금이나마 느끼고 있었다. 부단장은 뼈저리도록 잘 알고 있었다.

“지금 같은 시기에 정보를 얻기란 쉽지 않습니다.”

“아, 그건 걱정 말게. 내가⋯⋯.”

“물론, 천 형의 말에도 일리가 있습니다. 하지만!”

소지의 말을 가볍게 끊으며 진산이 말을 이었다.

“천 형께서는 무림공적이셨습니다. 해남도로 오기 위해 수차례 고급 정보를 이용하셨을 겁니다. 또 그때마다 천 형의 정보 세력은 희생당했을 것입니다.”

그의 말에 소지는 부정할 수 없었다. 무림공적이라는 것을 피하는 것이 결코 쉽지 않다. 천하제일살수인 그였으니 간신히 피했지, 다른 놈들이라면 어림도 없는 일이다. 거대 문파의 천라지망은 매웠고 그 틈을 찾기란 결코 쉽지 않았다. 당연히 구멍을 뚫기 위해 정보대원을 희생시켰다. 그렇지 않으면 그는 죽을 판이었다.

이 개월간 복건성과 강서성에서 확인한 결과 그의 정보 세력은 상당히 세가 줄어 있었다. 그것은 그가 해남도로 떠난 며칠 사이에 이루어진 것이 아니다. 그가 쫓기는 동안 대부분 발각되고 무너진 것이다.

"저희에게는 정보가 턱없이 부족합니다. 고급 정보를 얻기에는 세력도, 신용도 없지요."

당장 해남파의 문도들을 은밀히 풀어 중원에 심는 방법도 있지만, 해남파는 해남도를 통일한 지 오래되지 않았다. 정보 부대를 하나 투입하려면 적어도 십 년의 세월은 족히 필요했다. 그리고 그들에게 그런 시간은 없었다.

진산이 다시 말을 이었다. 그의 말에 소지와 부단장은 경청했다.

"표국은 의뢰를 받아 물건을 옮기는 곳입니다. 발이 넓고 인맥 또한 넓습니다. 그리고 곳곳으로 물건을 나르기 때문에 무림의 정세에 대해 귀가 밝지요. 그중 삼룡표국은 강서 십대 표국 중 하나로 그 세가 제법 대단했습니다. 그런데 최근에 몰락하기 시작했습니다. 누군가 수작을 부린 사실은 알 수 있지만, 정확히 꿰뚫어 볼 수는 없습니다. 표면적으로는 녹림이지만 그것이 마교인지 은서각인지 알 수 없습니다. 다 죽어가는 마당입니다. 그들은 살기 위해서 귀를 쫑긋 세우고 있습니다. 평화로울 때보다 더욱 귀를 열고 있습니다. 정보가 많습니다. 그리고 입소문에 의하면 이번에 안휘까지 가는 제법 큰 표물을 받았다고 합니다.”

“놈들이 노리겠군.”

소지가 중얼거렸다. 그 소리를 못 듣는 이는 적어도 이들 중에는 없었다.

진산은 소지의 말에 가볍게 고개를 끄덕였다. 음모가 있는 놈들이었다. 그들의 목표는 보나마나 삼룡표국의 멸문. 가뜩이나 신용은 바닥이다. 게다가 표사나 쟁자수도 거의 죽어 그 수가 적다. 이번 표행에는 반드시라고 좋을 정도로 암습이 있을 것이다.

그것을 소지와 부단장이 돕는 것이다. 표국은 정파다. 남 지켜주는데 사파일 리 없다. 그런 그들을 노리는 것은 도적 놈들이다. 형의 어록에는 사파나 흑도의 놈들은 이 잡듯이 잡아내야 한다고 되어 있다. 도와주는 데 거리낄 것이 없다.

그러다 보면 그들이 암습받는 이유도 알 수 있을 것이고, 조금 친해지면 그들에게서 제법 쓸 만한 정보를 주울 수 있을 것이다.

“아시겠습니까?”

진산이 정중히 물었다. 그들은 고개를 끄덕였다.

같은 사파지만 소지는 도적 놈들이 싫었다. 빼앗는 건 살수나 도적이나 마찬가지지만 살수들이 더 고급 인력이다. 또 쪼잔하게 물건이나 빼앗는 녀석들이 한심하게 보였다. 부단장은 오랜만에 몸을 풀 수 있다는 사실이 기분 좋았다. 중원에 나오면 줄창 싸울 거라 생각했다. 이 개월 전의 전투를 제하면 손을 섞은 적이 단 한 번도 없었다. 그는 한바탕 해보고 싶었다.

진산은 소지의 손을 꼭 잡았다.

"그럼, 다시 한 번 부탁드립니다. 형을 찾을 때까지 도와주시길 바랍니다."

"그래그래. 내가 반드시 형을 찾아줄게."

소지는 고개를 끄덕였다. 유일한 가족이라고 한다. 그 마음이 얼마나 간절한지는 알 수 없었지만 간접적이나마 느낄 수 있었다.

진산은 부단장을 향해 몸을 돌렸다. 그에게는 아무 말도 하지 않았지만 그는 연신 고개를 끄덕였다.

둘의 허락을 받은 진산은 삼룡표국의 문을 두드렸다.

넓은 회의실 안, 썰렁한 한기마저 느껴지는 이곳에서 진산과 국주가 독대하고 있었다.

"표행에 함께하고 싶단 말인가?"

"예."

국주의 말에 진산이 고개를 가볍게 끄덕였다. 그러면서 그는 주위를 둘러보았다. 독대를 한다면 보통 이런 회의실에서 하지 않는다. 여기는 사람이 많이 모여서 이야기를 나누는 곳이다. 백여 명이 족히 들어올 수 있는 회의실에서 무슨 독대인가?

진산이 그런 의문을 가지고 있을 때 국주는 진산을 자세히 훑어보고 있었다. 그는 고수다. 삼룡표국에는 고수가 셋밖에 없다고 공표했지만, 자신을 비롯한 처음 삼룡표국의 대표두였던 자들의 제자가 둘이나 더 있다. 엄연히 말하자면 삼룡표국의 고수는 여섯이었다.

고수의 시선으로 본 진산은 아무것도 없는 쭉정이였다. 무공 같은 것은 조금도 익힌 거 같지 않았다.

'첩자라면 이런 자를 쏠 일은 없겠지.'

이곳은 무림이다. 무공을 익히지 않은 자가 함부로 나돌아다닐 만한 곳이 아니었다. 아무리 정파인 표국이라도 말이다.

"시끄럽군요."

"뭐요?"

진산의 신형이 유령처럼 움직였다. 느릿하게 일어나 벽을 향해 다가갔다. 그러나 그는 순식간에 회의실 벽 앞에 서 있었다.

국주가 진산을 바라보았다. 진산은 조금은 실력을 보여주어야 한다고 생각했다. 소지 때와는 반대로 힘에 대한 증명이 필요한 상황이었다.

스윽.

그의 손끝이 벽을 가볍게 눌렀다. 우드득! 하는 소리가 회의실 안에 울렸다. 국주의 눈이 커졌다. 벽에서 피가 콸콸 흘러나오기 시작했다.

진산이 발걸음을 돌려 국주에게로 다가갔다. 발걸음은 느렸으나 다가오는 그의 신형은 결코 느리지 않았다.

"어, 어떻게 알았나?"

놀란 표정을 숨기지 않고 국주가 물었다. 고수인 자신도 느끼지 못한 기척이다. 그런데 무공을 익히지도 않은 것 같은 녀석이 알아냈다. 그는 떨리는 가슴을 진정시키며 진산을 바라보았다.

"숨소리가 너무 거친 놈이더군요."

진산이 아무것도 아니라는 듯 대답했다. 그의 말에 국주는 진산이 상상을 초월하는 고수라는 사실을 알 수 있었다. 표국에 고수가 여섯이나 있다고는 하지만 모두 최하급이다. 물론 최하라고 해도 고수는 고수. 그들은 충분히 강했다. 그러나 눈앞의 진산은 달랐다. 못해도 중급은 될 법한 고수였다.

하지만 국주는 의심이 많았다. 몇 번이나 암습을 받았고 지금까지 그것이 내부의 적이라고 믿었던 국주였다. 그런 그가 외부인을 믿을 리 없었다.

"그대가 원하는 것은?"

"정보입니다."

진산은 솔직하게 대답했다. 이런 것에서 사기를 쳤다가 걸리면 곤란하다. 이곳에서 그는 눈이 가려져 있다.

"정보라 함은……?"

"현 강호의 정세입니다. 제가 초출이다 보니 눈이 어둡군요."

정확히는 중원초출이지만 진산은 그 사실에 대해서는 말하지 않았다.

'무림초출이란 건가? 그래서 눈이 어둡다고? 이것을 믿어야 하나……'

수상한 점이 하나둘이 아니었다. 무림초출이라는 말도 믿을 수 없었다. 그냥 믿기엔 그의 행동이 너무 치밀했다. 정보를 얻기 위해서 하오문이나 개방과 같은 정보 조직을 찾지 않고 표국을 찾는 감각이 만만치 않다.

표국은 생각보다 정보를 많이 가지고 있다. 특히 삼룡표국은 고수 여섯 중 둘씩이나 내보내 정보 조직 양성에 힘을 썼다. 그것은 비록 표국의 가장 큰 적인 도적들에게는 그다지 쓸모가 없었지만, 아군인 동의맹의 정세와 손님인 부자들의 상태를 아는 데 큰 도움이 되었다.

이 사내는 그 사실을 알고 있었다.

"내가 받을 것은 무엇이오?"

"백운산, 옥화산에 박혀 있는 산채들의 멸살(滅殺)."

진산이 가볍게 말했다. 그러나 그의 말에 국주는 오싹한 기운을 느낄 수 있었다.

손이 부들부들 떨려왔다. 무림에서 멸살이라는 말은 쓰지 않는다. 가끔 멸문이나 몰살이라는 말을 쓰기는 하지만 멸살이라는 말을 쓰지는 않는다.

그의 말에는 무게가 있었다. 심장을 덜컥 내려앉게 만드는 힘이 있었다.

"저희는 그만한 실력을 가지고 있습니다. 천 형도 상당한 고수이시고 부단장의 손도 제법 맵습니다. 산적 따위가 막기에는 무리가 있죠."

국주도 진산의 일행을 보아서 안다. 부단장의 몸에서 터져나오는 기세를 느껴보았다. 그것은 그가 감히 감당할 만한 기세가 아니었다. 태평하게 있는 천 형도 고수 같았다. 마지막으로 제일 약해 보였던 진산조차도 자신이 가늠할 수 없는 고수다.

백운산과 옥화산에 녹림이 있고 그들이 수작을 부린다고 하지만 그들을 상대로는 어림도 없어 보였다.

"이번 표행이 안휘로 간다고 알고 있습니다. 그리고 그 길에 백운산과 옥화산을 거치는 것 역시."

"그렇다네."

그것은 녹림도 알 수 있도록 정보를 뿌려댔다. 진산이 알고 있다고 해도 이상할 것 없었다.

"그리고 저는 도적 놈들이 싫습니다. 이번 표행에 반드시 함께하고 싶군요."

그의 몸에서 은은한 살기가 뿜어져 나왔다.

국주가 알 리 없지만, 그는 도적을 싫어하는 정도가 아니라 증오한다. 그래서 해남도에는 그 많던 해적들이 더 이상 존재하지 않는 것이다. 게다가 그들은 사파다. 형의 어록 안에는 그들을 봐줄 이유가 조금도 없었다.

국주는 도박을 해보기로 생각했다. 진산이 어떤 자인지 자세히 알 수 없었다. 그것은 표행에 오른 뒤 나중에 알 수 있다. 그만한 정보 조직을 가지고 있고 또 고수도 자신을 포함해 여섯이나 된다. 문제없을 것 같았다. 그냥 포기하기에는 그가 내건 것에 너무 군침이 돈다.

국주에게는 고수가 여섯이나 있지만 그들은 표물을, 표국을 지킬 자들이다. 고수는 절대적으로 부족했다. 백운산과 옥화산의 녹림을 칠 힘이 없는 것이다.

'녹림이 사라진다고 해도 도적 놈들이 사라지는 것은 아니다. 그리고 우리가 녹림을 물리쳤다고 소문이 나면 다시 명성을 찾을 수 있겠지.'

가능성있는 이야기다. 녹림이 복수한다고 나선다면 다시 동서무림의 전면전이다. 그들이 전면적으로 움직이면 얼마든지 정파에 도움을 받을 수 있었다. 그들은 명분과 명성이 따르는 싸움을 아주 좋아하기 때문이다.

'아무리 생각해 봐도 이익이야. 이자들이 녹림의 도적 놈들 같지도 않고.'

국주는 도적 놈 운운하면서 살기를 피워 올리는 진산의 모습을 떠올렸다. 식은땀이 났다. 살기가 예사 것이 아니었다.

"좋습니다. 이번 표행에 그대들과 함께하지요. 노숙과 식비 문제 등은 저희 표국에서 책임지겠습니다. 그 대신 일행분들은……."

"녹림 놈들의 씨를 말려주겠습니다."

진산이 얼굴을 차갑게 굳히며 대답했다.

이야기가 끝나자 진산이 자리에서 일어났다. 거래는 이미 끝났다. 그는 회의실 밖으로 슬며시 빠져나갔다.

"아! 제 실력에 대한 것은 비밀입니다."

나가던 그가 문 안으로 다시 고개를 내밀며 말했다. 그의 얼굴에는 미소가 떠어졌다.

하지만 온몸을 압박하는 어마어마한 살기에 국주는 섣불리 대답할 수 없었다.

문이 조용히 닫히며 살기는 걷혀졌다. 국주는 크게 심호흡했다.

진산, 그는 고수였다.

삼룡. 아니, 이효린은 진산을 처음 보고 두근거리는 가슴을 멈출 수 없었다. 그녀는 수많은 정파의 후기지수들이나 미남들을 보아왔다. 하지만 그들도 진산만 하지는 않다.

그녀가 보아온 것은 거친 남성미였다. 그러나 진산은 지적인 미를 보이고 있었다. 그것은 제갈세가 녀석들에게서 느끼던 먹 냄새와는 또 달랐다.

그는 따뜻했다. 부드러운 미소와 함께 누구에게나 정중히 대한다. 너무 예의가 있어 존심조차 없어 보이기도 했지만, 그것은 그녀에게 그리 문제가 되지 않았다.

진산이 회의실을 나서는 것을 보았다. 그녀는 눈을 반짝이며 진산에게 다가갔다.

"표행에 대해서는 잘 모르시죠? 제가 잘 가르쳐 줄게요. 저만 따라오세요."

"감사합니다."

진산이 고개를 꾸벅 숙이며 대답했다. 그녀의 얼굴에 미소가 그려졌다. 이런저런 핑계로 그와 함께할 수 있을 것 같았다.

"신났군, 신났어."

그런 와중에 일룡이 다가왔다. 그는 약해 보이는 진산이 표행에 들어서는 것이 마음에 들지 않았다. 소지와 부단장은 제법 강해 보이기라도 했지만 이자는 많이 부실했다.

표행에서 무공도 힘도 없어 보이는 그는 짐이다. 하나 지키는 것도 빠듯한 표행인데 그까지 늘어나면 힘들어지는 것은 그들이었다.

"국주님도 뭐 때문에 허락하신지 몰라. 이 중요한 시국에 이런 놈과 함께 가라니!"

일룡이 노골적으로 살기를 풍기며 말했다.

"일룡 오라버니, 그만 하세요. 자꾸 그러시면 저 화낼 거예요."

더 이상 볼 수 없다는 듯 삼룡이 으르렁거리며 나섰다. 일룡도 고수다. 하지만 삼룡도 고수다. 평소에는 오라버니 하고 따라다니던 삼룡이었다. 그녀가 한낱 외부인 때문에 화를 내자 일룡은 더욱 화가 났지만, 물러설 수밖에 없었다.

일룡이 진산을 무섭게 쏘아보고 물러섰다. 그에게 진산은 여러모로 마음에 들지 않는 자였다.

"괜찮으세요?"

일룡이 진산을 노렸다. 살기가 풀풀 풍기고 있었다. 그는 고수다. 그것은 일반인이 받아낼 것이 아니었다. 그것을 받아 내면 더 이상 일반인이라고 하지도 않는다. 그녀는 걱정되었다. 진산은 잘생겼지만 약했다.

그녀가 걱정스러운 듯 진산을 바라보았다.

"예? 뭐가요?"

그는 태연하게 대답했다. 그가 그 정도 살기에 노출되었다고 이상이 있을 리 만무했다. 그의 살기는 일룡의 것보다 더 매섭고 끈적끈적하다. 사람을 죽인 단위가 다르다. 살기의 농도가 그만큼 차이가 난다는 것이다.

하지만 그것이 삼룡에게는 애써 태연한 척 대답하는 것으로 보였다. 자신에게 강한 모습을 보여주려 한다고 생각했다.

그녀가 본 진산은 머리도 좋아 보였지만 뚝심도 있어 보였다. 고수의 살기는 매섭다. 어지간한 장정도 오줌을 지릴 정도다. 그것을 무공도 익히지 않은 그가 버텨낸 것을 보니 더욱 마음에 들었다.

'꼭 내 것으로 만들겠어.'

그녀의 입가에 음흉한 미소가 그려졌다. 그러나 그것을 진산은 조금도 느끼지 못했다. 남녀에 관해서는 조금 미숙한 진산이었다.

*   *   *

강서성에는 삼룡표국 외에도 여러 표국이 있다.

그중 금성표국이라는 곳이 있다.

세워진 지는 겨우 이 년 정도 지난 곳이다. 제법 뛰어난 무사들이 있고 표국의 운영도 나쁘지 않았다. 그러나 그들만이 가진 특성이 없었다. 불과 일 년 전만 해도 말이다.

하나, 이상하게도 금성표국이 생긴 이후 십대표국이 하나둘 망해가기 시작했다. 녹림에게 당하고 신용을 잃는 등의 일들이 빈번히 일어났다. 그들은 막강한 재력으로 녹림을 토벌하기 위해 움직였지만, 녹림의 종적을 잡을 수 없었다.

일 년의 시간이 지나고 강서에 남은 표국은 삼룡표국이 유일했다. 그리고 삼룡표국도 멸문의 기로에 서 있었다.

금성표국의 국주는 고수가 아니었다. 오히려 노쇠하고 나약한 사람이었다. 과거에는 겁이 많기로 유명한 사람이었다. 그런 그가 표국을 세운다고 했을 때 많은 사람이 만류했다. 그의 성정에는 맞지 않는 일이라고 생각했다.

그런 그가 강서에서 가장 잘나가는 표국의 국주가 되었다.

그런 그가 어두운 회의실에 총관과 함께 앉아 있었다.

"야, 삼룡표국에 침투한 놈 하나가 죽었다."

그가 벌벌 떨며 말했다. 삼룡표국에는 망해가지만 고수가 셋이나 있었다. 반면에 금성표국은 명성에 비해 고수가 겨우 둘뿐이다. 그것도 고수라 칠 수도 없는 녀석들이었다.

그들이 쳐들어온다면 금성표국은 막을 힘이 없었다. 물론 무사의 수는 많았지만, 그것이 고수를 대신할 수는 없었다.

"국주님, 걱정 마십시오. 그들은 우리의 정체를 알지 못했다고 합니다. 또 삼룡표국은 다음 표행에서 망할 놈들이 아니겠습니까?"

"그래, 그렇지. 녹림의 형님들이 스윽! 해준다고 했지."

총관의 말에 국주가 목을 긋는 시늉을 했다.

"예, 그렇습니다. 그들은 이제 파멸입니다. 흐흐흐."

"그렇지? 그렇겠지? 흐흐흐흐흐흐."

어두운 회의실 안으로 그들의 음흉한 웃음소리가 작게 퍼졌다.

"그런데 삼룡표국에는 고수가 셋이나 있어. 그놈들 제법

한다고 소문이 난 놈들인데 어떻게 처리하신다냐? 내가 못 믿어서 하는 말이 아니라, 그분들 몸에 생채기라도 나면 안 되니까 하는 말이야. 그들은 제법 쎄. 그냥 잡으러 간다면 녹림 형님들 몸에 상처가 조금 생길지 몰라.”

국주가 걱정스럽다는 듯 말했다. 삼룡표국은 그리 큰 표국은 아니었지만 표국치고 고수가 강하기로 유명하다. 그래서 가장 마지막에 처리하기로 한 것이었고, 다른 표국에 비해 그 수법을 조금 교활하게 진행했다.

그의 걱정을 안다는 듯 총관은 빙그레 웃으며 입을 열었다.

“하하. 국주님, 염려하지 마시길 바랍니다. 옥랑채의 대형님은 녹림에서도 알아주는 고수입니다.”

“에잉, 고수가 하나라면…….”

“아니, 그뿐이 아닙니다. 그것은 겨우 시작입니다. 녹림에서 지원차 장로 두 분과 혈랑대(血狼隊)에서 열 명을 차출해 온다고 합니다. 아시다시피 혈랑대는 총표파자의 직속 수하들이 아닙니까? 정예 부대입니다. 고수가 모두 열세 명이나 그들을 노리는 것입니다. 국주님, 대단하지 않습니까?”

총관이 씨익 웃으며 말했다. 그들이라면 삼룡표국은 물론 강서의 모든 표국을 무너뜨릴 정도로 강한 힘이다.

물론, 고수만으로 그 많은 표사들을 상대하기에는 무리가 될 수 있겠지만, 그 뒤에 있는 녹림의 산적들이 함께하면 어지간한 문파는 가볍게 찜 쪄 먹을 수 있는 힘이었다.

"대단하지. 대단하긴 대단한데 너무 과하지 않을까?"

국주가 조금 겁에 질린 듯 총관에게 물었다. 그런 강한 힘이 자신의 근처에 있다는 사실이 조금 두려웠다.

총관이 이번에도 아무것도 아니라는 듯 검지를 흔들었다. 그의 입가에는 느끼한 미소가 걸려 있었다.

"후후후, 그만큼 녹림이 저희 금성표국에 거는 기대가 크다는 것 아닙니까, 국주님. 그들은 우리를 동무림제일, 아니, 중우제일의 표국으로 성장시켜 주실 분이랍니다."

"그래, 그런 거지."

국주가 이제는 총관의 손을 꼭 잡으며 말했다. 녹림이 강서제일의 표국으로 만들어주었다. 총관의 말대로 앞으로는 더욱 커갈 것이다. 표국이 산적과 손을 잡았는데 무엇이 두려우랴!

그들의 얼굴에 음흉한 미소가 떠올랐다.

*　　　*　　　*

방 안에는 일곱 명의 남녀가 있었다. 그들은 수다를 떨거나 자신의 병장기를 다듬는 등 각자 나름대로 시간을 보내고 있었다.

쾅!

"모두 들어봐! 그 새끼들…… 크흠! 아니, 그들을 찾았습니다.”

제갈청이 문을 박차고 들어와 흥분을 참지 못하고 말하려다가 그들의 시선을 인식하고 이성을 찾았다.

다른 오호삼화들은 그의 갑작스런 모습에 멍한 표정을 짓다가 제각기 다른 의미의 미소를 지었다.

“당신만 믿겠소.”

“오랜만에 유흥을 즐겨보지요.”

남궁유성과 제갈청이 음흉하게 웃었다.

＊　　　＊　　　＊

다시 회의가 열렸다. 상석에 사내가 날카로운 시선으로 여덟 명의 장로를 훑었다. 그의 눈은 붉게 충혈되어 있었다.

장로들이 핏기로 가득한 그의 시선을 받아내지 못하고 고개를 숙였다. 나태한 모습을 보였던 그의 모습들은 온데간데 없었고 대신 어색하게 웃거나 쑥스러운 표정을 짓고 있었다.

‘이놈들을 내칠 수도 없고.’

문주가 이를 악물었다. 그들은 장로들이다. 조직의 중추적인 인물이며 뛰어난 고수들이다.

‘하지만, 하지만, 하지만! 내가 보낸 조사대를 홀랑 까먹어도 되는 거야!’

문주는 더 이상 끓어오르는 분노를 참을 수 없었다. 그가 부단장이라는 자의 신원을 파악하기 위해 보낸 조사대는 어느 순간 증발해 버렸다. 문주는 며칠 동안 밤낮을 가리지 않으며 그들이 조금이나마 만든 정보와 그들이 사라진 시점을 수하들을 시켜 조사했다.

"이장로! 당신 정말 그럴 수 있어!"

드디어 분노가 터지고 우측에 앉은 장로에게 다가가 멱살을 잡아당기며 말했다.

그가 조사하는 실상은 이러했다.

조사대는 진산 일행이 삼룡표국으로 들어간다는 사실을 알게 되었고 삼룡표국이 요 한 달 동안 갑작스레 몰락해 간다는 것 또한 알고 있다. 그들은 그 사실을 알아내기 위해 백운산과 옥화산의 산채에서 정보를 뽑아냈고, 일련의 사건이 금성표국과 이어진다는 것 역시 알 수 있었다.

그리고 그들은 삼룡표국과 그들의 관계를 알아보기 위해 침투하려 했다.

금성표국에서 나오는 돈은 보잘것없다. 하지만 그 표국이 중원제일의 표국이 되면 막대한 수익금을 얻을 수 있었다.

그들 조직은 정보로, 녹림은 대외적인 힘으로 한번 돈 좀 벌어보려고 한 것이다.

그런데 금성표국과 녹림을 조사하는 문주의 조사대가 조금 걸렸다. 옥랑채의 채주가 금을 한 상자 들고 와 찾아왔다. 그들이 조용히 사라지기를 원한다고 한다.

이장로는 고민했다. 조사대는 문주의 직속이다. 그러나 그들은 소매치기나 도박꾼들 몇 놈을 뽑아 대충 만든 거다. 일손이 남는 녀석들에게 문주가 일을 시킨 거다. 조직이 거금을 들여 키운 이들이 아니었다. 장로가 아무리 높다고 해도 문주보다 높지 않다. 이장로가 아는 문주는 그들을 쉽게 물릴 자가 아니었다.

결국 이장로는 그들을 그냥 쓱싹했다. 아무도 모르게 조용하게…….

문제는 이제 그것을 문주가 알게 되었다는 사실이었다.

"나는 문주야! 당신의 수하가 아니라! 그런데 나도 모르게 일을 처리할 수 있어?! 아앙!"

그가 은근슬쩍 무공을 끌어올리며 이장로를 핍박했다. 이 사건의 주동자는 이장로다. 장로들의 수좌인 일장로는 한가롭게 노느라 그 일에 동참하지 않은 것으로 드러났다.

이장로는 잘못한 것이 찔려서 그런지 그의 손아귀에서 벗어나지 않았다. 그러자 문주가 신나서 그를 마구 흔들었다. 가뜩이나 일 안 하는 놈들이다. 이번 일도 조직이 아니라 사리사욕 때문에 한 일로 알고 있다. 이 기회에 조금 더 혼내보고 싶었다.

이장로는 늙고 키가 작다. 문주는 젊고 키가 컸다. 그가 멱살을 잡고 흔들자 그 모습이 많이 웃겼다.

"풋!"

장로 중 누군가(일장로)가 그것 모습을 보고 실소했다.

이장로는 고수다. 그 웃음소리가 들리지 않을 리 없었다. 그의 얼굴색이 조금 바뀌었다.

꾸욱!

이장로가 문주의 손을 잡았다. 한참 흔들던 문주는 이장로가 자신의 손을 잡는 것을 느꼈다. 하지만 상관하지 않았다. 계속해서 흔들었다. 기회다 하고 이장로에게 고래고래 고함을 쳤다.

문주는 쌓인 울분이 많다. 그래서 웃음소리를 듣지 못했다. 이장로의 얼굴로 제대로 보지 못했다.

"그만 해라."

낮게 울리는 이장로의 목소리에는 적지 않은 내공이 실려 있었다. 장로 중에서 몸에 좋은 거 가장 많이 처먹은 이장로다. 무공 자체는 일장로가 높지만 내공은 가장 강했다.

문주가 흔들던 도중 그대로 굳었다. 그들의 조직은 실력있는 놈이 문주다. 장로들이 워낙 게으르고 일하기를 싫어해서 문주를 하지 않는 것이지 그들이 문주 자리를 뺏는다면 그로서는 조금도 버틸 수 없었다.

사태를 파악한 문주는 이장로를 곱게 내려주었다.

"크흠!"

그는 가볍게 헛기침을 하곤 상석에 올라 다시 앉았다.

장로들이 그를 향해 시선을 돌렸다. 이장로도 조금 화는 났지만 문주가 성실하다는 사실을 잘 알고 있다. 아무 말 없이 조사대를 없앤 것이 미안했다. 다른 일도 많을 텐데 그 일 때문에 며칠 밤샌 사실에 조금이지만 죄책감을 느꼈다.

"뭐, 그들이 누군지는 아직 모릅니다. 하지만 그들의 여행 경로도 알고, 또 그곳에는 우리와 협력 관계인 녹림들도 있소이다."

문주의 말에 장로들이 고개를 끄덕였다.

"그들은 변수요. 처음에는 그들의 정체를 안 뒤 공식을 수정하려 했소. 우리가 대문파가 되기 위한 공식은 무척이나 크기 때문에 작은 변수 정도는 간단히 수정하면 될 거라 생각했다오. 그들의 정체를 알아내기 쉽지 않습니다. 차라리 지우겠소. 이번에는 그대들이 조금만 도와주기를 바라오."

돈 되는 사업은 모두 문주가 쥐고 있지만, 전투 부대 중에서도 고수급은 모두 장로들이 쥐고 있었다. 그들을 제거하기 위해서는 고수가 필요했다. 문주가 부탁했다.

장로들은 귀찮은 일들은 싫어한다. 하지만 문주가 내린 부탁이다. 찔리는 것도 있고 자신이 직접 나서는 일도 아니었다. 수하들을 굴리는 일이다. 그건 어렵지 않았다.

"좋지. 내 밑에 몇 놈 보내겠소."

이장로가 말했다. 다른 장로들도 찬성했다. 이장로가 나서서 한다는데 굳이 또 나설 필요가 없다고 생각했다.

문주가 흐뭇한 표정을 지었다.

회의는 그것으로 끝났다.

*　　　*　　　*

표행길에 오르는 자들의 수는 그리 많지 않았다. 하지만 표국을 대표하는 삼룡 모두가 나선 것을 생각하면 이 표행은 제법 대단하다고 볼 수 있다.

고수가 셋이다. 거기에 부단장과 소지를 포함하면 고수의 수는 다섯. 그 어떤 표국도 이 정도 수의 고수를 포함한 적이 없었다.

진산은 표물 위에 올라가 있었다. 표물의 내용은 그리 대단치 않았기 때문이다. 몰락해 가는 삼룡표국에 값비싼 표물을 맡길 리 없었다.

값비싼 표물은 아니었지만 이번이 마지막 기회라 생각하는 삼룡표국 일행은 이 표물을 위해 말 그대로 목숨 걸고 지킬 것이다.

"불편하지는 않나요?"

삼룡이 그의 옆에 앉아 물었다. 다른 용과 일행은 말을 타고 있었다. 이십여 명의 쟁자수와 열 명의 표사는 걸어가고 있었다. 몇 명의 표사가 표물과 진산을 실은 수레를 몰고 있었다.

"예. 하하, 생각보다 편한 표행입니다."

그의 말대로 표행은 편했다. 삼룡표국에선 이번 표행에 물자를 아끼지 않았다. 노숙을 해도 보통의 표행과 격이 달랐다. 위험한 일인만큼 이런 부분은 신경을 써준 거다.

진산의 말에 일룡이 작게 투덜거렸다. 그는 낭인이었다. 표사가 되어서도 여행은 해본 적이 없었다. 그의 눈에는 지금이 표행은 사치와 다름없었다.

이룡 역시 심드렁했다. 삼룡이 철이 조금 덜 들었다고는 하지만 표국의 꽃이다. 그런 그녀가 외인에게 접근하는 모습이 마음에 들지 않았다. 평소 동생처럼 생각하던 그녀에게 접근한 진산이 마음에 들지 않았다.

반면, 부단장은 기분이 좋았다. 이것은 그가 바란 편한 여행이었다. 객잔을 들어도 고급이요, 노숙을 해도 일일이 신경 써주는 것이 무척이나 편했다. 두 개의 산을 거쳐 안휘성으로 간다고 하니 천천히 그 풍경을 감상할 수도 있을 것 같았다.

소지는 긴장했다. 삼룡표국이 어떤 상태인지 안다. 지금이 표행은 언제라도 습격을 당할 운명이다. 천하제일살수인 그는 적들이 숨어 있을 만한 곳을 하나하나 짚어가고 있었다. 무슨 이유든 도적이 되는 사람은 많다. 그들 중 고수가 있다는 사실을 알 터이니, 그들을 노리는 수 역시 많을 것이다.

"조금 있으면 백운산이에요. 조금쯤 긴장하셔야 해요."

그들은 백운산과 옥화산을 지나갈 생각이었다. 노려볼 수 있으면 노려보라는 것이었다. 고수의 수가 다섯이다. 겨우 산적 몇 놈이 나선다고 해서 당할 그들이 아닌 것이다. 오히려 역으로 토벌할 수 있는 능력을 가지고 있었다.

그들은 그것을 노렸다. 산적을 소탕하고 명성을 찾을 생각이었다.

"예."

진산이 쓰게 웃었다. 산적 놈들 몇이 오든 그는 조금도 두렵지 않았다. 그러나 아직은 자신의 무공을 보여줄 때가 아니라고 생각했다. 무공이 강하면 참여할 수 있는 범위가 많아지지만 반대로 운신의 폭은 좁아진다. 그건 실종된 형을 찾기 위해서는 불가하다.

삼룡은 그런 진산을 향해 미소를 지었다.

"백운산에는 어떤 도적 놈들이 있습니까?"

진산이 조심스럽게 물었다.

"백호채와 백룡채가 있다고 알려져 있어요. 한 산에 두 개의 산채가 있는 것은 의외지만, 백운산은 호남, 복건, 광동의 중심에 있는지라 벌이가 제법 되는 것 같아요. 또 그들 채주는 제법 뛰어난 이들로 알려져 있어요. 녹림의 다섯 영웅들이라 불리는 녹림오걸(綠林五傑) 중 하나인 구지(丘地)의 오른팔과 왼팔이라고 하더군요. 세력도 제법 많은 편이고요. 알려진 바로는 각각 백여 명은 된다고 해요."

삼룡이 성실하게 대답해 주었다. 자세히 알수록 생존률이 올라가기 때문이다.

그녀는 이 표행에 진산이 낀 것이 마음에 들지 않았다. 위험했기 때문이다. 하지만 이왕 표행길에 오른 거 그녀는 최대한 그를 지켜주리라 생각했다.

요 며칠간 예절 바르고 성실한 진산의 모습은 그녀의 마음을 녹이기 충분했다.

"감사합니다. 아, 그리고……."

"야, 이놈들아! 녹림의 호걸들이 납셨다!"

진산이 말을 이으려는 찰나 숲 속에서 고함 소리가 터져 나왔다. 그리고 등장하는 이십여 명의 사내. 가죽 옷들을 입고 한 손에는 흉악한 병기들이 들려 있는 것을 보아 그들이 바로 산적이리라.

일행의 시선이 차갑게 식었다.

"크하하하하!"

백운산 자락에 녹림도의 웃음소리가 울려 퍼졌다.

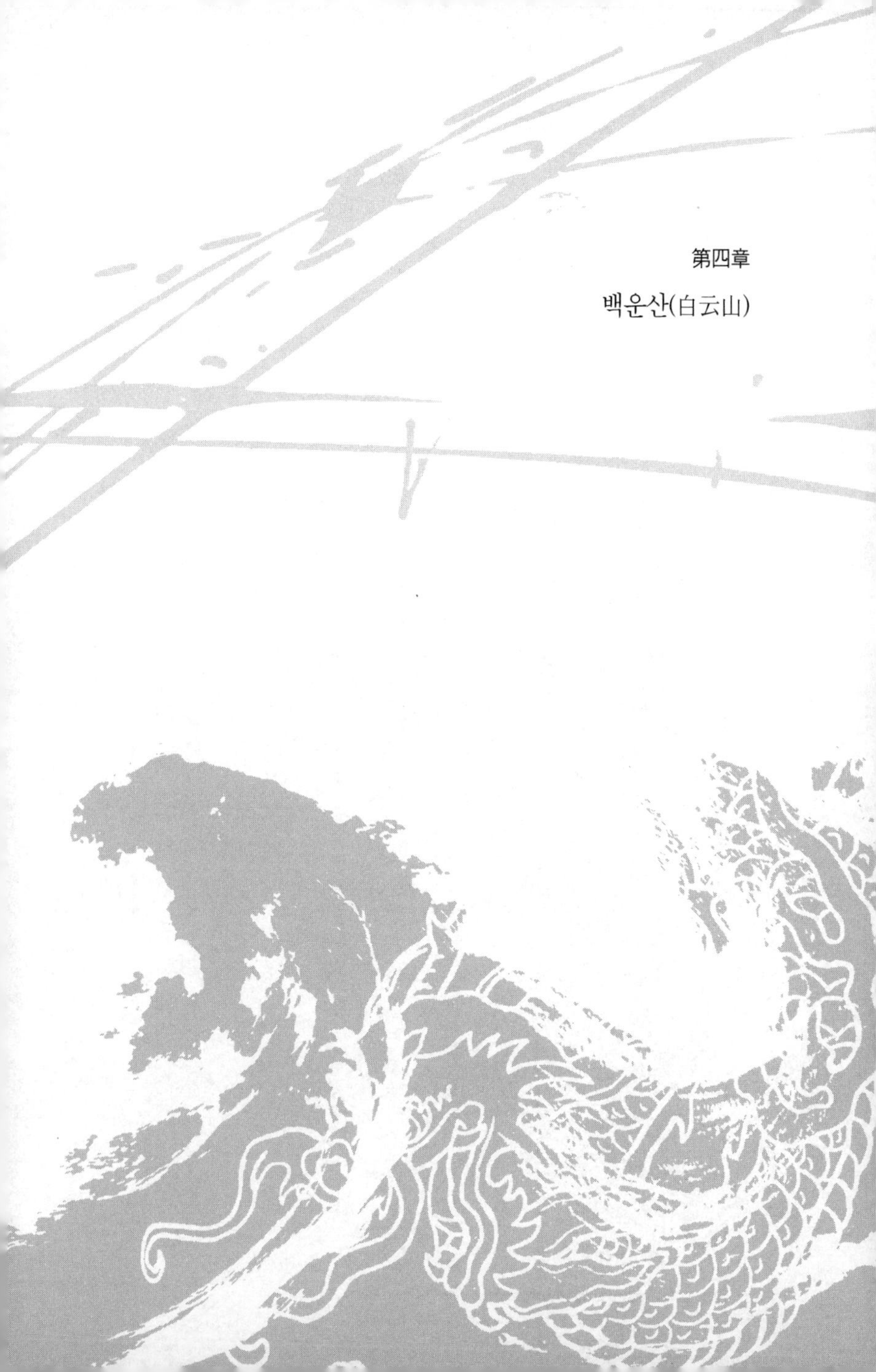

第四章

백운산(白云山)

백운산에는 두 개의 산채가 있다. 하나는 백호채고 다른 하난 백룡채다. 이 둘은 협조가 아니라 경쟁하는 체제로 백호채와 백룡채의 채주들은 어렸을 적부터 다투어왔다고 한다.

가뜩이나 사이가 좋지 않았다. 그 둘이 표행을 공략하는 데 있어 협조할 리 없었다.

지금 나타난 산적들은 모두 백호채 출신이다. 이십 명의 산적들이 일행의 앞길을 막고 있었다.

"감히 어디서 씨부렁거리는 거야?"

부단장이 도병을 부여잡으며 말했다. 그의 몸에서 서슴없이 고수의 기세가 뿌려졌다. 일개 산적은 그의 기세에 감히 대응하지 못하고 뒷걸음쳤다.

부단장은 산적들을 향해 발걸음을 옮겼다. 중원의 무리들과 싸운 게 두 달 전이다. 오랜만에 다시 한바탕하고 싶었다.

'아!'

부단장이 무언가 깨달았다는 듯 조심스레 진산을 돌아보았다. 그의 허락 없이 함부로 나설 수 없었다. 형을 찾으러 나온 그였다. 섣부른 행동이 어떤 영향을 끼친다는 사실을 잘 알고 있다.

진산은 부단장의 시선을 미소로 받아넘겼다. 정파도 아닌 사파 놈들이다. 그것도 마교 정도 되는 것도 아닌 산적 무리다. 조금 죽어도 그는 눈 하나 깜짝하지 않을 것이다. 아니, 이왕이면 깡그리 죽이는 것도 나쁘지 않다.

도적 놈들은 좀 없어져 주는 것이 세상에 이롭다.

"마음대로 하세요."

허락이 떨어졌다. 부단장은 더 이상 망설이지 않았다. 그의 허리춤에서 도가 뽑히고 앞에 나선 산적을 쪼개는 데 걸리는 것은 순간이었다.

쩌어억! 하는 소리와 함께 붉은 피가 허공에 흩뿌려졌다. 부단장의 신형이 다시 움직였다.

"이, 이놈!"

백호채 중 제법 실력이 있다는 산적이 나섰다. 그의 우수에는 큼직한 도끼가 들려 있었다. 타고난 힘으로 부단장을 노렸다.

그의 신형이 미끄러지듯이 움직였다. 하나의 부가 자신을 노린 사실을 안 그는 몸을 크게 선회했다. 부가 그의 어깨를 노렸지만 애꿎은 땅을 가격했다.

쉬익!

뒤이은 부단장의 도가 산적의 목을 날려 버렸다. 산적의 머리가 빙글빙글 돌며 허공을 치솟았다.

산적들은 단숨에 상황을 파악했다. 부단장은 고수다. 그것도 그들 따위는 가볍게 찜 쪄 먹을 수 있는 고수였다.

하지만 아직 그들의 수는 많았다. 제아무리 고수라 해도 수로 뻐긴다면 못할 게 없다고 생각했다.

그들은 아직 열일곱 명이나 남아 있었다.

스릉!

"그럼 나도 나서볼까나?"

일룡이 검을 뽑았다. 부단장의 실력을 보기 위해 잠시 뜸을 들였다. 얼마나 강할까? 하는 의문이 들었기 때문이다. 마음속으로 은근히 진산을 경시했기 때문에 그의 수하라고 하는 부단장도 가볍게 본 것이다. 하지만 그의 실력은 상상 이상이었다. 그라면 산적이 스물이든 서른이든 상관없어 보였다.

그렇다면 결과는 일방적인 학살극이었다. 그 학살극에 칼하나 더 섞인다고 뭐라 할 사람은 없었다. 그에겐 산적 놈들은 더 이상 사람이 아니었다.

낭인 출신의 일룡이 합류했다. 그의 검은 낭인 세계에서 쓰던 것이라 거칠기 그지없었다. 부단장의 도와 일룡의 검이 그들의 몸을 낭자했다.

"후, 후퇴다!"

산적 중 하나가 목청을 높였다. 지금 백호채가 다 온 것이 아니다. 그들은 반은 정찰을 위해서였고, 반은 위협용이었다. 지금 산적들은 무공 실력보다 외모순으로 뽑은 것이었다.

산적들이 썰물처럼 빠져나갔다. 그러나 그들 대부분이 부단장의 도와 일룡의 검에 빠져나가지 못하고 죽어갔다.

진산이 그들을 보다가 자리에서 일어났다. 그의 신형이 표물에서 내려 산적들의 뒤를 쫓았다.

"어머!"

삼룡이 그의 갑작스런 행동에 놀랐다. 무공이 하나도 없으면서도 산적을 쫓는 그의 모습은 용감하기보다는 무모해 보였다. 결국 삼룡도 산적들을 향해 나섰다.

말 위에서 하나둘 죽어가는 놈들을 보던 소지도 진산이 나서자 어쩔 수 없이 나섰다. 그 정도 명성을 가진 자가 겨우 도적 놈 몇 잡는 것은 원치 않았지만, 하나뿐인 아우가 위험해 보였다.

진산의 신형은 무공을 익히지 않은 것치고는 제법 빨랐다. 허약해 보이는 것에 비해 그는 산적의 뒤를 쫓는 데 무리가 없었다.

“부단장, 따라와요. 천 형도 함께 와주세요. 다른 분들은 표물을 지켜주세요.”

진산이 미소를 지으며 말했다. 그의 말에 부단장이 상대하던 산적의 머리를 가볍게 으깨고는 뒤를 따랐다. 소지도 말없이 그의 뒤를 따랐다.

삼룡도 뒤를 따르려 했다. 부단장이나 소지가 뛰어난 고수라는 사실을 알고 있지만, 그래도 걱정되었다.

“효린 소저는 다른 분들과 표물을 지켜주세요. 이 표행의 대표는 누가 뭐래도 효린 소저니까요.”

진산이 그렇게 말하니 그녀는 어쩔 수 없이 물러서야만 했다. 부단장과 소지가 가기에 몸이 상할 리는 없다고 생각했다. 걱정은 되었지만, 그의 말은 타당했다. 모두 떠나더라도 자신은 표물에서 떠날 수 없었다.

산적의 수는 이제 다섯도 되지 않았다.

“부단장, 두 놈만 더 족쳐라. 한 놈은 죽이고 한 놈은 잡아.”

진산의 전음에 부단장의 신형이 갑자기 죽 늘어났다. 애초에 겨우 산적들이 고수들의 손에서 도망갈 수 있을 리 없었다.

부단장의 도가 산적 하나를 가볍게 으깬 뒤 한 놈을 잡아 진산 앞에 섰다. 진산도 다른 산적을 쫓기를 멈췄다.

“천 형, 다른 산적들의 뒤를 쫓아주세요. 그들은 산채로 갈

것입니다. 산채의 위치 파악 후 이곳으로 와주세요. 저희는
이 녀석에게서 몇 가지 좀 알아야 할 것이 있습니다."

"그러지."

진산의 말에 소지는 가볍게 고개를 끄덕이고는 그들의 뒤
를 쫓았다. 순간 그의 신형이 허공에 녹아드는 것만 같았다.
천하제일살수다운 절정의 은신술이었다.

진산은 부단장에게 목을 잡힌 채 대롱대롱 매달려 있는 산
적을 바라보았다.

"크흐흐, 그 어떤 고문을 가하더라도 이 몸에게서 우리 백
호채의 비밀을 캐낼 수 없을 것이다!"

산적 한 놈이 의기있게 외쳤다. 정파의 무리들이면 그의 의
기에 감동해 관아에 넘기더라도 살려줄 것이다. 정파 놈들이
란 원래 그랬다. 상대가 정의롭게 나서면 그들도 어느 정도
인정은 해주는 바가 있었다.

그러나 그것은 소림이나 무당과 같은 인자한 정파고, 다른
곳까지 그러지는 않았다. 더군다나 진산이나 부단장은 정파
가 아니었다.

"그 어떤 고문을 가해도?"

진산의 입가에 미묘한 호선이 그려졌다. 웃는 것인지 찡그
리는 것인지 알 수 없는 애매모호한 것이었다.

부단장의 몸이 부르르 떨렸다.

진산의 손가락이 산적을 향했다.

가장 먼저 백호채에 도착한 산적은 정훈이라는 자였다. 그는 산적치고 제법 머리에 든 게 있어 채주가 아끼는 인재였다. 그래서 이번에 특별히 스무 명이나 부하들을 주어 보낸 것이다.

"채주님!"

채주에게 달려간 그는 방금 전에 있었던 일을, 수하들을 잃은 사실을 채주에게 보고했다.

채주는 이번 표행에 고수가 있다는 사실은 알고 있었다. 하지만 그것을 정훈에게까지는 알려주지 않았다. 만약 알았더라면 그는 무슨 이유를 대서라도 가지 않았을 것이다.

"그렇다면 심각하군."

채주가 마치 굉장히 걱정된다는 듯 말했다.

채주는 역시나 된통 깨졌다는 사실을 알았다. 그는 이 표행을 공략하지 않을 생각이었다. 자신 뒤에 백룡채가 공략하면 두 세력이 다 죽어갈 때쯤에 노릴 생각이었다.

부하 스물은 그것을 위한 희생양이었다.

"그래, 그놈들이 얼마나 강했느냐?"

정훈은 채주의 물음에 기억하기 싫은 그 장면을 억지로 떠올려야만 했다. 그는 머리가 있는 놈이다. 전력을 분석해 형제들의 복수를 해야 한다고 생각했다. 채주도 당연히 그럴 거라고 생각했다.

그는 고수의 실력이 어느 정도인지 잘 몰랐다. 산속에 쫑 박혀 있는 그가 무엇을 알겠는가? 그에게는 가끔 만나는 고수 산적들은 그저 경외의 대상일 뿐이었다. 그들의 실력이 제법 대단했지만, 채주만큼은 아닐 것 같았다. 그의 부법은 나무 몇 그루를 단번에 베어버릴 만큼 강했다.

"제법 하는 두 놈에게 저희 스물이 다 당했습니다."

정훈은 아무런 가감 없이 사실을 말했다. 자신의 어설픈 생각이 들어서 좋을 건 없다. 판단은 고수인 채주에게 맡긴다.

채주는 정훈의 말에 오히려 고민에 빠졌다. 고수 하나라면 어지간한 산적 스물은 가볍게 녹여 버릴 수 있다. 자신만 하더라도 그들 이십은 식후 간식거리도 되지 않는다.

'무슨 고수가 그 녀석들에게 두 놈씩이나 덤벼?'

그는 간단히 생각하기로 했다. 그들을 고수가 아니라 좀 하는 무사로 생각했다. 그가 부단장이나 일룡의 무위를 직접 보지 않았기에 그런 생각을 할 수 있는 것이다. 만약 일격에 사람의 몸을 가볍게 쪼개고 그들의 사지를 잘라내는 그들의 수법을 본다면 바로 몸을 사렸을 것이다.

'한번 조져 봐?'

그들이 별거 아니라는 생각이 들자 표물이 탐났다. 그리 대단한 것은 아니지만 안휘의 남궁세가까지 가는 것이다. 일개 산채가 가지기에는 제법 쏠쏠한 것일 거다.

백호채 가족의 수는 백여 명이다. 아니, 열하고 다섯이 더 죽었으니 이제는 팔십오 명이 남은 것이다. 그 정도의 수라면 그들을 쓸어버리는 데 문제는 없을 것이다.

"크크큭! 그럼 형제들의 복수를 해볼까?"

채주의 입가에 미소가 그려졌다.

"이, 이게 뭐야?"

산채가 어디 있는지 알아낸 소지는 일행에게 돌아가던 중 형체를 알아볼 수 없는 핏덩이를 보고 깜짝 놀랐다. 그것은 분명 부단장이 잡았을 산적일 게다. 그것까지는 놀라지 않는다. 그가 놀란 것은 이 산적을 인간의 형체조차 알아볼 수 없을 정도로 만든 것이 진산이란 사실이다.

소지는 진산이 유약한 서생이라고 생각했다. 무림에도 문사는 필요했다. 그가 군사쯤 되는 사람이라고 생각했다.

그런 진산이 피 칠갑을 한 채 흉흉한 눈빛을 뿜어내고 있었다.

"백호채의 산채는 어딘지 아셨습니까?"

"어, 어, 응."

"그럼 가죠."

그가 천천히 발걸음을 옮겼다. 소지가 벙찐 얼굴로 서 있을 때 부단장이 진산의 뒤를 따랐다. 그는 마치 모든 것을 다 알고 있는 듯한 표정이었다.

소지도 허겁지겁 그들의 뒤를 따라갔다.

그들이 있던 곳에는 과거 인간이었을 무언가가 남아 있었
다.

"채주님, 침입자입니다!"
"뭐?"
수하의 보고에 채주는 미간을 접었다. 이곳은 백호채의 산
채다. 비록 녹림칠십이채 중 하위권에 속한다고는 하지만 자
랑스러운 녹림의 산채 중 하나다. 그런 곳에 누가 감히 침입
한단 말인가?
보고를 올리는 정훈은 똥줄이 탔다. 갑자기 나타난 놈들이
도를 들고 형제들을 마구 도륙했다. 누구도 그들을 막을 수
없었다. 그들을 막기 위해선 고수가 필요했다. 채주가 나서야
만 했다.
"웬 놈인데?"
"아까 전 표행을 노렸을 때 우리를 공격하던 놈 중 하나와
그 일행입니다."
"그럼 표사 놈 둘이 겁없이 우리 산채에 올랐단 말이야?"
"그들은 고수입니다. 채주님, 어서 그들을 막아주십시오."
도적 놈들이 다 그렇듯이 지 하나를 위해 남의 희생을 아무
렇지 않게 생각한다. 그런 놈들은 우두머리가 없으면 아무것
도 아니게 된다. 지금같이 고수들과 맞설 때는 체계적으로 적
을 공격해야만 그 효과를 볼 수 있는 법이다.

채주는 그 사실을 알고 있었다. 그는 어쩔 수 없이 그들이 있는 곳으로 달려나갔다.

"협!"

그는 일순 숨을 멈추고 양 떼 속에 드러난 두 마리의 늑대를 볼 수 있었다.

도가 번쩍이면 어김없이 수하들이 죽었다. 가끔은 번쩍임 한 번에 몇 명의 목이 허공을 누볐다.

채주는 생각했다, 이들은 자신의 상대가 아니라고. 그는 갈등했다. 땅에 누운 수하들의 수가 삼십이었다. 그렇다면 그의 수하는 오십. 자신이 나섬으로써 그들을 상대할 수 있을지 고민했다.

짧은 시간의 고민. 그것은 그가 도주하도록 만들었다. 정훈은 채주가 도망가려 한다는 사실을 알고 자신도 잽싸게 채주의 뒤를 따랐다. 채주는 고수다. 자신과 보는 시각이 달랐다. 그가 무리라 생각한다면 도망가는 것이 최고였다.

"어디 가시나?"

그들은 몰래 튀려다가 누군가의 목소리에 신형이 우뚝 멈춰졌다.

진산이었다.

그의 모습은 유약한 문사의 모습과 다를 바 없었다. 큼직한 옷을 입고 있어 그 몸매가 드러나지는 않았지만, 호리호리한 것이 근육 하나 없을 것만 같은 몸을 가지고 있었다.

그의 옷에 피가 조금 많이 묻어 있긴 했지만 채주는 신경 쓰지 않았다. 그것보단 자신의 무공을 믿었기 때문이다.

진산의 몸에서는 고수 특유의 기세를 전혀 느낄 수 없었다. 채주는 그를 반박귀진의 경지에 이른 자라고는 생각하지 않았다. 반박귀진이라는 것은 구룡 정도 되는 자들이나 되는 것이라 알고 있기 때문이다.

그는 거침없이 한 쌍의 도끼를 뽑아 들었다.

"흐음?"

진산의 입가가 기묘하게 틀어졌다. 미소라고 보기에는 너무 음흉했다.

정훈은 알 수 없는 느낌에 짐짓 뒷걸음쳤다. 그는 자신의 무공이 얼마나 보잘것없는지 알고 있었다. 그런 그가 녹림에 들어 생활한 세월이 짧지 않다. 그 세월 동안 그가 얻은 것은 고수를 알아보는 안목이 아니라 위험을 감지하는 감각이었다.

성깔 더러운 산적들 틈에서 살아남은 그의 감각이 위험 신호를 보내고 있었다.

'저 새끼…… 겨우 이런 놈을 보고 도망갔단 말이지. 기억해 두겠어. 나중에 반드시 족친다!'

채주가 그렇게 생각하는 동안 진산은 도망가는 정훈을 바라보았다. 어차피 한 놈 정도는 살려 보낼 생각이었다. 백운산에 도적 놈들이 두 세력이나 된다고 하니 그는 분명 백룡채로 갈 게다. 그리고 그것이 진산이 노리는 바다.

진산은 정훈에게서 시선을 거두고 채주를 돌아봤다.

"자, 오랜만에 몸 좀 풀어볼까?"

가끔 부단장을 밟곤 했지만, 그것으로는 성이 차지 않았다. 역시 한바탕 해야만 시원할 것 같았다. 다행히 소지는 부단장과 함께 산적 놈들 족치고 있었다.

채주는 어이가 없었다. 애송이가 자신 앞에서 이렇게 자신만만한 것이 이해할 수 없는 것이다.

"이 새끼가!"

채주의 부가 진산의 머리를 쪼갤 듯이 떨어져 내렸다.

진산은 미소를 지었다.

아주 잔인하게…….

산적이 대부분 죽어나가고 채주는 한 줌의 혈수가 되었다. 남은 건 십여 명의 산적과 그들의 식솔뿐이었다. 그들은 부단장과 소지 앞에 바싹 엎드려 빌었다. 그제야 그들의 살겁은 멈춰졌다.

그들을 향해 진산이 다가왔다. 그는 그동안 채주를 가지고 놀다가 상황이 어느 정도 정리되자 온 것이다.

"한 놈이 도망갔습니다."

진산은 마치 어쩔 수 없이 놓쳤다는 듯 말했다. 소지는 그의 말에 고개를 끄덕였다. 당연하다. 무공을 익히지 않은 아우가 산적을 잡을 힘이 없었다고 생각했다. 하지만 부단장은 그가 일부러 산적을 놓아주었다고 생각했다. 그로선 진산의 손을 피한 자가 있다고는 상상할 수 없었기 때문이다.

진산이 오자 그들은 이제 슬슬 정리해야 할 때라고 생각했다. 이들을 죽이든 아니면 관에 넘기든 해야 할 것이다.

부단장과 소지가 진산을 바라보았다. 이 일의 주체는 그다. 그의 결정에 따라 일을 마무리 지어야 했다.

"당신들은 도적 놈들이지요?"

진산이 부드럽게 웃으며 녹림의 산적들에게 물었다.

"아, 예. 하하, 우리가 자랑스러운 녹림의 영웅들이지요."

그가 웃으며 묻자 조금쯤 마음이 풀린 녹림도가 대답했다. 어쨌든 살 수 있을 것 같다. 그들이 바쁜 것 같으니 자신들을 두고 떠날 것 같다. 관아로 가서 자수하라는 둥의 말 한마디 정도는 할 것 같다.

진산의 미소가 더욱 짙었다. 그의 시선이 부단장과 소지를 향했다.

"부단장, 불을 질러 버리세요. 흔적도 남지 않게 골고루 질러야 해요."

산적들은 크게 놀라 진산을 바라보았다. 그들은 살 수 있을 것 같았다. 하지만 자신의 물건들을 태운다는 말에 치미는 화는 참을 수 없었다.

일단 그들이 보기에 진산은 만만했다. 문사의 모습이 그들로서는 그동안 보아왔던 여느 먹잇감과 다르지 않았다.

"이, 이럴 수 있소? 왜 남의 물건을 함부로 태우냔 말이오?!"

그들 중 하나가 겁을 상실하고 자리에서 벌떡 일어났다. 뺏는 거에 익숙한 그들이었다. 그만큼 물욕이 강한 놈들이다. 괜히 산적질을 하는 것이 아니다. 누군가에게 자신의 물건을 빼앗긴다는 것은 상상도 할 수 없는 것이다.

진산이 피식 웃었다. 분을 참지 못한 산적의 주먹이 진산을 노렸다.

서걱!

순간 산적의 머리가 허공을 누볐다. 소지의 도가 진산을 위협하는 산적 놈의 머리를 베어버린 것이다.

"동생, 조심하라고."

"아, 감사합니다."

"뭘, 그런 거 가지고."

소지가 씨익 웃었다.

그제야 그들은 사태 파악을 할 수 있었다, 더 이상 그들은 빼앗는 입장이 아니라 빼앗기는 입장이라는 사실을. 절망감이 그들의 마음 깊숙한 곳에 자리 잡았다.

곳곳에서 불이 화르륵 타올랐다. 부단장이 불을 붙인 것이다. 산에서 불이 나면 겁나게 타오를 것이지만, 산채를 두른 토벽이 그것을 방지할 것이다.

“동생, 이제 이들은 어떻게 할 건가?”
자신들의 처우에 대해 언급되자 산적들은 귀를 기울였다.
진산이 당연한 듯 입을 열었다.
“뭘 그런 걸 물어보세요. 다 죽여야죠.”
그들의 얼굴에는 절망이 떠올랐다.

진산 일행이 멀쩡하게 돌아오자 놀란 것은 일룡과 이룡이었다. 백호채의 산적 수는 팔십이 넘는다. 아무리 고수라 해도 단 두 명이 팔십 명이나 되는 산적을 상대로 싸우기는 힘들다. 그런데 그들은 생채기 하나 나지 않고 일을 처리했다.

물론 그들이 진산이 언급한 것처럼 멸살했으리라고는 생각하지 않는다. 하지만 팔십의 수를 상대로 싸워 이겼다는 사실이 대단한 것이다.

분명 산에서 불이 일어난 것을 보았으니 그들이 백호채를 산채에서 몰아냈다는 사실을 알 수 있었던 것이다.

“괜찮아요?”

삼룡이 진산에게 다가와 물었다. 그녀는 걱정되었다. 산적이 팔십이다. 그중 채주는 제법 고수라고 알려져 있는 자다. 무공을 익히지 않은 진산에게는 충분히 위험한 곳이었다.

“저는 한 일이 별로 없습니다. 대부분 그들이 앞서 처리했고 저는 교묘히 움직여 그들을 혼란케 했을 뿐이지요.”

진산은 거짓말을 했다. 분명 소지와 부단장이 앞서 대부분의 산적을 토막 냈다. 그러나 도망가는 채주를 제거한 것은 그였다. 또 그것 외에 그는 한 일이 없었다.

삼룡은 일단 진산이 안전하게 돌아온 사실에 안심했다. 그리고 그의 말을 듣고 그가 두 고수가 나섰을 때 어딘가에 숨어 있거나 도망 다녔다고 생각했다. 자존심이 강한 그이니 그런 말을 해도 이상하지 않다고 생각했다.

"대단하십니다."

일룡은 소지와 부단장에게 다가가 말했다. 그는 어느새 말투도 사뭇 달라져 있었다. 그 역시 그들과 같은 고수였지만, 팔십을 상대로 싸울 실력은 되지 않았다. 그것도 제법 단련이 된 녹림의 산적이라면 매우 힘겨운 일이었다. 그건 낭인으로서 떠돌아다녀 본 그가 잘 알고 있었다.

그의 말에 소지와 부단장은 어색한 미소를 지었다. 둘 다 이런 대접을 처음 받아보았기 때문이다.

소지는 살수로서 그 존재를 숨겨야만 했었고, 부단장은 자신보다 강한 존재가 너무 많았다.

그들은 다시 표행길에 올랐다.

백운산을 지나가는 데 그들에게 여유가 생겼다. 처음 잔뜩 긴장했던 그들의 모습은 더 이상 없었다. 백호채를 가볍게 박살 낸 고수가 둘이나 있었다. 그 외 삼룡표국의 대표 고수 셋이나 그들에게 있었다. 백룡채가 백호채에 비해 조금 강하다고는 하지만 그들은 걱정되지 않았다.

진산은 다시 표물 위에 누워 백운산의 정경을 즐겼다. 백운
산은 녹림의 세력이 두 개나 둥지를 틀고 있는 것에 비해 경
치가 매우 좋았다.

내륙의 산은 섬의 산과는 또 그 분위기가 달랐다. 산에 취
해 진산은 작게 흥얼거렸다.

"그건 무슨 노래지요?"

스스로 취해 흥얼거리던 진산은 삼룡의 물음에 몸을 일으
켰다.

"나도 잘 모릅니다. 다만, 형이 어렸을 때 자주 불러주던
노래인지라 십 년이 넘은 지금까지도 기억하고 있습니다."

진산이 빙그레 미소를 지었다. 노래 가사는 기억이 나지 않
았지만 그 음은 잊을 수 없었다. 어렸을 적 아픈 자신을 위해
불러주던 노래였다.

삼룡은 쓰게 웃으며 입을 다물었다. 진산에게 형이 있다는
사실은 은연중 알게 되었다. 그러나 그는 형에 대한 이야기를
되도록 꺼려하는 것을 보아 좋지 않은 사연이 있는 것이 분명
했다.

그가 언급한 십 년의 세월. 그것으로 그와 그의 형이 오랜
세월 떨어져 살았다는 사실을 알 수 있었다.

"좋은 노래네요."

"그렇죠?"

기분이 좋아졌다. 절로 어깨가 덩실거려졌다. 술 한잔이

간절하게 느껴졌다.

*   *   *

"야, 이 새끼야. 그렇다고 채주를 버리고 와?"

백룡채의 산채 내 우렁찬 사내의 목소리가 울려 퍼졌다. 당장 장비가 현신이라도 한 것 같은 우람한 몸을 가진 사내가 두꺼비 같은 눈으로 정훈을 노려보고 있었다.

정훈은 간신히 백호채에서 도망쳐 백룡채에 올 수 있었다. 그곳에는 괴물이 셋이나 존재했고, 산채의 모든 이들이 그들의 재물이 되었다. 그는 무서웠다. 살고 싶었다. 그래서 채주와 도망갔다. 그러나 채주는 살아남지 못한 듯했다.

"그, 그들은 너무 강했습니다."

정훈이 힘겹게 말했다. 백룡채의 채주는 백호채의 채주보다 고수다. 세력도 같은 백여 명이었지만 백룡채에는 고수가 둘이나 더 있었다. 채주까지 합치면 고수가 셋이나 되었다.

그들이 살기를 쏘아 보내자, 정훈은 땅바닥에 납작 엎드렸다. 그는 감히 고개를 들 수 없었다.

"이미 도망친 걸 가지고 뭐라 할 수는 없지."

채주는 이해한다는 듯이 말했다. 사실 그는 백호채가 없어지자 속이 시원했다. 같은 녹림도라고는 하지만 그들은 앙숙이었다. 하나같이 마음에 들지 않는 놈이었고, 백운산에서 둘이 나누어 먹는 것이 너무 아까웠다.

그래서 그는 이 참에 잘된 일이라 생각했다.

"그래, 그놈들이 그렇게 강하더냐?"

채주가 정훈에게 다가가 속삭였다. 백호채가 백룡채보다 약하다고는 하지만 그 수가 팔십이었다고 한다. 단련된 녹림도의 산적들 팔십을 둘이서 상대할 정도의 고수는 그리 흔치 않았다. 대문파의 제자 정도는 되어야 가능할 법한 이야기다.

정훈은 고개를 들었다. 그리고 조금 생각했다. 그들의 실력이 어느 정도인지 가늠해 보았다. 백호채의 채주는 그들을 보고 도망갔다. 그것은 그들이 백호채의 채주보다 강하다는 것이었다. 그리고 그는 백룡채의 채주와 고수 둘을 훑어보았다.

"그들이 강하기는 하지만 여기 계신 분만큼은 아닌 듯싶습니다."

그것이 그가 내린 결정이었다. 채주가 언제나 백룡채의 채주와 실력이 비슷하거나 한 수 위라고는 했지만, 정훈이 보기에는 아니었다. 장비처럼 거대한 백룡채의 채주가 더 강해 보였다.

채주의 입가에 미소가 그려졌다. 정훈의 눈은 믿지 않았다. 그러나 전혀 믿지 않은 것은 아니었다. 그저 참고할 정도로만 생각했다.

백호채의 산적들을 둘이서 상대한다는 사실은 이미 자신

보다 강하다는 것이다.

하지만 백호채에는 없고 백룡채에는 있는 것이 있다. 그것은 바로 자신의 수하 고수 둘이었다. 수하 둘이 합공한다면 그들 둘이 아무리 강해도 자신들이 이길 수 있었다. 안 될 것 같으면 산적이 백여 명이나 있었다. 팔십과 백은 엄연히 다른 숫자다. 이길 수 있을 것 같았다.

"그래그래, 그들은 우리를 거쳐 옥화산으로 간다고 했지?"

"예."

"그렇다면 준비를 조금 하는 것이 좋겠지."

백룡채의 채주는 조금 머리가 있는 사람이었다. 숫자로 밀어붙이면 이길 수 있다고 생각하지만 피해를 최소한으로 줄이고 싶었다. 그리고 그들에게는 표사들도 있었다.

'피해는 최소한으로, 이익은 최대한으로.'

이것이 바로 백룡채의 정의요, 사상이었다.

"크흐흐흐, 우리 녹림을 건드렸다는 것을 후회하게 만들어 주겠어."

채주의 입에 음흉한 웃음이 떠나지 않았다.

진산은 노숙을 하게 되었다. 부단장과 소지는 마치 숙련자와 같이 노숙하는 데 무리가 없었다. 진산 역시 해남도에 있을 때 노숙을 제법 했기 때문에 표사들이나 쟁자수들을 돕는데 무리가 없었다.

어둠이 짙게 깔리고 그들은 모닥불을 피웠다.

"백운산은 좋은 곳이군요."

진산이 주위를 훑으며 말했다. 그것은 야산의 경치를 말하는 것이 아니었다. 저 멀리 숨어 있는 자들을 말하는 것이었다. 소지나 부단장 역시 그들을 눈치 챘는지 행동이 조심스러웠다.

삼룡표국의 고수들은 아직 그들의 정체를 알지 못했다. 그것은 그들의 실력이 떨어지는 것이 아니라, 진산 일행의 실력이 너무 뛰어나서였다.

"주공, 어떻게 할까요?"

"…아직은 나서지 마라."

"예."

부단장과 진산은 가볍게 전음을 주고받았다. 소지에게는 어느새 부단장이 다가가 무어라 말했고 그도 어둠 속에 숨은 이들을 견제하는 것만으로 그쳤다.

진산 일행과 제법 멀리 떨어진 곳에 네 사내가 서 있었다. 백룡채의 채주와 그의 수하 고수 둘, 그리고 정훈이었다.

"고수가 누구냐?"

채주가 정훈의 목덜미를 잡은 채 물었다. 그의 몸이 너무 크다 보니 정훈이 그의 손에 대롱대롱 매달려 있는 형태가 되었다.

"잘 안 보입니다."

정훈이 눈을 찌푸리며 말했다. 모닥불의 빛과 그 그림자는 얼추 볼 수 있었지만, 그들을 구별하지는 못했다.

채주는 미간을 구겼다. 더 이상 가까이 가면 고수들이 눈치챌 공산이 있었다. 고수가 괜히 고수가 아니었다. 그들 셋이 귀식대법을 시전하면서 몰래 다가가면 몰라도, 정훈과 같은 하수가 가까이 있다는 사실을 어렵지 않게 알 수 있을 것이다.

"채주님, 이만 자리를 떠나시는 것이 나을 듯싶습니다. 그들 중 고수가 있다면 얼마 있지 않아 저 녀석의 기척을 느낄 수도 있습니다."

"그렇겠지?"

수하의 말에 채주는 이를 악물며 대답했다. 그는 어쩔 수 없이 정훈을 잡은 채 다시 발걸음을 옮겼다. 아직은 들켜서는 안 된다. 치밀한 덫을 만들었고, 그들이 그 덫에 올라선 뒤에야 나서야만 했다.

채주와 수하들의 신형이 백룡채를 향해 사라졌다.

"아, 잠시……."

"따라와!"

진산이 자리에서 일어나는 동시에 부단장의 귀에 전음이 파고들었다. 삼룡은 야밤에 그가 잠시 자리를 비우는 것에 신경 쓰지 않았다.

그가 사라지고 조금 뒤 부단장이 뒤를 따랐다. 부단장은 떠나면서 소지에게 간단히 전음을 남겨 이들을 호위하라 하였다.

"주공, 그들을 쫓으시렵니까?"

"그래."

부단장이 오는 것을 기다린 진산은 그가 오자 신법을 펼쳤다. 그는 한 걸음을 내밀 때마다 오륙 장이나 날아갔다. 가볍게 펼치는 것임에도 부단장은 그를 따라가는 것이 쉽지 않았다.

진산은 이번에 소지나 다른 이들의 힘을 빌리지 않고 그들의 힘만으로 처리할 생각이었다. 백룡채의 녀석들은 백호채 놈들과 다르게 교활해 보였다. 멀리서 정탐하는 것이나 시기를 노리는 것 같은 것을 보아 말이다.

다른 사람들이 상하게 할 수는 없었다. 또 그들이 당하게 되면 진산은 자신을 드러낼 수밖에 없을 것이다.

그는 허리에 길게 늘어진 검을 잡았다. 검은 강철보다 더 단단하다는 천잠사로 꽁꽁 묶여 있었다.

"주, 주공! 검을 사용하실 생각이십니까?"

부단장이 놀라 입을 열었다. 진산이 검이 뽑는다는 것이 무엇을 말하는 건지 그가 모를 리 없었다.

그가 검을 뽑는다면…… 중원에 한차례 혈겁이 일어날 것이다.

"아니, 아직."

진산은 검을 매만지던 손을 뗐다. 겨우 산적 몇 놈 잡는다고 검을 뽑을 필요는 없었다. 부단장의 실력만으로도 산적 백 명 정도는 잡을 수 있을 것이다. 그는 약하지 않았다.

그들의 신형이 일순 멈춰졌다. 백룡채를 발견했기 때문이다. 채주 일행이 그곳으로 조용히 들어갔다.

"여기군."

"네."

진산이 불이 꺼진 산채를 바라보았다. 백룡채는 절벽 밑에 있었다. 절벽의 일부분을 깎아 만들어 쉬이 그곳을 찾을 수 없게 만들었다. 이곳에 이르는 길도 사람이 다니는 길이 아니니 삼룡표국이 찾을 수 있을 리 만무했다.

그는 백룡채를 보다가 부단장을 향해 시선을 돌렸다.

"너라면 어떻게 하겠느냐?"

"정면 돌파가 아니겠습니까?"

부단장이 당연하다는 듯이 대답했다. 진산은 그의 말에 가볍게 고개를 끄덕여 수긍했다. 그의 실력은 뛰어나다. 이런 작은 산채 정도는 그가 홀로 나서도 무리가 없다.

"나쁘지 않다. 하지만 그 정도가 네 한계다."

백룡채의 산채는 침입자를 방어하기 위해서인지 입구가 좁고 하나뿐이다. 탁 트인 백호채와는 다르다. 무공에 자신이 있으니 정면 돌파도 나쁘지만은 않다. 하지만 이런 지형이라면 처음부터 불을 지르는 것이 훨씬 이익이 많다.

입구가 하나라는 것은 출구도 하나라는 것이다. 불을 지른 뒤 입구에서 오는 녀석들을 처리하기 수월할 것이다. 비밀 통로가 있을지 모르지만 산채가 완전히 와해되는 마당에 그들의 존재는 가치가 없다.

"그리고 이런 구조에는 비밀 통로가 있기보다는 잠시 몸을 숨길 장소가 있는 정도겠지."

절벽을 넘어 길을 만드는 것은 생각처럼 쉽지 않다. 시간도 오래 들고 비용도 만만치 않을 것이다. 그런 일을 산적 놈들이 할 리 없었다.

그렇다고 해도 이런 지형에서 비밀 기지 하나 정도는 만들어야 할 것이다.

"불이 잘 붙는 건초를 모아라. 그리고 산채를 태워라. 여기서 도망가는 산적들을 상대해라. 하나둘 정도는 놓아주어라. 그들은 옥화산으로 가야 하니까."

"예. 그런데 주공은 어떻게 하실 거죠?"

"나는 먼저 들어가서 채주를 비롯한 핵심 전력을 제거할 거다."

진산은 간단하게 대답했다. 산적이라는 놈들은 도마뱀과 같다. 산적이 아무리 죽어도 그들은 금방 수를 회복한다. 하지만 아무리 그들이라도 머리를 확실히 잘라놓으면 다시 자랄 수 없는 법이다.

부단장은 진산의 명령에 따라 건초나 마른 나무를 모으러 사라졌다.

그가 사라지자 진산이 움직였다.

'이놈들 몇 놈 죽이는 걸로 몸 좀 풀어야겠어.'

앞으로 무공을 숨기려면 조금 몸이 뻐근할 것 같았다.

진산이 마음먹고 몸을 움직이자 한 마라의 맹수가 아닐 수 없었다. 빠르게 달려들어 두 보초의 머리를 박살 내고 거침없이 산채 안으로 들어섰다.

그는 빠르고 강했다.

무조건 중심을 가로지르며 보이는 모든 이들을 학살했다. 아이든 노인이든 그는 가리지 않았다. 조금의 용서도 없이 산적을 도륙했다.

그런 그의 시선에 채주가 있을 법한 건물이 보였다. 제일 큰 건물이자 산채의 중심에 있는 거였다. 진산의 신형이 그곳을 향해 달려갔다.

"뭐, 뭐냐!"

산적들은 그의 존재를 깨닫고 곳곳에서 뛰쳐나왔다. 그것을 본 진산의 신형이 일순 멈춰졌다.

"크큭, 이제 축제의 시작인가?"

진산은 넓은 공터 가운데 서 있었다. 그를 향해 산적들이 하나둘 모습을 드러냈다. 그들의 손에는 도나 부 등 병장기가 들려 있었다.

산적들은 그를 향해 어느 정도 다가온 뒤에는 넓게 펼쳐져 포위망을 구축했다.

"흐음……."

진산의 눈이 빛을 냈다.

무림인들은 이런 식으로 포위망을 구축하지 않는다. 그들의 진법은 좀 더 공격적이다. 상대를 견제하는 것이 아니라 파괴하기 위해서 있는 것이다.

그런데 산적들이 보이는 것은 상대를 철저하게 견제하는 수비의 진법이었다.

"산채에 군인 출신이 있는 것인가?"

그것이 아니면 그들이 진법을 쓸 수 있을 리 만무했다. 그것도 겨우 산적 따위가 말이다.

진산을 견제하기만 할 뿐 그들은 공격을 가하지 않았다. 아직 우두머리가 공격할 의사가 없다는 뜻이다. 진산은 이대로 시간을 끌어보기로 생각했다.

"저놈인가?"

멀리서 그를 지켜보던 채주가 정훈에게 물었다. 정훈은 조금이나마 익힌 무공으로 안력을 높였다. 진산의 얼굴이 보였다.

"네. 그가 백호채의 채주님을 막았습니다."

“백호채의 채주 놈은 죽었지?”

“예. 아마도…….”

정훈이 말끝을 흐렸다. 그는 채주를 버리고 도주한 몸이었다. 끝까지는 보지 못했다.

채주는 백호채의 채주를 떠올렸다. 그의 무공은 고수라 부를 정도긴 하지만 고수들 중에서도 하급이라고 볼 수 있었다. 백룡채에서 고수를 둘이나 이끄는 자신보다 약했다. 진산의 실력을 모르나 자신과 비슷한 실력을 가졌다고 생각했다.

‘지지 않을 자신은 있지만 몸을 조금 사리는 것이 좋겠지.’

고수끼리의 전투는 어떤 양상이 나올지 알 수가 없다. 이기더라도 큰 상처를 입을 수 있었다. 그들은 수가 백이나 되었다. 그는 한 명이었다. 차라리 수로 밀어붙이는 것이 훨씬 이익이었다.

내 생채기 하나보다는 다른 놈의 목숨 열을 버리는 것이 더 낫다고 채주는 생각했다.

“하지만 채주님은 다른 고수에게 당했을 수도 있습니다. 채주님은 자신보다 조금이라도 강해 보이면 나서지 않는데 그 앞에서는 당당히 나서셨습니다.”

“그러니까 그놈이 허접하다는 소리를 듣는 거다.”

정훈이 조심스럽게 입을 열었지만, 백룡채의 채주는 단번에 잘랐다. 그러면서도 채주는 진산을 훑어보고 있었다. 그가 보기에도 진산은 약해 보였다.

조금 말라 보이는 체격과 서생의 차림새, 그리고 수려한 외모가 그를 약해 보이게 했다.

'검은 장식인가?'

허리에 검을 차고서도 그는 검을 뽑지 않았다. 채주가 조금 안력을 돋아 보니 검은 천잠사로 단단히 묶여져 있었다. 그것을 보아 그의 주는 검이 아니라 권각술이라는 것을 알 수 있었다.

채주는 씨익 웃었다. 검을 차고 있음에도 뽑지 않고 있어서 상대가 한 수를 숨기고 있다고 생각했다.

하지만 아니다. 그의 검은 속임수다. 적이 계속 검에 신경 쓰게 만드는 속임수란 말이다.

"제법이야."

"예?"

채주의 중얼거림에 정훈이 고개를 갸웃했다. 채주는 백호채의 채주보다 고수였다. 그는 백호채의 채주가 보지 못한 것을 본 듯했다.

"크크, 저 녀석의 무기는 무공이 아니라 머리인 게야."

권각을 익힌 자가 검 같은 걸 허리에 끼고 다니면 운신하기가 불편해진다. 그럼에도 속임수를 쓰기 위해 검을 가진다면 그는 무공이 그리 뛰어난 편은 아니라는 것이다.

그가 본 진산은 고수가 아니었다. 그저 머리가 잘 돌아가는 녀석이다. 머리가 좋아도 강하면 고수라 할 수 있지만, 그것은 한계가 있는 법이다. 그건 백호채의 채주에게나 통할 방법이고 자신에게는 통하지 않는다.

또 채주는 자신의 머리가 나쁘다고 생각하지 않았다. 오히려 남들보다 통찰력이 높고 산적답지 않은 인내심을 가지고 있다고 생각하고 있었다.

'이번 기회에 채주의 기상을 높여볼까?

생각은 했으나 채주는 쉬이 나서지 않았다. 그가 혼자 온 것 때문이다. 아무리 고수라고 해도 혼자서 백 명의 산적을 상대할 수 없는 법이다. 물론, 그런 것이 충분히 가능한 인간들이 있기는 하지만 그들은 소수였다. 겨우 표국에 머무를 인재가 아니다.

채주는 그가 무슨 계략을 세우고 있다고 생각했다. 절대 그는 혼자가 아니고 일행이 뒤나 절벽 위에서 공격을 기다리고 있다고 생각했다.

'절벽 위……'

채주의 시선이 하늘을 향했다. 이곳 산채는 절벽에 있는 동굴 앞에 세운 것이다. 물론 동굴의 존재는 창고나 강한 적이 쳐들어왔을 때 숨을 곳이다. 그리고 산채 주위에 벽을 만들었다. 돌과 진흙을 짓이겨 만든 벽이지만 몇 번이나 다졌기에 제법 튼실했다. 또 상당히 높게 만들었기 때문에 벽을 넘어 침입하기란 쉽지 않은 일이다.

절벽 위에서 거대한 바위라도 굴린다면 그들은 꼼짝없이

당할 것이다.

'하지만 절벽 위로 돌아가기 위해서는 적어도 사흘 정도 걸어가야 한다. 그러나 그들은 반나절 거리에 있었는데……'

채주가 이를 악물었다. 그들이 가짜일 리는 없었다. 정훈의 안력은 부족해서 그들을 알아볼 수 없었지만, 자신은 그들의 모습을 똑똑히 보았다. 허수아비가 아닌 분명히 사람이었다.

일행을 몇 남기고 갔다는 사실도 있을 수 없다. 삼룡표국에서 출발한 인원이 몇인지 통보를 받았기 때문에 그들이 몇인지는 잘 알고 있다. 그리고 그들은 전부 그곳에 있었다.

"뭐지? 뭐란 말이냐."

채주가 인상을 찌푸리며 생각했다. 상대가 거대하게 느껴졌다. 그의 무공 실력이 조금 처진다고 무시했지만 그것보다 더 대단한 무언가를 그는 느꼈다.

그가 그렇게 고민하는 동안 진산은 주위를 차분하게 훑어보고 있었다. 산채의 구조나 산적들의 수, 그리고 그들이 만들고 있는 포위망 등을 말이다.

"동굴 정도겠지. 하지만 이곳을 만든 사람을 생각하면 그 동굴은 제법 깊을 거야."

여기서 시간을 오래 끌 수는 없었다. 밤이 지나기 전에 그들은 돌아가야만 했다. 어차피 몇 놈은 놓아줄 생각이었다. 그러나 채주의 목은 반드시 따야 했다.

진산의 시선이 누군가를 향했다. 백호채에서 보았던 정훈이었다. 그의 곁에 장비가 현신한 듯 포악하게 생긴 이가 서서 자신을 노려보고 있었다.

'저놈이군.'

뚜둑! 뚜둑!

진산이 가볍게 몸을 틀자 관절이 비명을 질렀다. 곧 시원한 기운이 온몸으로 퍼졌다.

"그럼, 슬슬 시작해 볼까!"

화르륵!

진산의 등 뒤로 검은 연기가 하늘로 치솟았다. 마치 검은 용 한 마리가 승천하는 것만 같았다.

"제길! 화계인가!"

채주는 연기를 보며 외쳤다. 진산이 시선을 끈 뒤 다른 이가 불을 질러 버린다는 작전이었던 것이다. 이곳에 대부분의 산적이 있었다. 진산의 실력이 그들 몇몇으로는 감당할 수 없었기 때문이다. 보초를 서거나 그 근처에서 경비를 담당하는 놈들은 모두 진산이 죽였다. 불이 타고 있는 부근에는 그 누구도 없을 것이다.

이런 지형이 한번 불붙으면 끄기 쉽지 않다는 사실을 채주는 잘 알고 있다. 그래서 소화 작업을 위한 장비와 그만한 인원을 충당해 놓았다. 그러나 지금 그곳엔 아무도 없었다.

'있다고 해도 저놈의 동료가 모두 죽였겠지.'

채주는 아랫입술을 깨물었다. 제대로 당했다. 진산에게만 신경을 썼다. 절벽 위에는 불가능하다는 사실을 알고도 그쪽으로만 생각했다. 설마 정면으로 나설 줄은 생각지도 못했다.

"모두 나서! 저놈을 죽여 버려!"

채주가 소리쳤다. 그 소리에 산적들이 재빠르게 반응했다. 훈련을 제대로 했단 소리다. 그들은 백호채와는 다르게 체계적으로 공격했다. 백호채는 팔십이었지만 백룡채의 수는 백이다.

잘 정비된 백 명의 전사는 제아무리 고수라 해도 감당하기 힘들다.

진산의 신형이 그들을 향해 쏘아졌다. 그의 손은 마치 강철과 같아서 그들의 몸을 푹푹 뚫어갔다.

"저, 저 자식!"

분명히 고수다. 허리에 검을 차든 말든 그는 고수다. 자신과 비견되는 자다. 아니, 그 이상의 자일 것이다. 채주는 그를 얕보았다는 사실을 생각했다.

"빌어먹을! 너희도 나서서 저놈을 조겨!"

옆에 서 있던 고수들도 진산을 향해 나섰다. 그들은 다른 산적과는 다르게 검을 들고 있었는데 진산을 향해 나아가는 그들의 검은 제법 매서웠다.

산적들을 종이 찢듯 맨손으로 찢어버리던 진산이었다. 할 만한 고수가 나오자 기분이 좋아졌다.

그의 입가에 잔인한 미소가 그려졌다.

"좋아, 좋아. 이래야 재밌지."

진산은 맨손으로 그들의 검을 낚아챘다. 그것을 보며 그들 은 코웃음을 쳤다. 인간의 손은 무르다. 강철로 된 검은 단단 하다. 그리고 날카롭다. 소림 정도는 되어야 맨손으로 검을 잡고 맨몸으로 검을 막는 거다. 아무나 할 수 있는 것이 아니 었다.

그들은 진산을 향해 더욱 매섭게 검을 찔렀다.

"크크크!"

카캉!

진산의 손에 그들의 검은 너무도 쉽게 막혔다. 검기를 뿜어 낼 정도는 아니었지만 그래도 기가 담긴 검이다. 바위쯤은 두 부 가르듯 가볍게 베어내는 검이었다. 그런데 그것이 겨우 맨 손에 막혔다.

그는 그들 따위의 상대가 아니라는 소리다.

씨익!

진산의 미소에 비릿한 혈향이 감돌았다.

그는 먼저 우수에 있는 검을 가볍게 비틀어 검을 부쉈다. 고수 하나가 그대로 땅에 처박혔다. 그리고 왼쪽의 고수를 향해 다가갔다. 고수가 기겁하며 그에게 일장을 내밀었다. 검을 익힌 자의 어설픈 일장이었다. 진산에게 아무런 해가 될 수 없었다.

진산은 고수의 정수리를 가볍게 눌렀다. 고수의 머리가 진흙처럼 뭉개졌다. 퍼억! 하는 소리와 함께 그의 머리에서 피와 함께 뇌수가 터져 나왔다. 진산의 옷이 진한 분홍빛으로 물들었다.

진산은 곧바로 땅에 쓰러진 고수의 배를 가격했다. 그의 신형이 쭉 밀려 나가 절벽에 처박혔다. 으적! 하는 소리가 산채 안을 조용히 울렸다.

"크흐흐흐!"

진산이 음흉하게 웃었다. 그를 노리던 산적들이 놀라 거리를 벌렸다. 그를 공격한 고수들은 산적들에게는 거의 신이나 다름없는 존재였다. 그들은 무지하게 강했다. 그런데 그런 그들조차 진산에게는 하룻강아지밖에 되지 않았다.

채주가 진산을 바라보며 숨을 헐떡였다. 자신은 상대도 되지 않는 고수인 것이다. 백호채의 채주가 소리 소문도 없이 죽은 것이 당연했다.

"씨팔!"

채주가 등을 돌리고 달리기 시작했다. 그는 고수였다. 마음먹고 신법을 펼치자 단숨에 동굴이 있는 곳으로 날아갔다.

진산은 그를 주시하고 있다가 그가 작게 외치고 달려나가

자 주저하지 않고 그 뒤를 따라갔다.

산적들은 진산을 두려워하고 있었다. 그가 채주의 뒤를 따라가자 내심 안심이 되었다. 그들은 재빨리 밖으로 나가기 위해 출구를 향해 달려나갔다.

불이 붙기는 했지만 이곳을 빠져나오기 위해서는 어쩔 수 없었다. 그들은 불길을 넘으며 열심히 뛰었다.

스릉!

날카로운 소리가 그들의 귓가에 들렸다.

"드디어 내 차례인가?"

부단장이 자신을 향해 뛰어오는 산적들을 바라보며 말했다. 산적들은 자신들의 수가 많음을 알았다. 진산에게 제법 많이 죽었지만, 그래도 많았다. 그들은 동료가 죽는 대신 자신은 살 수 있다고 생각했다. 그들은 그런 생각이 미치자 출구를 향해 무작정 몸을 들이밀었다.

그런 마음이 든 그들은 더 이상 잘 정련된 전사가 아니었다. 때문에 그들은 모두 부단장의 밥이 될 수밖에 없었다.

먼저 자리에서 일어난 것은 삼룡이었다. 늦은 시간 진산이 일행에서 이탈해 돌아오지 않았다. 그것이 걱정되었다. 이 근처는 백룡채가 있는 곳이다. 그들은 백호채보다 더 강하다고 알려졌다.

결국 삼룡이 그를 찾기 위해 나섰다.

‘어디로 간 거지?’

“어디 가시오, 효린 소저?”

소지 역시 진산이 걱정되었다. 또 같이 사라진 부단장에 대해 궁금했다. 그는 부단장이 간 이상 겨우 산적들 따위는 위협이 되지 않는다는 사실을 알고 있었다. 그래서 그는 삼룡보다 더 여유가 있었다.

삼룡은 소지의 목소리에 깜짝 놀랐다. 자신은 고수다. 그런데 소지가 지근에 왔을 때까지, 아니, 그가 말을 건네기 전까지는 전혀 눈치 채지 못했다.

“지, 진 공자가 걱정돼서요.”

“흐음, 저 역시 진 아우가 어디로 갔는지 찾으러 나왔습니다. 같이 가실까요?”

“예, 그러죠.”

소지의 권유에 삼룡은 순순히 고개를 끄덕였다. 소지가 대단한 고수인 것을 알고 있다. 또 자신은 강하지만 경험이 없었다. 소지는 경험이 많은 것으로 알고 있었다. 전에 일룡에게서 조금 들은 바가 있었기 때문이다.

그 둘은 노숙한 곳을 중심으로 나선으로 빙빙 돌며 그들을 찾았다.

소지는 추적에 능했다. 살수로서 필요한 것은 일 처리 후 도주하는 것이다. 도주를 잘하기 위해서는 당연히 추적자의 입장이 되어야만 한다. 그 때문에 소지는 추적술을 배웠고 그 수준이 일류에 이른다.

하지만 그럼에도 그들이 이렇게 빙빙 도는 이유는 주위가 너무 어두워서 흔적을 찾기 힘든 이유도 있었고, 진산과 부단장이 흔적을 전혀 남기지 않았기 때문이기도 했다.

소지가 백룡채의 채주와 정훈의 흔적을 발견했을 무렵 저 멀리서 연기가 솟아오르는 것을 볼 수 있었다.

"저기에 무슨 일이 생겼군요."

"진 공자가 있을지도 몰라요. 어서 가봐요."

"그러죠."

둘의 신형이 탐색할 때와는 다르게 빠르게 쏘아져 갔다. 제법 멀었음에도 고수의 신법으로 거기까지 도달하는 데 채 반 시진이 걸리지 않았다.

그들은 한 사내를 볼 수 있었다. 뜨겁게 타오르는 불길 앞에서 부단장이 도를 든 채 산적들을 토막 내고 있었던 것이다.

"부, 부단장!"

삼룡이 저도 모르게 목소리를 높였다. 그러나 그 소리를 못 들었다는 듯 그는 여전히 산적들을 죽이고 있었다. 이미 제법 많은 수를 죽인 그였다. 그럼에도 산적들은 끊임없이 그를 향해 달려들었다. 불길이 그만큼 치솟았다는 뜻이었다.

그는 진산의 뜻대로 한 놈 정도는 놓아주었다. 그로 인해 옥화산의 옥랑채에 정보가 전해질 것이다. 그 정보로 옥랑채가 일행에 대해서 어떻게 판단하든 크게 상관이 없었다. 어찌 되었든 그들이 멸해지는 것이 바뀌진 않으니 말이다.

잔뜩 경계하고 덤비는 것보다 오판한 채로 겨루는 것이 그들에게는 훨씬 유리했기 때문이다.

진산은 거기까지 생각하고 부단장에게 그런 말을 남긴 것이다.

"크흐흐흐!"

부단장은 한 놈을 내보낸 것 외에는 그 누구도 통과시키지 않았다. 그리고 그것이 산적들에게 거대한 절망감을 안겨주었다.

소지와 삼룡은 그런 부단장을 두고 주위를 훑었다. 진산의 흔적을 찾기 위함이었다. 안은 불이 활활 타고 있으니 밖에 있다고 생각했다. 수하가 주군을 위험한 곳에 둘 리 없다고 생각한 것이다.

그 무렵 진산은 신법을 써 채주의 앞을 가로막고 있었다.

"어딜 도망가시려고?"

진산이 씨익 웃으며 물었다. 채주는 숨을 헐떡였다. 그가 가까이에서 계속 뒤를 따라와 감히 동굴 안으로 들어갈 수 없었던 것이다. 그가 동굴까지 알게 되어 같이 들어간다면 채주에게는 더 이상 도망갈 길이 없게 되기 때문이다.

그러다가 결국 그에게 따라잡힌 것이다.

‘제길!’

아랫입술을 강하게 물어뜯었다. 비릿한 맛과 함께 피가 주르륵 흘러내렸다.

"좋아, 네놈이 이겼다. 하지만 나도 전장에서 제법 논 몸이야. 쉽게 죽어주지는 않아!"

"좋은 자세다."

진산이 손목 운동을 시작했다. 그의 눈에 채주는 제법 실력이 있어 보였다. 해남파에서는 그의 눈에 차지 않았겠지만, 지금까지 중원에서 본 자 중 가장 강한 자였다.

채주는 잔뜩 긴장한 채 도를 뽑아 들었다. 자신이 익힌 것은 과거 군에 있을 때 배운 것이다. 중원인들은 내심 군의 무인을 얕보지만 그들의 실력은 결코 약하지 않았다.

군에서 있었던 일을 떠올리자 채주는 비릿한 미소를 지었다. 조금이라도 더 강해지지 않을까 해서, 조금이라도 더 많은 경험을 하지 않을까 해서 들어간 곳이었다. 그리고 그것은 지금까지 도움이 되어왔다.

"봐주지 않는 것이 예의라고 하지?"

"그래, 당신의 실력을 보여줘, 전부!"

채주의 말에 진산은 땅에 떨어져 있는 검을 들었다.

"조금만, 아주 조금만 보여주지. 내가 미쳐 버리기 전에 말이야."

그가 검이 들자 기세가 변질되었다.

칙칙하고,

답답한,

그 끝을 알 수 없는 어둠…….

채주는 진산의 몸에서 폭발해 나오는 힘에 의해 입을 달싹였다. 처음 총표파자를 만났을 때와는 비교도 되지 않는다. 마치 구룡의 한 존재를 보는 것만 같았다.

"당신과 검과 도를 나누니 더 이상 원이 없을 것 같소."

산적으로서 자신의 영혼을 더럽혔다. 무인으로서 등을 보이며 도망치는 일을 서슴없이 했다. 자신은 추락했다.

그러나 지금 처음으로 도를 쥐었을 때, 무공을 익혔을 때의 기분으로 돌아왔다. 그는 무인이었다. 그리고 무인에게 강자와 싸우는 것만큼 기쁜 것은 없었다.

"와라."

진산이 검을 축 내린 채 말했다. 그는 가슴 깊은 곳에서 끊임없이 올라오는 살심을 간신히 잠재우고 있었다.

버티기 힘들었다.

채주의 신형이 단숨에 거리를 좁혔다. 진산의 허리를 파고드는 도!

파라라락!

도가 채주의 내공에 의해 부르르 떨었다. 그리고 그 끝에 기가 맺혀갔다.

도기였다.

'크하! 그렇게 바라던 도기(刀氣)가 죽기 전에야 맺히다니!'

욕심을 버리고 무인으로서 돌아가자 도에 기가 맺혔다. 생사를 건 싸움에서야 자신의 무공이 나온 것이다.

진산의 검에서도 피처럼 붉은 검기가 감돌았다.

슈캉!

검기와 도기가 부딪쳤다. 아니, 진산의 검이 채주의 도를 따라 미끄러지듯이 움직였다.

날카로운 소리와 함께 채주의 몸이 둘로 나뉘었다.

"크흐! 마지막에서야 나는……."

채주는 미소를 지으며 죽어갔다.

진산은 그런 채주를 무심하게 바라보았다. 그리고는 무언가 찜찜한 듯 인상을 찌푸리며 불길이 치솟는 곳으로 걸어가기 시작했다.

쩌적!

그가 쥔 검에 금이 가기 시작했다. 거미가 줄을 치듯 그것은 조금씩 늘어나기 시작했다.

진산의 얼굴도 그에 따라 미간의 골이 깊어져 갔다.

퍼엉!

검이 깨부숴지면서 붉은 기운이 강하게 감돌았다. 그의 검병에서 일 장 정도 되는 강기가 치솟았다가 이내 사라졌다.

"검이 더 이상 버티지 못하는군."

지독한 살기가 주위를 가득 맴돌다가 사라졌다. 진산 미간에 파인 골이 어느새 사라지고 그 대신 은은한 미소만이 남아 있었다.

그는 다시 나약한 유생으로 돌아갔다. 옷에 피가 조금 묻기는 했지만 그리 상관하지는 않았다.

진산은 느긋한 발걸음으로 출구를 향했다.

푸드득!

거대하고도 음습한 기운이 산 전체를 뒤덮었다.

산짐승들도 그 기운에 놀라 도망가기만 급급하고, 좀 더 민감한 고수들에게는 독처럼 몸 내부로 침투했다.

"크윽!"

소지가 이를 악물었다. 기운을 퍼뜨리는 것만으로도 사람을 상하게 만드는 무공이 있다는 소리는 들어보지 못했다. 하지만 직접 겪으니 부정할 수도 없었다.

그 기운은 몸속으로 맹렬하게 파고들어 갔다. 아니, 기운에 반응한 자신의 내공이 역류하고 있었다.

주화입마였다.

"으으으……."

삼룡도 신음을 내뱉으며 주저앉았다. 그녀로서는 감히 버티기 힘든 기세였다. 다만 그녀는 소지보다 가진 내공이 적어 치명적인 상황으로까지는 가지 않았다.

산적들도 힘이 풀려 움직이지 못했다. 무공이 워낙 약해서 받는 영향도 작았다. 하지만 그것만으로도 그들은 숨조차 쉴 수 없었다.

"으음, 설마……."

부단장은 이 익숙한 기운에 입을 달싹였다. 광기 어린 이 기운의 출처는 잘 알고 있었다. 하지만 그를 막을 수 있을지 자신이 없었다.

대락조의 말에 의하면 진산은 무공을 극성으로 익히다 뱃속까지 마기가 스며들었다고 했다. 그 덕에 무공은 그 누구보다 강하지만, 살인에 미친 광인이 되어버렸다고 했다.

그래서 진산은 스스로의 무공을 한 자루의 검에 담아 봉인했다. 그가 차고 있는 검이 천잠사로 꽁꽁 묶여 있는 것도 그 이유였다.

"내가……."

부단장이 피부로 느껴지는 이 기운에 두려움으로 몸서리를 쳤다.

"…막을 수 있을까?"

그것은 절대 불가능하다.

미쳐 버린다고 해서 그가 이성을 잃는 것이 아니다. 다른 인격이 튀어나와 그 악마적인 두뇌로 사람을 죽이고 모든 것을 파괴하려 한다. 해남파 최강의 전투 부대인 대락조도 그가 한 번 날뛰면 어쩌질 못했다.

오로지 대락조의 부대장 위지선만이 그를 막을 수 있었다. 과거 무슨 사연이 있어서인지 아니면 그녀의 무공이 강해서 인지는 모르지만 그녀만이 그를 막을 수 있는 유일한 존재였다.

'제길!'

극성으로 무공을 끌어올리지 않아도 그는 강했다. 이런 산적 놈들이 여럿 뭉쳐도 그를 제거할 수는 없었다. 그런데 왜 검을 뽑았는지 이해할 수 없었다.

스스스―

숲이 무언가 느끼고 바람도 없는데 움직이기 시작했다. 산을 짓누르던 기운도 천천히 사라져 가기 시작했다.

"이건 설마?"

부단장은 이 악마적인 기운이 한 마리 귀신의 몸속으로 갈무리되어 간다고 생각했다.

그렇게 된다면 그 누가 와도 그를 막을 수 없을 것이다.

'도망가야 하나?'

부단장은 잠시 고민했지만 이내 고개를 저었다. 지금 이 산은 그의 영역이었다. 벗어나려는 순간 그가 벼락처럼 날아와서 그를 단 일 수에 때려죽일 것이다.

저벅저벅!

죽어가는 산적들 사이로 누군가 걸어오고 있었다.

그는 유약한 서생의 차림이었다. 곳곳이 검게 그슬린 자국과 피로 얼룩져 있었다.

그는 수려한 외모를 가지고 있었다. 옥을 깎은 듯한 외모는 여성에게 모성애를 불러일으키게 만든다.

그는 한 자루의 검을 차고 있었다. 천잠사로 수차례 봉인해져 있는 것이 눈에 띈다.

"주공!"

부단장은 소리를 높여 외쳤다. 악귀가 아니었다. 그는 진산, 그의 주인이었다.

진산은 그를 발견하고는 가볍게 미소를 지었다. 부드러운 미소가 어두운 밤을 환하게 비추는 것 같았다. 그가 천천히 밖을 향해 걸어나왔다.

"어?"

진산이 밖에 쓰러져 있는 소지와 삼룡을 발견했다. 그들은 가부좌를 틀고 역류하는 기운에 힘겹게 대항하고 있었다.

"이들이 왔었나?"

그는 미소를 더욱 짙게 지으며 그들의 명문혈에 기운을 불어넣어 주었다. 강렬하고 청명한 기운이 들끓는 기운들을 부드럽게 얼러주었다.

진산이 손을 떼고 잠시 뒤 그들은 눈을 뜰 수 있었다.

"여긴 어쩐 일이십니까?"

미소를 지우지 않은 채 진산이 물었다. 소지와 삼룡은 어안이 벙벙한 채 그를 보다가 이내 자리에서 벌떡 일어났다.

“진 아우야말로 어딜 갔던 건가! 얼마나 걱정되었는지 아는가?!”

“진 공자님이야말로 어디 가셨던 거예요! 얼마나 걱정했는지 아세요?!”

두 사람이 동시에 고함을 치자 진산이 미안한 듯 어색하게 웃어 보였다. 평소에도 살갑게 대해주던 그들이었다. 그들이 자신을 얼마나 걱정했는지 조금이나마 알 수 있었다.

진산이 머뭇거리며 시선을 부단장에게 돌리자 부단장이 진산을 대신하여 입을 열었다.

“산적들의 기척을 느끼고 주공에게 알렸습니다. 주공과 함께 그들을 미행했고 그들의 산채를 알아낼 수 있었습니다. 처음에는 다른 일행을 부르려 했지만, 그랬다가는 그들이 눈치채고 도망갈 우려가 있었습니다. 어쩔 수 없이 주공이 나서셨습니다. 주공이 안에 잠입해 불을 지르고 제가 도망 나오는 산적들을 죽였습니다. 이런 지형에서는 그런 방식이 유용하다고 주공이 말씀해 주시더군요.”

부단장이 능수능란하게 변명했다. 물론 진산이 그 뒤에서 전음을 보낸 것이었지만, 그 사실을 두 고수는 알 수 없었다.

소지는 가볍게 고개를 끄덕였다. 하지만 삼룡은 진산의 그런 행동이 못마땅한지 인상을 찌푸린 채 진산에게 다가갔다.

“그런 무모한 행동을 하셨다고요?”

“아, 예.”

그때 부단장이 피식 웃었다.

그 소리에 진산이 그를 날카롭게 쏘아보자 그는 재빠르게 표정을 바꾸었다. 그는 얼굴에서 식은땀을 흘렸다.

"다시는 그러지 마세요."

"그러도록 노력하죠."

삼룡의 엄포에 진산이 건성으로 대답했다.

"노력만으로는 안 돼요! 반드시 하지 않겠다고 해요."

"예. 소저의 부탁이라면 그러겠습니다."

진산이 정중하게 대답했다. 그제야 삼룡은 안심했는지 가슴을 쓸어내렸다.

"하하, 아우가 용에게 잡혀 버렸구나."

소지가 크게 웃으며 말했다. 삼룡의 얼굴이 붉어졌다. 그에 비해 진산의 표정은 그리 바뀌지 않았다. 다만 부단장만이 씁쓸한 표정으로 삼룡을 바라보았다.

그녀가 바라는 것이 얼마나 부질없는 줄 알기에…….

그들은 다시 일행이 있는 곳을 향해 발걸음을 옮겼다.

*　　*　　*

진산과 표국 일행은 백운산을 넘어 악안에 이르렀다.

악안은 백운산에서 관도를 따라 올라가다 보면 나오는 유일한 도시로 옥화산과 상당히 지근거리에 있는 곳이었다.

　관도와 강이 가까이에 있어 작은 현임에도 불구하고 이곳
은 유동 인구가 무척이나 많았다. 그래서 언제나 사람이 북적
였고 그들을 위한 편의 시설이 많았다.

　일행은 적당한 객잔을 골라 통째로 빌려 표사들과 쟁자수
들과 함께 묵었다.

　진산 일행은 객잔의 식당에 자리를 잡았다. 표사들이나 쟁
자수들 역시 친한 사람끼리 모여 자리에 앉았다.

　"이곳에서 며칠 쉬어갈 생각이네."

　일룡이 진산에게 다가와 말했다.

　백룡채가 몰락한 뒤로 진산에 대한 일룡의 시선이 많이 바
뀌었다. 무공이 볼품없다는 것은 바뀌지 않았지만, 지혜가 있
고 그것을 받쳐 줄 용기가 있는 사내로 비춰졌다.

　"하루바삐 남궁세가로 가야 하는 거 아닌가요?"

　"아니, 덕분에 백운산을 거치는 최단거리를 넘어왔고, 또
두 산채까지 없애 명성도 얻었지. 조금 쉬어 간다고 문제가
되지는 않아."

　"그렇군요."

　진산이 고개를 끄덕이며 수긍했다. 사실 그들은 여기에 왔
을 때쯤에는 반쯤 몰살당해 있었을 것이다. 그들의 전력을 직
접 본 결과, 그들은 감히 백호채나 백운채와 겨루지 못하고
피했을 가능성이 높았다.

　원래대로라면 간신히 표물을 지키고 이곳에서 다시 무사

들을 모아 옥화산을 넘어설 계획을 짜고 있었을 것이다.

"며칠을 예상으로 하고 계십니까?"

"왜? 무슨 일이라도 있나?"

일룡이 되물었다. 이제 그는 이번 표행에 중심이었다. 부단장과 소지 역시 그를 따라다니는 것이니 그가 없으면 앞으로의 표행은 쉽지 않을 것이다.

진산은 고개를 가로저었다.

"아닙니다. 그저 이곳을 조금 둘러보고 싶어서요. 해안가에서만 살아서 내륙 쪽은 한 번도 본 적이 없습니다."

사실 형에 대한 단서를 조금이나마 찾아보려 했었다. 사람이 많이 지나다는 곳이라면 작더라도 정보 조직 하나쯤 있을 것이다. 소지를 앞세운다면 그들을 찾기 어렵지 않을 거라 생각했다. 이 일은 항구에 도착했을 때부터 해야 했던 것이지만 중원에 왔다는 사실에 눈이 어두웠던 그는 그것을 깨닫지 못했던 것이다.

'뭐, 이곳의 정보도 그다지 기대하지는 않지만.'

대도시쯤 되어야 쓸 만한 정보를 얻을 수 있을 것이다. 하루에도 수십 건씩 일어나는 실종 사건이다. 반년이나 된 실종 사건은 쉬이 찾을 수 있는 것이 아니다.

일룡은 그의 심정을 이해한다는 듯 등을 토닥여 주었다.

"삼 박 사 일 정도를 예상하고 있네. 그 정도면 악안은 충분히 둘러보고도 남을 거야."

“예, 감사합니다.”

진산이 정중하게 고개를 숙였다. 예의범절이 뭔지 아는 사내였다. 그것이 어찌 보면 비굴해 보일 수 있지만, 나설 때는 확실하게 나서는 것을 보아 비굴하지만은 않는 듯싶다.

일룡은 입가에 미소를 지었다. 무슨 사정으로 인해 무공을 익히지 않았는지 몰라도 그는 삼룡의 신랑감이 되기에는 충분한 자였다.

'국주가 표행에 나서는 법은 없지. 그의 신변은 문제가 없을 거야. 그리고 그의 비상한 머리는 분명 삼룡표국을 강서제일, 아니, 중원제일로 만들지도 모르지.'

진산을 향하는 일룡의 눈이 반짝였다.

*　　　*　　　*

오호삼화 역시 악안에 도착해 있었다. 그들은 삼룡표국이 채 출발하기 전에 백운산을 넘었고, 동의맹의 깃발이 꽂힌 마차를 건드릴 산적은 없었다. 그들은 쾌적하고도 빠르게 악안에 도착해 있었다.

그들은 악안에서도 제법 유명한, 고급스런 설비가 잘 갖춰진 객잔을 선택해 묵고 있었다. 진산 일행을 기다리는 것이었다.

“그자들은 언제쯤 올까?”

남궁유성이 앉아서 자신의 검을 빛에 비춰보며 말했다. 그의 보검은 날카롭게 날이 서 있어 모든 것을 베어버릴 것만 같았다.

그의 말에 대답한 것은 제갈청이었다. 그는 소매를 걷어 올리고 정성스레 먹을 갈고 있었다.

"이미 그들은 도착했어."

"뭐라고!"

오호들의 눈에 살기가 치밀어 올랐다. 남궁유성은 버럭 소리를 높였다. 저도 모르게 휘둘러진 그의 검은 자신이 앉아 있던 의자의 모서리를 가볍게 베어냈다.

팽호성만이 조용히 제갈청의 다음 말을 기다리고 있었다. 가장 심하게 당한 그였지만, 그는 무심한 표정으로 창밖을 보고만 있었다. 때를 기다리는 것이다.

"삼룡표국인지 별룡표국인지는 알 거 없고, 그 천 형이라는 자는 있는가?"

"물론, 그들은 백운산을 지나쳐 오며 백호채와 백룡채를 아주 박살을 내버렸더군."

남궁유성의 말에 제갈청이 상세하게 대답했다. 그들은 그의 말에 아미를 구겼다. 겨우 도적 놈들이라고는 하지만 그들의 수는 이백이다. 그중 백룡채는 군인 출신이 제법 있다고 알고 있었다.

아무리 오호라 해도 그 많은 수의 산적들을 모두 쓸어버리는 것은 불가능했다.

"하하하! 이 몸을 쓰러뜨린 자라면 당연히 그 정도는 되어야지!"

팽호성이 자신만만하게 웃어 젖혔다. 이제 그는 자신이 패했다는 사실을 순순히 인정하고 있었다. 이유야 어떻든 자신은 일단 패했기 때문이다. 또 그 때문에 얻은 것이 제법 많았다. 그 뒤 그의 혼원벽력도는 한 단계, 아니, 두 단계는 올라섰기 때문이다.

패배를 안 순간 그의 무공은 더없이 빠르게 진화했다. 그리고 그는 다음 승부에서 절대로 지지 않을 자신이 있었다.

"후후후. 패했다면 다시 싸워 이기면 그만인 것을……."

팽호성은 자조적인 미소를 지으며 말했다. 작게 말한 것이었으나 다른 오호들 모두 들을 수 있는 음성이었다. 하지만 그들은 그의 말에 아무런 대꾸도 하지 않았다. 그들에게 팽호성은 붕대사내와 함께 치욕이었다.

무패의 오호 중 처음으로 패한 자와 패하게 한 상대였던 것이다.

"지금 당장 그놈의 목을 베어버리겠어!"

자신이 졌다는 사실을 인정하지 못한 남궁유성은 뛰어나갈 듯 나서며 말했다. 하지만 누구도 그를 따르지 않았다.

"지금 무슨 짓이야! 너 지금 정신이 있는 거냐?!"

제갈청이 꾸짖듯 말했다. 지금 그의 태도는 좋지 않았다.

그의 무공은 오호 중에서도 강한 편이었지만, 그 차이는 적었다. 그리고 붕대사내는 오호 중 두셋은 한꺼번에 상대할 정도로 강한 자였다.

남궁유성 홀로 상대할 자가 아니란 거다.

"머리는 차갑게 가슴은 뜨겁게! 그것이 무공이다! 너는 그 가르침마저 잊고 있는 거냐. 정신을 좀 차려. 이 바보야!"

제갈청의 말에 남궁유성은 이를 악물었다. 그의 말은 틀린 것이 없었다. 그래서 더욱 화가 났다. 붕대사내 때문에 자신이 흔들렸다는 사실이 너무 창피했다.

남궁유성은 검을 다시 검집에 넣고는 바닥을 찼다.

"빌어먹을!"

달칵!

"무슨 일이죠?"

그때 삼화들이 방 안으로 들어왔다. 남궁유성과 제갈청의 언성을 들은 것이다.

삼화가 들어서자 그들은 입을 굳게 다물었다. 사내들의, 무인들의 자존심이 담긴 이야기였다. 무공을 익혔다고 해도 아녀자가 들을 내용이 아니었다.

물론, 삼화는 그런 식으로 볼 수 없는 존재였다. 그녀들의 무공은 오호와 충분히 비견되는 실력을 가지고 있으니 말이다. 하지만 성별의 차이가 그들에게 이러한 거리감을 만든 것이었다.

"무슨 일인지요?"

제갈화린이 다시 물었다. 동시에 그녀는 싸늘하게 주위를 훑었다.

그녀의 시선을 피해 그들은 고개를 돌렸다. 제갈화린은 여자임에도 그 통찰력이 제갈청을 뛰어넘는다. 물론 계략이나 진법을 운용하는 점에서는 제갈청이 앞섰다.

그러나 모든 것을 통찰하는 제갈화린의 눈은 매서웠다.

"흐응~ 그들이 나타난 것 때문에 흥분한 건가요? 남궁 오라버니는 의자를 베어낼 정도로요?"

그녀는 음흉한 미소를 지으며 말했다. 그녀 역시 제갈세가의 사람이다. 제갈청에게 가는 정보는 그녀에게도 간다. 그리고 그것만으로 상황을 유추한 것이다.

"겨우 그자들 때문에 내분이라니……. 한심하군요."

조소 어린 제갈화린의 말에 오호들의 눈이 번뜩였다. 그들은 자존심으로 똘똘 뭉친 자들이다. 그 무엇보다 명예를 중시했고, 또 그것에 흠집을 내는 자에게는 조금의 용서도 없다.

그것을 제갈화린이 긁었다.

우우— 웅!

방 안이 그들의 기세로 인해 거칠게 진동했다. 공기가 무겁게 가라앉았다.

"뭔가요? 위협인가요?"

그들의 살기 어린 시선에 제갈화린은 아무렇지 않다는 듯 말했다. 삼화들 역시 고수였다. 겨우 기질이 바뀌었다고 해서 당장 쓰러지거나 하는 추태는 보이지 않는다.

제갈화린의 말을 듣고 나서야 그들은 자신의 기운을 거두었다. 그들은 삼화가 아무리 잘나더라도 일개 아녀자라고 생각했다. 그리고 그저 귀여운 동생일 뿐이다.

이런 대접은 그녀들에게는 너무 과분한 것이었다.

그들의 기세가 씻은 듯이 사라졌다.

"오라버니는 오늘 당장 쳐들어갈 생각이 없겠죠. 그들을 조금이라도 더 안 뒤에 만반의 준비를 하고 나서겠죠."

"그래."

제갈청이 퉁명하게 대꾸했다.

"어리석어요, 한 사람에게 다섯이나 달려나가다니. 그것도 오호면서도 말이에요."

"그들은 하나가 아니라 쉰에 가까운 인원이다. 고수도 다섯이나 있다. 그리고 나 못지않은 머리를 가진 녀석이 있을지도 모른다. 오히려 우리가 꿀리는 마당이지."

제갈청은 붕대사내의 일행에 진산은 물론 표사들과 쟁자수들까지 셈했다. 그렇게 따지면 그들의 수는 분명 쉰이 조금 되지 않는다.

"그대들은 그렇게 명예가 중요한가요?"

제갈화린이 입술을 악물며 물었다.

"물론, 그것은 우리의 목숨이며 인생이다."

남궁유성이 싸늘하게 대답했다.

그는 검병을 강하게 부여잡고 있었다. 그의 검은 당장이라도 뽑혀져 제갈화린을 낭자할 것만 같았다.

제갈화린은 당장이라도 폭발할 것만 같은 방 안의 분위기를 느꼈다.

"당신들은 그렇게 자신만을 생각하죠. 그러다가 언젠가 큰코다칠 거예요. 그때가 되면……."

오호들은 더욱 매섭게 제갈화린을 노려보았다. 그녀의 말은 마치 자신들이 깨지기를 바라는 것이 아닌가? 봐주는 것도 한두 번이다.

그들의 시선에 그녀는 저도 모르게 뒷걸음질쳤다.

"…더 이상 아무 말 하지 않겠어요."

삼화는 그들을 가볍게 돌아보고 방을 나섰다. 꽈당! 하는 거칠게 문 닫는 소리가 들렸다. 그녀들의 발걸음 소리가 점차 멀어져 갔다.

그녀들이 사라지자 오호들의 얼굴에는 짙은 음영이 깔렸다. 그들도 바보는 아니었다. 그녀가 말한 바가 무엇인지 사무치도록 잘 알고 있었다.

"하지만, 하지만 말이다. 우리는 패배를 알면 안 돼. 오로지 승리만을 알아야 하고 또 해야만 해. 그것이 미래에 가문을 이끌 우리의 숙명이고, 족쇄야."

남궁유성이 쓸쓸하게 말을 내뱉었다.

가끔은 피붙이 하나 없는 고아가 되고 싶었다. 가문이라는 거대한 감옥에서 빠져나오고 싶었다. 망망대해와 같은 강호에서 홀로 떠도는 낭인이 되어보고 싶었다.

하지만 그들에게 선택권은 없었다. 날 때부터 가문의 수장이 되어야만 하는 운명을 타고난 것이다.

그들은 너무 고독했다.

"흐음, 흐음, 흐음~"

진산이 의자를 하나 가져와 그들이 묵는 객잔 앞에 앉았다. 그리고 멍하니 지나가는 사람들을 훑어보기 시작했다. 눈 두 개, 귀 두 개, 코 하나, 입 하나. 인간은 모두 똑같지만 각각 가슴에 담긴 것이 달랐다.

아이에게는 치기 어린 마음이 담겨 있고, 거지는 텅 빈 바가지와 같았다. 그렇다고 돈이 많은 부호의 가슴에 돈덩이가 담겨 있는 것은 아니다. 욕망이라는 똥덩이가 대부분이다.

사람 사는 곳은 어디나 다를 것이 없었지만, 또 달랐다. 그들이 가진 문화나 생활양식은 확실히 해남도와는 달랐다.

'재미있군, 재미있어.'

고향과 이곳의 공통점과 차이점을 비교해 가면서 보니 제법 재미가 쏠쏠했다.

진산의 시선은 빠르게 사람들을 훑다가 이내 한 일행을 보고서야 멈추었다. 그의 시선에는 여덟 명의 미남미녀가 천천히 걸어오고 있었다.

"손님인가?"

초대하지는 않았으니 불청객이 되는 셈이다. 그리고 그들은 가슴에 살의를 품고 나타났다.

오호삼화가 진산 일행이 있는 객잔으로 느긋하게 발걸음을 옮기고 있었다. 진산의 생각대로 살의를 가슴에 품은 채.

다만 삼화들이 가슴에 무엇을 품었는지는 알 수 없었다.

"주공, 먼저 배를 채우는 것이 어떻습니까?"

부단장의 말에 진산은 너무도 쉽게 그들에게서 시선을 거두었다.

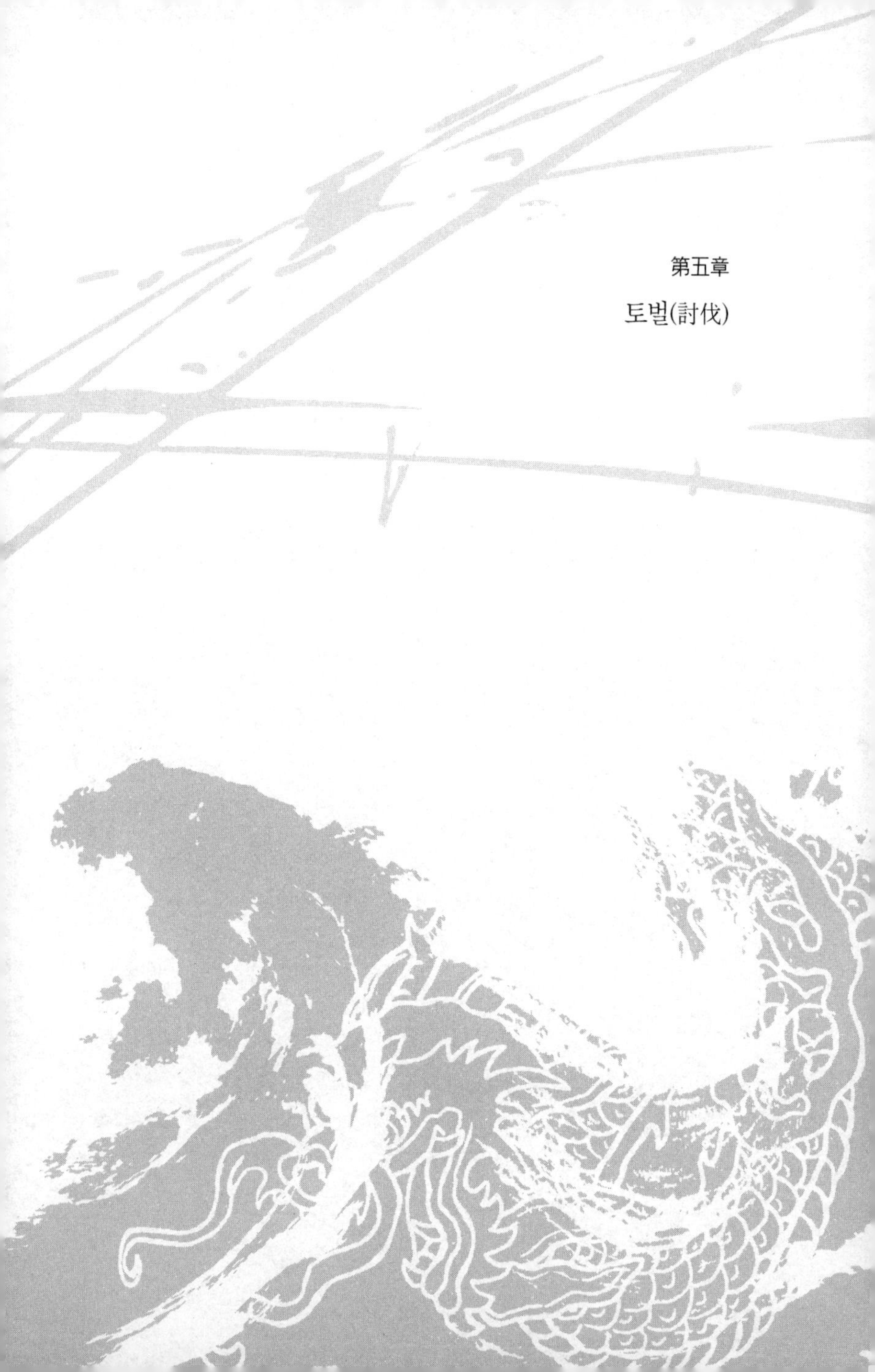

第五章

토벌(討伐)

옥랑채는 축제 분위기에 빠져 있었다. 그 이유는 녹림칠십이채의 장로가 둘씩이나 왔기 때문이다.

옥랑채의 채주는 무림고수다. 하지만 그는 녹림 영웅이 된 지 그리 오래되지 않았다. 무림에서 낭인으로서 실력을 쌓았지만, 녹림에는 대단한 줄이 없었다. 그는 낭인이었을 때 겪었던 경험을 토대로 옥랑채를 매우 크게 만드는 것까지는 성공했다. 녹림칠십이채 중 옥랑채라면 손가락은 몰라도 발가락 안에는 들 수 있는 곳이기 때문이다.

옥랑채에 온 장로 둘은 녹림에서 끗발이 조금 날리는 자들이었다. 얼굴이 붉은 노인은 적면마군(赤面魔君) 염태준(炎太

俊)이었고 그 옆의 청색 머리카락을 가진 노인은 청발사절(靑髮蛇折) 이인후(李咽喉)였다.

적면마군 염태준은 비쩍 마른 두 손을 무기로 하는데, 강철 같은 단단함과 거암을 가볍게 쪼개는 힘을 가지고 있다.

청발사절 이인후는 편(鞭:채찍)을 무기로 쓰는데, 이 편이 뱀의 허물을 여럿 모아서 꼬아 만든 것으로 그 길이가 이인후의 손에 의해 수시로 변했다.

그들 역시 옥랑채의 채주와 마찬가지로 이름을 날리기 전부터 녹림도가 아니어서 그런지 다른 장로들에 비해 가진 재산이 많지 않았다. 그래서 총표파자에게 찰싹 달라붙어 열심히 콩고물을 주워 먹고 있는 신세였다.

이해관계가 제대로 형성되었기 때문인지 두 장로와 옥랑채의 채주는 언제나 죽이 잘 맞았다.

"두 분 장로님께서 오시니 저희 옥랑채도 제법 살맛이 나는 것 같습니다. 하하!"

채주 구지가 아부가 담긴 말을 거침없이 했다. 그는 산적 이전에 낭인이었다. 무사로서 자존심보다는 실리를 추구하는 그런 사람이었다. 물론, 비굴한 점은 다른 녹림도에 비해 조금도 다르지 않은 것이었다.

"허허! 빈말이라도 구 채주가 우리를 이렇게 띄워주니 기분이 좋구먼!"

"그렇지 않습니다. 보십쇼. 두 분이 오서준 것 때문에 우리 아이들의 얼굴도 밝아지지 않았습니까?”

구지의 말에 산적들이 억지로 밝은 표정을 지었다. 하지만 흉악한 얼굴이 웃음이라는 미명하에 얼굴을 찌푸리자 술맛이 싸악 달아났다. 물론 염태준이나 이인후의 얼굴 역시 그들과 다를 바는 없었다.

“허허허!”

염태준이 어색한 미소를 지으며 슬며시 인상을 찌푸렸다. 아부도 비둘기의 발톱만큼이라도 진실성이 있어야 기분이 좋다. 허무맹랑한 말로 띄워준다고 해서 다 좋은 것은 아니다.

구지는 낭인이었다. 눈치만 따지면 구룡에 들 수 있다 자부하는 자다. 그가 그 둘의 심정을 읽지 못할 리 없었다. 그가 슬쩍 수하들을 째려보았다.

수하들이 부산을 떨며 사라지고 그사이 노예로 납치해 온 여인들이 들어왔다.

“하하! 어르신들, 제가 힘겹게 모은 아이들입니다. 열심히 교육을 시켰으니 실망하지는 않으실 겁니다.”

염태준과 이인후가 나이가 많다고 하나 그들도 사내다. 게다가 욕심이 많아서 산적이 된 놈들이다. 그런 그들이 나이를 많이 먹었다고 해서 색을 멀리할 리 없었다.

구지의 지시에 여인들이 속살이 훤히 비치는 옷을 입은 채 다가오자 그들의 입가가 찢어질 듯이 벌어졌다.

“크흠! 본인은 본래 색을 탐하지는 않지만 뭐, 구 채주가 그렇게 말하니…….”

“크, 크흠! 본인 역시 색을 탐하지 않지만 구 채주가 이렇게까지 하니 어쩔 수 없구먼! 하하!”

애써 변명을 하는 듯 그들은 혀를 놀렸지만, 손이 절로 움직여 그녀들의 허리를 낚아채는 것만은 어쩔 수 없었다.

쾅!

그때 누군가가 뛰어들어 왔다. 두 장로의 손이 잽싸게 제자리로 돌아왔다. 구지가 미간을 좁혔다.

“야, 이 새끼야, 지금 여기가 어딘 줄 알고!”

구지가 흉험한 기운을 뿜어내며 자리에서 일어났다. 당장이라도 족쳐서 쫓아내야 한다. 자칫 힘겹게 만든 자리가 엉망이 될 수도 있었다.

정훈은 자신의 행동이 무엇인지도 인지하지 못하고 입을 열었다. 그는 구지의 흉험한 기세보다 뒤를 쫓아올 삼룡표국의 고수들이 더욱 무서웠다.

“배, 백호채와 백룡채가 몰살되었습니다!”

정훈이 그 기세를 버티며 간신히 말했다.

“뭐, 그 새끼들은 상관없…….”

“뭐라고!”

구지가 말을 채 끝내기도 잔에 염태준과 이인후가 자리에서 벌떡 일어났다. 그곳 역시 두 장로의 돈줄이었다. 옥랑채만큼은 아니지만 있는 아양, 없는 아양 다 부려가며 열심히 돈을 퍼주었던 곳이다.

그들의 태도에 구지가 행동을 싸악 바꾸었다. 당장 그는 정훈에게 다가갔다.

"어떻게 된 사실인지 자세하게 고해봐라."

정훈은 갑자기 변한 분위기에 정신을 차릴 수 없었지만, 힘겹게 그때 일을 생각하며 입을 열었다.

그는 먼저 삼룡표국에 대한 이야기부터 시작했다. 녹림이 어떤 표국과 협조한다는 사실은 채주나 장로쯤 되는 자들은 다 알고 있었다. 옥랑채 역시 이번에 삼룡표국의 잔재를 제거하라는 명령을 받은 바 있었다.

'하지만 왜 표국을?'

돈벌이만이 문제가 아니라는 느낌이 오랜 낭인 세월을 했던 구지의 몸을 스쳐 지나갔다. 그러나 그의 의문보다는 다가오는 삼룡표국에 대해 더 알아야 했다.

"먼저 온 것은 세 명의 고수였습니다."

정훈은 진산과 부단장, 소지에 대해 언급했다. 팔십의 산적을 가볍게 상대하고 불까지 질러 버리는 그들의 무위와 잔혹함에 대해 말하자 구지의 안색이 조금 변했다. 산적 팔십을 셋이 상대할 정도라면 자신보다는 강하다.

"저는 간신히 그들을 피해 백룡채의 채주를 만날 수 있었습니다."

"동료를 버리고 갔단 말이냐!"

구지가 갑자기 버럭 소리를 쳤다. 그로서는 그것은 절대로 용납할 수 없는 일이다. 다 나쁜 짓 하는 산적이고 그들 심성 역시 나빴지만, 싸우는 중에 등을 돌려서는 안 된다. 나쁜 놈들인만큼 서로에게 신용은 목숨만큼이나 중요한 것이다.

정훈이 찔끔했지만 두 장로가 슬쩍 구지를 향해 노려보자 결국 그도 어쩔 수 없이 입을 다물었다. 정훈이 장로들을 믿고 말을 이었다.

"저는 백룡채의 채주를 만나 그들을 관찰했습니다. 그들의 전력을 알아보기 위함이었습니다."

하지만 역으로 추적당해 산채에서 몰살당했다는 사실을 전했다. 죽인 이가 백 명이나 되었고 고수가 둘이나 있었지만 구지나 장로들은 그다지 대단하다고 생각하지는 않았다. 그들은 백룡채의 산채가 어떤 구조인지 알고 또 그들처럼 불을 질러 앞을 지킨다면 혼자 나서도 충분히 할 수 있는 일이라고 생각했기 때문이다.

"그때도 저는 간신히 그 고수의 손을 피해 식음을 잊은 채 이곳으로 달려왔습니다."

정훈이 아는 바를 다 이야기하자 구지와 두 장로의 안색이 변했다. 그들은 사나운 시선으로 정훈을 노려보고 있었다.

"저 녀석은 제가 처리해도 되겠습니까?"

"뭐, 구 채주라면 믿을 수 있겠지."

"쯧쯧, 변했군, 변했어. 과거 녹림도는 무공이 약해도 깡다

구 하나는 있었는데 요즘 애들은 왜 이리 심약한 것인지.”

구지의 말에 염태준과 이인후가 말했다. 마지막 이인후의 말에 구지의 얼굴이 급격하게 일그러져 갔다. 이러다가 정훈 하나 때문에 자신도 같은 꼴이 될 것 같았다.

정훈은 굴러가는 상황이 좋지 않다는 것을 깨달았는지 슬며시 뒷걸음질쳤다.

“야, 좋은 말 할 때 이리 와라.”

감히 문을 발로 차면서 튀어나올 때부터 마음에 들지 않았다. 그리고 동료들을 배신했다는 것도 심히 거슬렸다. 구지의 목소리가 자연히 무거워졌다.

정훈은 일개 산적이다. 하지만 구지는 산적임과 동시에 무림 고수였다. 감히 그가 구지의 손을 피할 수는 없었다.

“히에—엑!”

솥뚜껑 같은 손이 그의 몸을 가볍게 관통했다. 허파에서 바람 빠지는 소리가 그의 목을 통해 흘러나왔다.

그것이 두 번의 역경에서도 꿋꿋이 살아남은 정훈의 최후였다.

＊　　　＊　　　＊

삼룡표국과 오호삼화와의 재회는 표사들이 악안에 도착한 지 이틀 정도 후의 일이었다. 제갈청이 당장이라도 튀어나갈 것 같던 남궁유성과 다른 오호들을 만류했던 것이다.

공교롭게도 그들이 다시 만났을 때는 황혼이 져가는 저녁 무렵이었다.

한 객잔을 전세한 삼룡표국은 외인이 들어오자 시선이 한 곳으로 모였다. 더구나 그들이 미남미녀들이라 그들의 눈들이 휘둥그레졌다.

"진 공자, 오랜만입니다."

제갈화린이 진산을 발견하고는 미소를 지으며 다가왔다. 그녀는 평소의 무복을 벗어 던지고는 화려한 비단옷을 입고 있었다. 어지간한 사내들의 눈은 쏙 빠질 정도로 아름다웠다.

그것은 남궁유미나 팽설향 역시 마찬가지였다. 다만 팽설향은 부단장을 위한 것이라는 게 다를 뿐.

"아, 저번에 뵈었던……."

"제갈화린입니다."

"아, 제갈 소저, 죄송합니다. 남의 이름은 잘 외지 못하는지라."

진산이 고개를 꾸벅 숙이며 사죄했다.

"아닙니다. 단 한 번의 만남으로 저희를 기억해 주시는 것만으로도 충분히 고마운걸요."

남궁유미가 진산에게 다가가 대답했다. 사실 그녀들로서는 한 번 만났음에도 이름조차 기억하지 못한 경우는 그가 처음이었다. 그녀들의 미모 때문에 남녀불문하고 뇌리에 강하게 박혔기 때문이다.

제갈화린과 남궁유미가 그에게 친근하게 다가가자 삼룡의 아미가 찌푸려졌다. 자신이 침 바른 것을 낼름 먹어버릴 그녀들이 신경 쓰였던 것이다.

삼화들의 이름이 대단하다는 것은 삼룡 역시 알고 있었다. 미모와 무공을 두루 갖춘 사람은 무척이나 드물다. 삼화는 그런 사람들 중 거의 정상에 존재했다.

삼룡도 미모와 무공을 제법 갖추었다고는 하지만 삼화만큼은 아니었다. 무공은 몰라도 여자인 자신이 봐도 삼화에게는 미모가 조금 밀리는 것 같았다.

팽설향만은 그녀들과 같이 진산에게 가지 않았다. 그녀의 시선은 부단장을 찾고 있었다. 그러나 그녀가 부단장을 찾기보다 먼저 사단이 일어났다.

"네놈이냐! 네놈이 그때 붕대를 감았던 놈이구나!"

챙!

남궁유성이 검을 뽑아 들며 말했다. 그의 눈에는 소지에게 박혀 있었다. 그는 무척이나 평범한 외모를 갖진 사내였다. 하지만 제법 큰 덩치와 허리춤에 고이 꽂혀 있는 도집은 그들의 머리에서는 지워지지 않는 것이었다.

소지는 짙은 살기를 뿜어내는 오호들을 보며 피식 웃음을 흘렸다.

"가소롭군."

그의 말에 남궁유성의 검이 부르르 떨렸다. 감히 천하제일 검가의 후계자에게 그런 말을 한 것이 화났다. 그의 건방진 태도가 그를 화나게 했다.

하지만 무엇보다 그를 분노케 한 것은 그런 그의 말에도 반박할 수 없는 자신이었다.

"참나, 주제에 이런 애송이나 끌고 다니는 거냐?"

부단장이 진산의 눈치를 보며 소지에게 말했다. 진산이 삼화에게 시선이 가 있을 때 한 소리였다.

"크윽!"

그의 말에 소지가 쓴 표정을 지었다. 그가 자신에게 말하려는 바는 분명 '쫓기는 주제에' 였다.

부단장의 말에 오호와 팽설향의 표정이 동시에 바뀌었다.

"이 자식이!"

남궁유성의 검이 부단장을 향해 움직였다. 그에 부단장이 매섭게 반응했다. 자리를 박찬 그는 남궁유성의 검을 흘리고 그대로 그의 목을 잡아 들었다.

부단장의 눈이 흉흉하게 빛나기 시작했다. 소지 정도의 실력자가 그에게 개겼던 것도 참지 못했던 그였다. 남궁유성 같은 애송이가 자신에게 검을 들이밀자 치미는 살심을 참을 수 없었다.

"그래요, 꼭 식사 중에 피를 봐야겠다는 거죠? 그렇게나 보고 싶다는 거죠?"

진산이 작게 으르렁거렸다.

단숨에 남궁유성의 목을 부러뜨리려던 부단장이 그의 말에 어느새 그를 놓아주고 다시 자리에 돌아왔다. 모두 그의 신묘한 경신법에 놀랐으나 그 뒤를 이은 말에 경악을 멈추지 못했다.

"아니, 감히 누가 주공이 식사하는 중에 피를 보려 한답니까? 만약 그런 놈이 있다면 당장 제가 나서서 족치겠습니다."

모든 이가 경악에 빠진 동안 진산이 한마디를 꺼냈다.

"조용히 밥이나 먹자구요."

"예."

마치 순종적인 개마냥 그는 머리를 파묻고 음식을 먹기 시작했다.

제갈청과 제갈화린의 눈이 빛을 냈다. 부단장이 얼마나 고수인지 그들은 감히 짐작할 수 없었지만, 그들의 상관관계는 충분히 알 수 있었다.

'진산이라는 자가 저자의 상관이다. 그리고 저자는 진산에게 절대적인 복종을 하고 있다.'

제갈화린의 눈이 강렬하게 진산을 바라보았다. 제갈세가는 다른 거대 세가나 거대 문파에 비해 무공이 약한 편이었다. 물론 무공에 필적할 뛰어난 지식을 가지고 있었지만, 강자지존의 법칙이 뼛속 깊이 박혀든 무림에서는 크게 인정받을 수 있는 것이 아니었다.

그들의 눈에는 진산이 무공을 익혔다고는 생각할 수 없었다. 진산은 좀 많이 수려한 유생이었다. 도저히 부단장 정도의 고수를 함부로 움직일 수 있을 만한 힘을 가지고 있다고는 볼 수 없었다.

"이왕 오신 거 여러분도 함께 식사를 하심이 어떻습니까?"

진산이 미소를 지으며 부드럽게 물어왔다. 오호삼화는 그의 제의에 아무 대답도 못하고 같이 식사를 하게 되었다. 심지어 남궁유성도 씩씩대기는 했지만, 상대방의 존중을 무시할 수는 없었다. 성질이 조금 더럽기는 하지만 그 역시 명문세가의 후계자였다.

그들의 식사는 매우 조용했다.

'저 자식도 상당한 고수다.'

남궁유성은 부단장을 날카롭게 쏘아보고 있었다. 자신을 단숨에 제압하는 실력은 그의 조부나 되어야 가능한 일이었다.

남궁유성의 조부는 십대고수 중 일인이다. 그는 부단장을 십대고수 중 하나라고 생각했다. 그렇게 생각하자 자신이 패한 것이 그리 억울하게만 느껴지지 않았다. 십대고수는 강하다. 그들에게 제압당했다고 해서 그를 깎을 사람은 없었다.

'저런 얼굴이었나? 다시 한 번 저자와 도를 겨뤄보겠어!'

식사를 하는 내내 팽호성의 시선이 소지를 향했다. 한 번 꺾였던 도를 다시 한 번 세우고 싶었다. 전과는 다른 자신의 비기 또한 소지에게 보여주고 싶었다.

무인으로서 고수와의 싸움은 언제나 즐거운 일이었다. 팽호성은 무인의 피가 심하게 끓어오르는 것을 느꼈다.

'진산이라는 자, 대단한 지략가인가? 몸에서 느껴지는 기세나 나이로 보아 무공 고수로는 보이지 않는다. 그렇다면 역시 상당한 지장이라는 말인데…….'

제갈청은 진산을 세심히 관찰했다. 그의 눈에 진산은 그저 조금 수려한, 예의가 매우 바른 사내였다. 부단장을 가볍게 부릴 정도의 실력은 보이지 않았다. 그 나이에 반박귀진이라는 사실도 믿을 수 없고, 세상에 반로환동의 고수가 있다고는 생각할 수 없었다.

제갈화린은 제갈청과는 조금 다른 시선으로 진산을 바라보고 있었다. 기본적으로 그와 같지만 조금 다른 것이 있다면 그를 자신의 것으로 만들어보려는 심산이었다. 이런 시선은 남궁유미 역시 다를 것이 없었다. 세가에 머리 좋은 사람 하나 정도 있으면 득이 되면 되었지 흠이 되지는 않을 것이다.

그들 세가는 이미 충분히 강했다.

'거북하군.'

자신을 향한 것도 아닌데 오호삼화의 뜨거운 시선이 부담스러운 일룡이었다.

다음날, 오호삼화는 객잔을 옮겨 삼룡표국과 함께 숙식을 했다.

 그것이, 전날 오호들은 소지와 부단장 때문에 막무가내로 들이밀었다. 삼화 역시 진산, 부단장과 같은 객잔에 묵고 싶어했다.

 삼룡의 만류에도 결국 그들과 함께 묵게 된 것이었다.

 "그러니까 오호삼화께서도 대남궁세가로 향한다는 말입니까?"

 아침을 마친 진산이 제갈화린을 바라보며 물었다.

 "후훗, 예."

 대남궁세가라니…… 진산의 말에 제갈화린이 미소를 지으며 대답했다. 보통 남궁세가의 무사나 가문에 대한 자부심으로 '대(大)' 자를 붙인다. 다른 사람이 그것을 붙일 때는 별 볼일 없는 자가 남궁세가의 눈치를 볼 경우뿐이다.

 예의가 지나치면 사람이 비굴해 보인다. 진산의 경우가 바로 그러했다.

 "그럼 저희와 동행을 하시면 되겠네요. 이번 표행도 대남궁세가를 향해 가는 것이랍니다."

 "아니, 그전에 저자와 한 판 붙어야 한다."

 남궁유성은 진산의 아부성이 짙은 말은 싫지 않았지만, 소지와의 일은 반드시 끝을 봐야만 했다.

 "천 형과 말입니까?"

 진산이 소지를 가리키며 물었다. 남궁유성이 고개를 끄덕였다.

"그래, 저자와 겨루어 반드시 꺾겠다."

그의 말에는 강인한 자부심과 동시에 절대로 물러설 수 없다는 마음이 섞여 있었다.

팽호성 역시 자신의 도병을 부여잡았다. 그 역시 소지와는 볼일이 있었다. 다른 오호들 역시 그 둘과 다르지 않았다.

"으음…… 그건 조금 힘들겠습니다만."

진산이 죄스러운 듯 난해한 표정을 지으며 말했다.

"뭐라! 내가 저자의 상대가 되지 못한다는 말이냐!"

남궁유성이 대뜸 진산을 향해 버럭 화를 냈다. 팽호성이나 다른 오호들은 나서지는 않았지만, 그들 역시 진산을 향해 노골적으로 적의를 드러내고 있었다.

진산이 머리를 긁적였다.

"그게 아니라 저희는 남궁세가를 향해 다시 표행을 가야만 합니다. 한시적이기는 하지만 저희는 삼룡표국의 표사이고 일을 해야 하기 때문입니다. 만약 천 형이나 부단장과 겨뤄보실 생각이라면 대남궁세가에 가서서 해도 충분할 것이라 생각합니다. 굳이 좁은 길가보다는 대남궁세가의 연무장에서 싸우는 것이 낫지 않겠습니까?"

진산의 말에 오호들은 입을 다물었다. 그의 말이 맞았다. 그들은 일하는 도중이었고 그 목적지는 자신들과 같은 남궁세가였다. 여기서 한바탕 겨루는 것보다는 그곳에서 충분히 시간을 들여 싸우는 것이 더 나았다.

제갈화린은 능숙하게 오호들을 설득하는 진산의 혀에 내심 감탄했다. 그는 교묘히 어쩔 수 없는 자신의 입장을 내세우며 동시에 오호들에게 정식으로 싸울 명분을 주었다.

'남궁세가에 도착해서는 무슨 말을 할지 궁금한걸.'

그녀의 입가에 부드러운 호선이 그려졌다.

진산 역시 빙그레 미소를 지었다. 그러나 그것은 제갈화린이 가진 미소와는 전혀 다른 것이었다.

그 무렵 옥랑채가 서서히 움직이기 시작했다.

*　　　*　　　*

문주의 핍박에 못 이긴 이장로의 손에서 나온 십여 명의 사내는 조용히 객잔 근처를 떠돌았다. 삼룡표국이 통째로 빌린 객잔이었다. 그렇지 않았다면 손님으로 가장해 그들을 관찰할 수 있었으나 전세를 내는 바람에 십여 명의 사내들은 그들에 대한 정보를 뽑을 수 없었다.

십여 명의 사내 중 하나가 조심스럽게 입을 열었다.

"지금까지의 경로를 보았을 때 그들은 반드시 옥화산을 지날 것이다. 그리고 그곳에는 우리와 손을 잡은 녹림도들이 있지. 지금으로서는 우리가 저들을 상대할 수 없다. 녹림의 힘을 빌리자!"

"예!"

사내의 말에 다른 아홉이 고개를 푹 숙이며 조용히 대답했
다.

그들은 겨우 열 명이었다. 그들의 실력은 전에 왔던 이십여
명의 고수들보다 조금 높은 수준이다. 스무 명의 고수들을 단
번에 내친 절정고수만 나타나도 그들은 꽁지가 빠지게 도망
가야 했다.

그들은 두려웠다. 자신들 모두가 고수였고 또 수도 열 명이
나 되었지만, 상대는 고수가 열셋이나 된다. 그리고 고수들의
개개인의 수준도 자신들을 훨씬 상회했다.

"그럼, 여기서 알짱댈 때가 아니라고 생각합니다. 빨리 옥
랑채를 향해 움직입시다."

사내의 말에 아홉의 고수는 고개를 끄덕였다. 조금이라도
그들과 멀어지고 싶었다.

*   *   *

옥랑채의 규모는 이백여 명에 이른다. 백운산의 두 산채가
합친 것과 같은 수를 가지고 있었다. 또 그들은 옥랑채의 채
주인 구지의 수하였다. 수하보다 주군의 무공이 높은 것이 무
림의 생리인 무림이었다. 구지는 녹림에서도 알아주는 녹림
오걸 중 일인이기도 하다.

더군다나 적면마군 염태준과 청발사절 이인후까지 있으니 솔직히 말해 삼룡표국 따위와 비교할 바가 아니었다.

수가 많다는 것은 전략적으로도 많은 작전을 짜낼 수 있다는 것이다. 더군다나 옥화산같이 산세가 제법 험한 곳에서는 전략에 따라 적은 수로도 큰 효과를 볼 수 있다.

삼룡표국의 수는 쉰이 조금 안 된다. 오호삼화를 포함해서도 쉰을 간신히 넘긴다. 전력이라고 볼 수 있는 고수들과 표사들의 수만을 본다면 서른을 조금 넘기는 수밖에 되지 않았다.

현재 표행의 대표인 일룡은 그 때문에 걱정이 이만저만이 아니었다.

그들은 아직 악안을 나서지 못하고 옥화산을 어떻게 넘을지에 대한 준비가 한창이었다. 아침나절에 시작된 것이 벌써 정오에 이르렀다.

"형님, 그냥 돌아갑시다. 아무리 고수의 수가 열셋이라고는 하지만 이백을 모두 감당할 수 없습니다. 그리고 간간이 들려오는 소문에 의하면 옥랑채에 적면마군과 청발사절이 와 연신 술판을 벌인답니다. 그 둘을 상대할 만한 고수가 우리에게는 없습니다."

"후~ 그렇지."

이룡의 말에 일룡이 한숨을 푹 내쉬었다. 오호삼화가 후기지수 중에서는 제법 강하다고는 하지만 염태준과 이인후의 상대가 되지 않았다. 또 녹림오걸 중 일인인 구지도 자신과 이룡을 상회하는 실력을 가진 자다.

그리고 그들이 가진 전력 차가 무척이나 컸다.

"역시 돌아가는 수밖에 없는 것인가?"

일룡이 다른 일행에게 시선을 돌리며 물었다.

오호들은 삼룡표국의 표행과 함께한다고 하였다. 어차피 표국이 싸울 곳은 산적들뿐이다. 정파의 후기지수들이 녹림의 산채를 박살 내는 것은 명성도 제법 올라가고 민심을 살 수 있는 좋은 방법이었다. 자신의 무공에 강한 자신감을 가진 오호나 삼화들이 그런 일을 굳이 거절할 필요는 없었다.

하지만 그들도 염태준이나 이인후, 구지의 이름이 나오자 조금 안색이 어두워졌다. 구지는 몰라도 염태준과 이인후는 전대의 고수였기 때문이다. 한낱 퇴물이라고 부르기에는 그들의 힘은 너무 강했다.

"오호께서 저에게 힘을 빌려주신다면 그깟 도적 놈들 정도는 어렵지 않게 상대할 수 있습니다."

분위기가 무겁게 가라앉아 있을 때 진산이 입을 열었다. 그들의 시선이 그를 향해 모여들었다.

"그들의 수는 이백이다. 게다가 적면마군과 청발사절이라는 전대 고수와 녹림오걸이라고 불리는 구지라는 자도 있다. 솔직히 그들은 우리만으로는 벅찬 상대다."

제갈청이 진산에게 냉정하게 잘라 말했다. 남궁유성이 발끈할 만한 말이었지만, 제갈청은 오호 중 상황을 가장 냉철하게 판단할 줄 아는 자였다. 오랜 시간 같이해 왔기 때문에 그의 말에 반박하지 않았다.

또 적면마군이나 청발사절에게 조금 손색이 있다고 해서 문제가 되는 것은 아니다. 전대 고수라는 명함은 도박으로 딴 것이 아니기 때문이다.

"걱정하지 마십시오. 그깟 도적 놈들이 강해봐야 얼마나 강하겠습니까? 붉은 머리나 파란 머리 놈들 정도는 천 형이나 부단장이 나서면 됩니다. 뭐 도적 놈 주제에 영웅이라고 깝치는 녀석은 오호께서 나서시면 문제가 될 일도 아니지요."

진산의 거친 말에 제갈화린이나 남궁유미의 미간이 조금 찌푸려졌지만, 제갈청은 그의 말을 곰곰이 되짚었다.

'분명 천 형이라는 자와 부단장이라는 자라면 그들을 충분히 막을 수 있을 것이다. 그리고 구지라는 자를 오호가 단숨에 제거하고 그 두 노괴를 차례로 없앤다면 충분히 승산이 있다. 어차피 산적 놈들은 오합지졸이니 단숨에 머리를 잘라 버리면 그들은 뿔뿔이 사라질 것이다.'

우두머리가 없음에도 잘 돌아가는 군단은 없다. 비교적 잘 돌아가는 곳은 군 계율이 엄격한 황군뿐이다.

도적 놈들은 머리가 나쁠 뿐 아니라 이기적인 자들이 많아 쉽게 뭉치지 못한다. 그래서 대체로 채주가 힘으로 억누르는데 그 누르는 자가 없어지면 그들은 사기를 잃고 도망가기 급급할 것이다.

'분명 좋은 생각이다. 하지만 이백여 명의 산적을 뚫고 어떻게 그곳으로 향할 것이며, 어떻게 짧은 시간에 고수 셋을 제거하느냐가 문제다.'

제갈청의 생각을 알았다는 듯 진산은 그의 걱정을 너무도 쉽게 날려 버렸다.

"왜 그 녀석들은 잘 타는 산속에 숨어 있는지 모르겠습니다. 차라리 문파를 만들면 만들지……."

"무슨 말인가?"

일룡이 진산의 말에 호기심을 참지 못하고 물었다.

"우리는 옥화산 어디에 옥랑채가 숨어 있는지 모릅니다. 당연히 언급한 세 도적 놈도 제거할 수 없지요. 그들이 꽁꽁 숨는다면 어쩔 수 없으니 그냥 옥화산에……."

"부, 불을 지르잔 말인가?!"

제갈청이 놀라 입을 열었다. 산은 엄연히 나라의 것이다. 나라의 것을 함부로 훼손시킨다면 그 죄가 어마어마하다. 그리고 옥화산은 그리 작은 산도 아니었다. 옥랑채를 찾을 정도라면 모닥불 지피는 수준으로는 안 된다. 대대적으로 불을 내야만 했다.

제갈청의 말을 알아들은 일행은 그제야 진산이 하려는 것이 뭔지 깨닫고 경악했다.

"그, 그것이 무슨 말인가!"

"겨우 도적 놈들 잡기 위해 산을 태우잔 말이냐!"

"마, 말도 안 돼요!"

일행이 자리에서 벌떡 일어나며 대답했지만, 진산은 미소를 지우지 않았다.

"겨우 도적 놈들이라뇨? 삼룡표국은 도적 놈들과 사생결단을 내야 할 때입니다. 그리고 산을 태우는 것이 뭐 어떻습니까? 전부를 태우자는 것도 아닙니다. 그들이 있을 만한 곳을 색출해서 그 근처를 태우자는 거죠. 제갈세가의 분이시라면 불이 더 이상 진화하도록 하는 진을 만드시는 정도는 간단하시리라 믿습니다."

부단장만이 그의 말에 고개를 끄덕여 수긍했다. 그는 백호채와 백룡채를 없앨 때 불을 질러 효과적으로 적을 줄였다. 물론 그때는 토벽이나 성벽이 있어 불이 밖으로 나가지 못했지만, 옥랑채도 그럴지는 알 수 없었다.

일룡과 오호가 그의 의견에 반대하는 것에 반해 제갈화린의 생각은 조금 달랐다. 분명 제갈세가에서 진법을 전공한 제갈청과 자신이라면 충분히 불을 진압할 진을 만들어낼 수 있고 옥랑채를 끌어들일 수 있었다.

'불이 나면 통제가 쉽지 않아. 자신의 재물만을 지키려는 자, 불을 끄려 하는 자 등 산적들이 뿔뿔이 나누어질 거야. 수는 반. 아니, 그보다 더 줄 수도 있어.'

그렇게만 된다면 적의 수뇌부를 찾는 것은 그리 어렵지 않았다. 물론 그런 광범위에 진을 만드는 것은 쉽지 않을 테지만, 옥랑채를 완전히 토벌하고 녹림의 장로 두 명을 제거한다는 것을 생각하면 해볼 만했다.

화재에 의한 피해도 옥랑채 토벌에 대한 것을 언급한다면 문제가 되지 않을 것이라 생각되었다.

'산 전채를 태우는 것도 아니고 일부이니…… 아마 산채 내 보물이 남는다면 그것으로 복구할 수 있을지도 몰라.'

금은은 불에 조금 그슬릴지는 몰라도, 쉬이 타지 않는다. 대체로 불에 강한 내성을 가지고 있으며, 또 산에서 나는 불이 금속을 녹일 정도는 아니었다.

옥랑채 정도 되는 산채는 돈도 많다. 도적 놈들이 전표를 쓸 리는 없으니 피해를 변상해야 하는 부분에서도 문제가 없을 것이라 생각된다.

"그래도 녀석들이 산적이라 쉽게 끝나겠네요. 해적 놈들 없앨 때는 정말 몸에서 소금기가 마를 날이 없었는데……."

부단장이 작게 중얼거렸다. 불과 몇 년 전만 해도 해남도는 해적들의 소굴이었다. 해남파의 발족 아래 수많은 해적들이 토벌되었고 그때 부단장은 해룡단의 일개 단원으로서 쉼없이 해적들을 죽여 나갔다.

작은 소리였지만, 오호삼화나 일룡과 같은 고수들이 못 들을 소리는 아니었다.

'진 공자와 부단장은 과거 해적을 토벌했었나?

‘해적을 토벌했다면 조정에서 일하는 자일지도 모르겠군.’

제갈화린과 제갈청은 진산 일행을 조정의 사람이라고 짐짓 결론을 내렸다. 그리고 그와 같은 결정은 전음으로 은밀하게 다른 오호삼화들에게로 전해졌다.

전음이 전해진 그들의 눈이 크게 흔들렸지만, 겉으로는 내색하지 않으려 노력했다.

“다른 분들이 조금만 수고를 해주신다면 그만한 대가를 얻으실 수 있을 겁니다.”

옥랑채는 녹림에서도 인정해 주는 산채이니 그들을 토벌하면서 얻는 명예는 결코 작은 것이 아니었다. 그것이 삼룡표국과 오호삼화를 꼬셨다.

그 뒤 진산의 말에 가타부타 반발도 없이 모두가 찬성했다. 그리고 불을 지르는 것과 진을 만드는 것에 대한 준비로 그날 하루도 빠르게 지나갔다.

칠 주야의 시간이 지나서야 그들은 간신히 불을 지필 여건을 만들 수 있었다. 진을 만드는 데 쟁자수를 포함한 오십여 명의 사내가 뛰어들어 제갈청과 제갈화린의 지도에 따라 진을 만들었다. 가끔 산채에서 눈치 채고 튀어나오는 산적들은 소지나 부단장이 나서 소리없이 제거했다.

그 무렵 진산은 진을 만드는 것과는 달리 악안의 대장간을

찾았다. 이제 슬슬 본격적인 전투가 시작될 것이다. 무기가
필요했다.

악안의 도시가 그리 크지 못했고 거의 이동 경로에 위치한
마을이라는 인상이 강해 이곳 대장간은 그리 크지 못했고, 주
인도 간신히 입에 풀칠 정도를 할 것 같았다.

진산이 조심스레 대장간 안으로 들어섰다.

"어서 오시오."

큰 흉터가 있는 얼굴에 팔 한 짝이 없는 노인이 진산을 퉁
명하게 맞이했다. 그는 방금 전까지 쇠를 두드렸는지 땀을 비
오듯이 흘리고 있었다.

진산은 가볍게 인사를 하고 주위에 놓인 도구들이 있는 곳
을 훑어보았다.

"후, 이거 상당하군요."

농사보다는 상업이 발달한 이곳은 농기구보다는 병장기의
수가 훨씬 많았다. 그리고 그 병장기들은 진산이 보기에는 너
무 형편없었다.

비꼬는 듯한 진산의 말에 노인의 눈빛이 달라졌다. 이것들
은 분명 그가 만든 것이었다. 그리고 그 역시 겉멋만 든 이 무
기들이 얼마나 쓸모없는지에 대해 잘 알고 있었다.

"후후, 제게 설마 이런 것을 돈 주고 사라 하지는 않겠지
요?"

"자네가 그것을 알아보지 못했더라면 팔았을 걸세."

그는 쓰게 웃으며 말했다. 자신이 만든 무기들을 서슴없이 비판하는 진산의 태도 때문이다.

"이것들은 대장장이께서 만드신 것이 아닌가요?"

"아니, 내가 만든 것이라네."

진산의 인상이 조금 찌푸려졌다. 뛰어난 장인에게 있을 장인 정신이 있다면 이런 무기를 만들고 팔 리 없었다. 그의 실력은 만들어진 무구들이 말해주고 있었다.

이런 무기를 사러 온 것이 아니었다. 진산은 조금도 지체하지 않고 대장간을 나왔다.

"이보게! 잠깐!"

대장장이의 외침에 진산의 발걸음이 일순 멈추었다. 그는 웃는 낯으로 시선을 돌려 대장장이를 보았다.

'크윽!'

그가 느낀 것은 엄청난 압박감이었다. 살기와는 전혀 다른 종류의 것이었다. 대장장이는 본능적으로 그가 뛰어난 고수라는 것을 알 수 있었다.

진산은 천천히 발걸음을 돌려 다시 대장간으로 다가왔다.

"잠시 기다리게."

대장장이는 말을 남기고 창고로 발걸음을 옮겼다. 딱히 시간을 때울 일도 없었던 진산은 그의 말대로 그 자리에서 멍하니 서서 기다리고 있었다.

이각 정도 시간이 흐르자 우당탕! 하는 소리와 함께 대장장이가 길쭉한 상자 하나를 힘겹게 들고 오는 모습을 볼 수 있었다.

"이것을 보게나."

달칵!

낡은 상자가 열리자 그 안에서 하나의 봉을 볼 수 있었다. 은은한 묵빛이 감도는 봉은 두 마리의 용이 하늘로 승천하려는 듯한 모습이 음각되어 있었다. 그리고 양끝은 단단한 강철로 덮개가 씌워져 있었다.

진산이 손을 뻗어 철봉을 들었다. 어지간한 장정이 들었어도 손이 쑥 빠져 버릴 것 같은 무게감이 느껴졌다.

"이거 좋군요."

그의 입가에 미소가 그려졌다. 날카로운 날이 있는 무기보다 그는 이런 무기가 더 쓰기 편했다. 날이 있는 무기, 예를 들어 창이나 도와 같은 무기는 자신의 살기가 터져 나올 것만 같았다. 그럴 바에는 검을 쓰는 것이 훨씬 빠르고 편했다.

그가 원한 것은 이런 봉이나 철퇴, 곤 등의 무기였다.

다행히도 마음에 드는 물건을 얻을 수 있었다.

"어째서 이것을 제게?"

문득 의문이 든 진산이 대장장이에게 물었다.

"자네가 검을 차고 있음에도 천잠사로 봉한 것을 보았네. 그대의 안목이나 실력으로 보아 주 무공이 검공임에도 불구하고 되도록 살생을 금하려고 하는 것을 알 수 있었지."

“예리하십니다.”

대장장이의 말에 진산은 빙그레 웃으며 대답했다. 그가 정확히 자신의 의중을 꿰뚫은 것이다.

그는 진산의 말이 기분 좋은지 더욱 말을 늘어놓기 시작했다.

“그 봉은 예전에 내가 강호를 주유할 때 썼던 물건이라네. 나 역시 한때 살기가 너무 짙어 검에 대한 회의를 느꼈고 한동안 봉을 쓴 적이 있다네. 그것은 그 무렵에 아는 분이 만들어준 것이지. 참 요긴하게 썼다네.”

대장장이의 말에 진산은 그가 말하려는 바가 무엇인지 짐작할 수 있었다. 진산은 봉을 대충 휘둘러 보다가 그가 준 천에 쿡 쑤셔 넣었다. 봉은 천에 들어간 채 진산의 등에 메어졌다.

진산은 대장장이에게 값을 치르려 전낭을 뒤적였다. 햇빛에 반사되어 번쩍이는 금빛이 일어났다가 사라졌다. 그러나 대장장이의 눈에는 조금의 탐욕도 보이지 않았다.

…그랬던 그의 손이 진산의 전낭을 부여잡았다.

“돈은 필요없다네. 어차피 그 물건은 내 손을 떠난 물건. 자네의 손에서 다시 쓰인다면 그것만으로도 충분하네.”

“감사합니다. 어르신의 성함과 이것의 이름을 알고 싶습니다.”

진산이 대장장이의 호의를 거부하지 않고 정중하게 물었다.

“이름을 버린 지 오래라네. 굳이 부르려면 철노(鐵努)라 부르게나. 그리고 그 철봉은 쌍룡곤(雙龍崑)이라 하지.”

철노는 입가를 길게 늘이며 대답했다. 진산은 다시 한 번 등에서 봉을 꺼내 천천히 음각을 훑었다. 어떻게 보면 두 마리의 용이 승천하는 것 같았지만, 반대로 놓으면 추락하는 것처럼 보였다.

진산은 다시 쌍룡곤을 등에 쿡 찔러 넣었다. 그리고는 철노에게 간단히 읍을 하고는 발걸음을 돌렸다.

이제는 산적을 토벌할 때였다.

＊　　　＊　　　＊

“요 며칠간 그들의 동태가 눈에 띄질 않습니다.”

구지가 염태준 장로와 이인후 장로에게 다가가 말했다. 본래 옥랑채의 주인은 구지였지만, 현재 실질적인 지휘자는 두 장로라고 할 수 있었다.

현재 삼룡표국은 옥화산을 넘으려는 계획을 가지고 있다. 만약 옥화산을 돌아간다면 족히 한 달은 걸릴 거리이다. 하지만 옥화산을 통한다면 그 시간을 반 이상 줄일 수 있는 길이다. 그들은 반드시 옥화산을 넘을 것이다.

하지만 구지의 수하는 물론, 밖으로 나간 산적들 대부분이 연락이 두절되었다. 먼저 밖으로 나갔던 산적들 몇만이 악안에 남아 삼룡표국의 흔적을 찾고 있지만 그것도 영 시원찮았다.

"옥화산에 숨어서 산적 놈들을 족치고 있는 것이 아닐까?"

염태준이 닭다리 하나를 뜯으며 이인후에게 말했다. 이인후 역시 그에게 질세라 족발을 뜯으며 입을 열었다.

"에이~ 아무리 간덩이가 부었다고 해도 그런 짓을 할 수 있겠는가? 또 몇 놈 죽는다고 해도 문제는 없네. 여기에 산적 놈들은 많으니까."

"자네 말이 맞네, 맞아."

그들은 다시 술과 고기를 취하기 시작했다.

구지는 속이 쓰렸다. 이 늙은 두 마리의 괴물이 벌써 칠 일 동안 떠나지를 않았다. 칠 주야를 술과 고급스런 음식으로 놀면서 처먹으니 그가 미치지 않을 수 없었다. 열심히 모아놓은 돈도 그들에게 쥐어주느라 뭉텅뭉텅 사라지고 있었다.

그리고 그는 삼룡표국이라는 놈들이 거슬렸다. 백운산의 녹림도들을 깡그리 없앤 것 하며, 오호삼화를 표행에 끌어들인 것 등이 말이다. 또 그만큼 불안하기도 했다.

구지는 염태준과 이인후가 직접 나서 삼룡표국을 먹는 데 도움을 주었으면 했다.

그 둘의 말대로 삼룡표국은 옥화산에서 산채를 나오는 산적들을 보는 족족 죽이는 것 같았다. 구지는 자신의 수하들이 죽어가는 것 때문에 애가 탔다.

"염 장로님, 이 장로님, 아무래도 옥화산에 삼룡표국이 몸을 숨기고 있는 모양입니다. 그들을 제거하는 데 도와주시길 바랍니다."

구지는 결국 장로들을 향해 애원했다. 그에게는 이백이나 되는 수의 산적들이 있었지만, 그들 전부가 나서면 산채가 어디 있는지 들키게 된다. 그 뒤 삼룡표국은 도주할 것이고 대대적인 토벌대가 그들을 노릴 것이다.

결국 먼저 소수로 나서야만 하는데 구지 혼자서로는 절대 무리였다. 두 장로의 힘이 간절했다.

"흠, 구 채주가 이러는데 한번 나서볼까?"

"귀찮지만…… 다른 누구도 아닌 구 채주의 부탁이고. 뭐, 오랜만에 몸 좀 풀어보지."

"가, 감사합니다. 이 은혜 잊지 않겠습니다."

구지가 염태준과 이인호의 말에 크게 기뻐했다. 이 두 노괴는 욕심이 많은 만큼 강했다. 녹림의 장로는 마작으로 따낸 것이 아니었다.

그런 그에게 염태준이 싱긋 웃으며 슬쩍 손을 내밀었다.

"요즘 참 살기 힘들어, 안 그런가? 이 장로, 요양할 만한 별장 하나 정도는 지어야 할 것 같아."

"그렇지, 자네도 그런가? 나도 예전 같지 않게 삭신이 다 쑤신다네."

'이 빌어먹을 노인네들이……'

염태준과 이인후가 무엇을 바라는지 안 구지는 표정을 와락! 구겼다. 그가 고개를 숙이고 있어서 그의 얼굴을 두 장로가 보지 않은 것이 다행이었다.

구지가 다시 고개를 들었을 때 그는 다시 미소를 짓고 있었다. 비록 입끝이 부들부들 떨리고 있었지만 그는 근성있게 미소를 풀지 않았다.

"제가 솜씨 좋은 목수 몇 놈을 데려와 뛰어난 별장을 마련해 드리겠습니다. 그리고 차후에 몸보신하시라고……."

뒤의 이야기는 두 장로에게 전음으로 전했다. 벽에도 귀가 있는 법이다. 몇몇 장로에게만 뇌물을 바쳤다는 사실을 안다면 그는 다른 장로들의 손에 매장당하고 말 것이다.

별장 하나둘 짓는 것은 문제가 되지 않았다. 그의 말마따나 몇 놈 잡아서 죽도록 일을 시키면 되는 일이니 말이다.

"그래그래, 내 자네만을 믿지."

"그럼, 잘 부탁드립니다."

염태준의 말에 구지가 다시 한 번 고개를 숙이며 말했다.

"지금 당장 나갈까? 자네 수하의 목숨을 앗은 저놈들을 내가 반드시 응징해 줄 것이야."

떨어지는 콩고물을 조금이라도 더 먹으려고 이인후가 뒤늦게 나섰다. 하나 그의 말에 답해주는 사람은 아무도 없었다. 그는 쓸쓸하게 염태준과 구지의 뒤를 따라나섰다.

산채 주위로 검은 연기가 치솟기 시작했다.

마른 짚단과 기름을 숲에 잘 뿌려두어서 그런지 불을 붙이니 산이 금세 불타올랐다. 불길에 놀란 동물들은 빠르게 진밖으로 도망갔고, 뒤늦게 눈치를 챈 산적들은 표사들의 손에 명을 달리했다.

진산 일행과 오호는 산적들이 나오는 곳을 주시하고는 그들을 따라 조금씩 역행해 나갔다.

"야, 받아라."

진산의 허리춤에 있던 검이 부단장의 손에 올라섰다. 얼떨결에 받은 부단장이 진산을 바라보았다.

"내가 가지고 있으면 확 뽑아버릴 것 같단 말이지. 일단은 이것으로 무기는 대신하려 한다."

진산은 등에 매달린 봉을 가리키며 말했다. 검을 뽑으면 성격이 돌변한다는 사실을 아는 부단장은 아무 말 없이 그의 검을 등에 메었다. 진산이 검을 뽑지 않는다는 것은 그로서는 반가운 일이었다.

"쉿! 누군가 이리로 오는군."

제갈청이 어디 한 부분을 가리키며 말했다. 진산과 다른 오호의 시선이 그곳으로 향했다.

삼십여 명의 산적들이었다. 선두에는 두 명의 노인과 흉악해 보이는 사내가 삼십 명 정도의 산적을 이끌고 나왔다.

염태준과 이인후, 그리고 구지가 몇몇을 이끌고 삼룡표국을 쓸어버리러 나온 것이다. 산채를 중심으로 나선을 그리며 왔으니 삼룡표국에서 간신히 살아남은 이들이 자신들을 발견했다고 해도 산채를 찾을 수는 없을 것이다.

"운이 좋군요. 우리가 목표로 하는 놈들인 것 같습니다."

진산이 적면마군과 청발사절의 특징을 떠올리며 말했다. 다른 일행 모두 고개를 끄덕였다. 산채를 찾고 또 이백 명의 산적들을 뚫고 가야 하는 고생을 조금 덜었다.

오호들은 구지와 산적들을 날카롭게 노려보았다. 구지는 녹림오걸 중 하나로 무림고수다. 하지만 오호들 역시 고수였다. 오호 중 둘만 나서도 지지 않고 상대할 수 있을 것이다. 그리고 삼십의 산적은 다른 오호 셋이 제거하면 될 것이다.

손이 남는 사람이 위험하다 싶은 자들을 도우는 방식으로 일을 처리하면 문제가 없을 것 같았다.

"자네는 어떻게 할 건가?"

제갈청이 시선을 돌려 진산을 바라보았다. 그가 아는 진산은 무공은 모르는 대신 머리가 비상하게 돌아가는 자다. 또 이렇게 직접 나서는 것을 보아 용기가 있는 사내였다.

진산은 제갈청의 시선에 부단장을 가리켰다.

"부단장을 도울 생각입니다. 부단장과 제가 적면마군이나 청발사절 중 하나를 끌어내어 숲에서 공격을 감행할 생각입니다."

"하아, 저들은 일개 산적이 아니라네. 자네 정도는 콧방귀

만 뀌어도 죽일 수 있는 자들이라고. 여기서 몸을 사리고 있
게나.”

용기가 지나치면 무식이다. 제갈청은 그에 대한 평가를 다
시 해야겠다고 생각했다.

‘누가 누구를 콧방귀만으로 죽일 수 있다고? 저 늙다리가
저 귀신을? 참 오호라는 것도 별거 아니구만.’

부단장이 속으로 투덜거렸다. 전대 고수라고 잔뜩 띄워주
는 것을 보아 무슨 무신이라도 나오는 줄 알았다. 그러나 막
상 보니 저들의 실력은 생각보다 그리 대단하지 않아 보였다.
물론 거리가 제법 되어서일지는 몰라도 감히 진산을 상대할
수 있어 보이지는 않았다.

그러나 그가 한 가지 생각하지 못하는 것이, 십대고수인 소
지가 발견하지 못한 진산의 숨은 실력을 오호가 발견할 리 없
다는 것이다.

“걱정 마세요. 제가 직접 상대하는 것은 아니니까요. 저는
부단장에게 조언을 할 뿐입니다.”

진산의 말에 오호나 소지는 부단장이 진산을 지킨다는 소
리로 들었다. 부단장의 실력을 익히 아는 그들은 고개를 끄덕
였다. 어차피 전면으로 나서지 않는다는 것은 몸을 사린다는
것과 다르지 않았다. 그렇다면 결과는 다르지 않다.

“그럼 가지.”

소지의 말에 모두가 자신의 목표를 향해 뛰어나갔다.

진산은 다른 이들과는 방향을 달리했다. 그는 그들이 숨어 있던 숲을 중심으로 조금 더 깊숙이 몸을 짚어 넣었다. 조금 신법을 발휘하자 그들과는 제법 거리가 떨어졌다. 시선이 닿지 않는 곳에 이르자 그는 단숨에 나무 위로 박차 올랐다.

그의 시선에 산적들과 대치하고 있는 오호와 소지가 보였다. 소지는 염태준을 상대로 선전하고 있었다.

"청발사절이란 놈 이리로 데려와라."

"예."

진산은 산적들을 살피는 부단장에게 전음을 보냈다. 부단장의 신형이 화살같이 쏘아져 단숨에 이인후의 허리춤을 베어냈다.

그의 도에 이인후의 허리에서 피가 흘러나왔다. 하지만 그리 깊은 상처는 아니었는지 이인후는 혈을 몇 번 짚고 무리없이 움직이기 시작했다.

그의 편은 날카롭게 부단장을 공략했고, 부단장은 멀찍이 피했다.

"이놈이!"

이인후의 얼굴이 붉게 달아올랐다.

"따라와라."

부단장이 곧바로 신형을 돌려 이인후를 유인했다. 이인후는 잠시 주위를 둘러보았다. 적면마군과 구지가 선전하고 있었다. 산적들도 서른이나 되니 크게 걱정되지 않았다.

무엇보다 이인후는 부단장을 신법만 빠른 애송이라고 생각했다.

"오냐!"

이인후가 부단장의 뒤를 따라 숲으로 들어갔다.

부단장은 진산이 눈을 감고 바위에 앉아 있는 것을 보고는 그 아래에 슬며시 자리 잡았다.

"흥! 응원군이냐?"

이인후가 진산을 바라보며 코웃음 쳤다. 진산의 외모가 너무 어려 보였기 때문이다. 또 그뿐만 아니라 고수 특유의 기운이 전혀 느껴지지 않았다.

진산이 슬며시 눈을 떴다. 그의 시선에 이인후만이 자리 잡았다.

"녹림은 무엇을 생각하고 있느냐?"

진산은 이인후를 보고 당연하듯이 하대했다.

그의 말에 이인후의 이마에 푸른 혈관이 툭 튀어나왔다. 그는 전대 고수다. 비록 세력이 없어서 녹림에 들어왔지만 진산보다 나이도 많았고 강호 생활도 길었다. 무엇보다 무공도 고강하기 이를 데 없다.

이인후는 터져 나오는 살기를 참을 수 없었다.

그의 주위로 스산한 기운이 뻗어나갔다.

"일을 계획한 것은 골 빈 녹림이 아니라 마교겠지."

"무슨 말이냐!"

진산의 말에 이인후가 흥분하며 소리쳤다. 부단장의 미간이 작게 구겨졌다.

"돈 좀 벌려고 표국을 키우는 것이 아니지 않나?"

"물론!"

이인후가 거칠게 대답했다.

진산은 턱을 괸 채 고개를 끄덕였다. 그의 생각이 맞았다. 겨우 돈 좀 벌자고 모든 표국을 쓸어버리는 짓을 아무리 머리 나쁜 녹림이 할 리 없었다.

그는 조금 더 생각했다. 표국을 키워서 얻는 것이 무엇인지. 그리고 답은 무수히도 많았다.

"그것이 무엇인지 알 수 있을까?"

"네놈! 계속 혀가 짧다!"

계속된 진산의 물음이 더 이상 참을 수 없는지 이인후가 버럭 화를 냈다.

진산의 얼굴이 미미하게 찌푸려졌다. 하지만 아직 물어볼 것이 더 남아 있었다. 청발사절 이인후라면 녹림에서 제법 실속이 있는 장로다. 다른 장로가 그동안 번 돈으로 놀고 자빠져 있다면 그는 총표파자 밑에서 직접 나서는 자였다. 그라면 아는 바가 많을 것이다.

이인후에게 원하는 것은 바로 정보였다.

"녹림이 무엇을 생각하는지 조금은 알 수 없을까?"

"뿌득! 그래, 계속 그렇게 나온다는 거냐? 그럼, 지옥 가는 선물로 알려주마. 녹림은 표국을 키워 동의맹을 흔들 생각이 다. 그리고 녹림을 포함한 은서각이 동의맹 놈들을 쓸어버리 는 것이지. 그래서……."

"그만. 거기까지만 들어도 충분하다."

속 빈 강정이라고 해야 할 것이다. 이인후는 아는 바가 없 다. 그렇다면 항상 붙어 다니는 염태준 역시 아는 바가 없을 것이다.

말까지 잘리자 이인후는 더 이상 생각할 것 없이 편을 날렸 다. 그의 편이 날카로운 파공음을 내며 진산을 노렸다.

진산의 신형이 바위 속으로 쑤욱 꺼졌다. 이인후의 편은 허 공에서 궤도를 바꾸어 부단장을 노렸다. 그 빠름은 눈으로 볼 수 있는 것이 아니었다.

"네놈부터 죽여주마!"

파앙!

편이 채 부단장의 몸을 노리기 전에 그의 몸은 앉은 채로 뒤로 주르륵 미끄러졌다. 편은 애꿎은 곳을 때릴 뿐이었다.

빠르게 편이 이인후의 손에 들어왔다. 그의 시선이 진산을 찾았다.

툭!

그의 어깨에 묵직한 봉이 내려앉았다. 꼬리뼈부터 한기가 치밀어 올랐다.

"녹림에는 무사였던 놈들도 있다고 했다. 백룡채에서 봤던 녀석은 죽기 전에 무사로서 죽더군."

휘리릭!

이인후의 편이 강한 기운을 일으키며 자신의 몸을 중심으로 나선을 그렸다. 진산의 몸이 갈가리 찢겨질 것이라 생각한 이인후의 입가에 잔인한 미소가 걸렸다. 하지만 그의 편은 허공을 돌았다.

진산의 신형은 이미 그의 눈앞, 일 장가량 떨어져 있는 곳에 서 있었다.

"너는 무엇으로서 죽을 것이냐?"

진산이 조용한 목소리로 물었다. 이인후의 눈이 빛을 토해 냈다. 진산의 실력이 자신과 비하여 결코 떨어지지 않는다는 사실을 깨달은 것이다.

이인후의 편이 더욱 매섭고 날카로운 기운으로 덮여가고 있었다. 검에 기가 일어 검기(劍氣)라 하면 그의 편을 감싸는 것은 편기(鞭氣)라 할 수 있었다.

무시무시한 기운이 편을 따르자 그의 얼굴에는 한 가닥 미소가 그려졌다.

"흥! 나는 언제나 빼앗는 쪽에 있을 것이다!"

이인후의 편극이 진산의 머리를 꿰뚫었다.

아니…….

꿰뚫었다고 생각한 것은 이인후뿐이었다. 뱀의 허물이 벗겨지듯 진산의 신형은 환영만을 남기고 사라지고, 그의 잔영은 허공으로 흩뜨려졌다.

"결국 도적 놈으로 살겠다는 거구나. 알았다. 이만 사라져라."

어느새 진산은 한 보 옆에 서 묵직한 쌍룡곤을 들고 있었다.

그의 손이 조금 흔들렸다.

핏!

이인후의 얼굴에 하나의 붉은 선이 그려졌다. 그는 강자만이 보이는 여유를 진산에게서 볼 수 있었다.

진산의 손에서 쌍룡곤의 모습이 사라졌다.

"젠장!!"

으적!

벌어진 그의 입에 묵직한 철봉이 깊숙이 들어갔다. 누런 치아가 옥수수처럼 튕겨져 나갔다. 쌍룡곤이 이인후의 입에서 쑥 빠졌다. 다시 쌍룡곤이 사라졌다.

쌍룡곤은 눈에는 보이지는 않지만 쾌속하고 난폭하게 이인후의 몸을 두드렸다. 그의 몸이 곱게 다져져 땅에 뿌려졌다.

그리고 그 여파는 이인후에게만 그치지 않았다.

쾅!

거대한 폭음과 함께 땅거죽이 하늘로 치솟았다. 주위의 나무들이 화살처럼 쏘아져 나가 수십 장 밖으로 날아갔다.

흙먼지가 뿌옇게 오르는 그 사이로 보이는 진산의 얼굴에는 씁쓸한 표정이 떠올랐다.

"당신은 나와 같은 부류야. 검을 뽑을 가치도 없는……."

마음이 너무 무거웠다.

제갈청은 진산이 숲 속으로 뛰어들어 가는 것을 볼 수 있었다. 자신의 충고대로 몸을 숨기려는 것 같았다. 제갈청은 지체없이 붓을 빼 들고 산적들을 베어냈다. 그의 뒤를 따라 다른 오호들도 산적들을 향해 달려들었다.

남궁유성과 팽호성은 구지를 상대했다. 구지의 손에서 펼쳐지는 무공은 제법 매서웠다.

구지는 검을 썼다. 보통 산적들은 눈에 확 들어오는 부나도와 같은 것은 선호한다. 그러나 구지는 낭인 시절 때부터 검을 썼다. 검이 다른 무기에 비해 선호도가 높은 이유는 사람을 죽이기 가장 좋다는 것이었다. 그래서 구지도 검을 쓰는 것이다.

그의 검이 두 마리 범 사이의 공간을 찢어버렸다. 날카로운 파공음이 남궁유성과 팽호성의 고막을 같이 노렸다.

주륵!

조금 내공이 부족한 팽호성의 귀에는 피가 흘러내렸다. 스치기만 한 것인데도 그의 고막은 제법 영향을 받았다.

"크윽!"

팽호성이 급한 마음에 펼친 도법이 허공을 부쉈다. 혼원벽
력도의 묘리가 담긴 것이었다. 어설프더라도 그 위력은 능히
하늘을 쪼갤 것만 같았다.

구지가 경악하여 검을 거두었다. 남궁유성이 그 틈을 타 재
빠르게 검을 놀렸다.

쉬리릭!

허공에서 남궁세가의 절기인 창궁무애검법(蒼穹無涯劍法)
이 펼쳐졌다. 남궁유성의 검이 파도치듯 움직여 구지의 어깨
를 베어냈다.

"큭!"

구지가 짧게 신음을 토해내며 몸을 비틀었다. 어리다고 만
만하게 보았는데 그들은 역시 오대세가의 후손이었다. 팽가
의 도는 맹렬했고 남궁가의 검은 매서웠다.

그의 기도가 사뭇 달라졌다. 맹수가 본 능력을 다할 때는
상처를 입은 뒤였다.

구지가 몸을 크게 흔들며 검을 바로잡았다. 그의 검극이 뱀
의 머리처럼 흔들렸다. 남궁유성이 주저없이 그의 검을 걷어
내기 위해 움직였다. 팽호성도 그 뒤를 이어 도를 치켜들었
다.

"애송이들아, 이것이 바로 내 인생을 건 검법이다."

따당!

그의 검과 부딪친 남궁유성의 검이 크게 튕겨져 나갔다. 그는 가볍게 남궁유성의 허리를 베어내며 팽호성을 향해 검을 휘둘러 갔다. 마치 뱀이 먹잇감을 옭아매는 듯이 구지의 검은 그들을 제압해 나갔다.

남궁유성의 신형이 땅을 굴렀다. 구지의 공격에 자신의 몸이 반 토막 난다는 사실을 느끼고 망설임없이 땅을 구른 것이다. 문제는 그 뒤에서 공격을 감행한 팽호성이었다.

"흠!"

남궁유성이 시선에서 사라지자 구지의 검이 팽호성의 가슴으로 쏘아졌고, 팽호성의 도는 구지의 정수리를 노렸다.

양패구쌍!

두 사람의 상황은 그러했다. 남궁유성이 이를 악물고 검을 휘둘렀다. 내공이 잔뜩 담겼으나 땅을 구르면서 뽑은 검이었다. 그 때문에 생각보다 그 위력이 약했다.

남궁유성의 검이 구지의 검을 때렸다. 그것은 간신히 성공했으나 그대로 검을 부숴 버리려던 그의 생각과는 달리 구지의 검은 위로 올라 팽호성의 귀를 잘라 버렸다.

후우웅!

뒤이은 바람 소리가 무섭게 울려 퍼졌다. 귀가 잘려 나감에도 팽호성의 도는 멈추지 않은 것이다.

"끄어어!"

공기가 쫙 빠져나가는 듯한 신음이 구지의 입에서 토해져 나왔다. 그리고 그의 몸이 쩍 갈라졌다.

팽호성이라고 당하지 않은 것은 아니었다. 이미 고막이 다친 상황에서 귀까지 잘렸다. 그때 가해진 충격으로 더 이상 그는 한쪽 귀를 들을 수 없는 상황이 되어버렸다.

"괜찮나?"

남궁유성이 흙을 털어내며 일어섰다. 왼쪽 귀가 있을 곳에서 피가 철철 흘러나오는 팽호성을 보며 물었다.

팽호성이 대답 대신 재빨리 점혈을 하며 고개를 끄덕였다. 응급 처치일 뿐이었다. 그것으로는 부족하다는 사실을 알았다. 다른 한쪽 귀도 크게 다치기 전에 팽호성은 전투에서 슬쩍 빠졌다. 그가 빠져도 될 정도로 싸움은 어느 정도 마무리가 되어가고 있었다.

남궁유성은 제갈청과 다른 오호들이 상대하고 있는 산적들을 향해 몸을 날렸다. 옥랑채에서 정예들을 뽑아왔는지 오호들은 점차 지쳐 가고 있었다.

반대로 소지와 염태준의 상황은 달랐다. 염태준의 공격에 간신히 버틸 것이라고 생각했던 소지는 생각보다 그를 잘 상대하고 있었다. 아니, 오히려 우위를 선점하고 있었다. 염태준의 허리에 난 상처가 결코 작지만은 않았다.

콰쾅!

거대한 폭음에 모두의 시선이 그곳으로 향했다. 땅거죽이 뒤집어지며 나무가 통째로 뽑혀져 나갔다.

"설마!"

염태준의 시선이 주위를 훑었다. 있어야 할 사람, 이인후가 보이지 않았다. 그가 이를 악물고 폭발이 일어난 곳으로 신법을 펼쳤다. 평생을 같이한 지기였다. 겨우 이런 일로 잃기에는 너무 아까운 사람이었다.

소지는 떠나는 염태준을 보내주었다. 그가 향하는 곳에는 부단장이 있었다. 자신을 가볍게 상대한 자라면 염태준 정도는 가볍게 상대할 수 있을 것이었다. 염태준이 비록 전대 고수라고는 하지만 십대고수에 미치는 자는 아니었다.

그는 오호들을 돕기 위해 무거운 도를 다시 들어올렸다.

염태준이 도착했을 때는 이미 상황이 끝나 있었다. 청발사절 이인후는 흔적도 없이 사라졌고 그의 것이라고 보이는 혈흔이 곳곳에 보일 뿐이었다.

"이놈!!"

염태준이 이를 악물었다. 죽마고우가 죽었다. 그것도 그들의 간악한 함정 따위에 말이다. 오호에 제갈세가 사람이 있다는 것을 생각했어야만 했다.

그가 소매를 걷어 올렸다. 비쩍 마른 팔이 그 모습을 드러냈다. 그 모양과는 달리 그의 팔은 강철과도 같은 단단함을 가지고 있었다.

"네놈이냐?"

염태준이 부단장을 바라보며 물었다. 그의 허리춤에 매어진 도와 등에 걸린 검이 그의 눈에 띤 것이다. 또 그의 몸에서 풍겨지는 기운이 자신의 아래가 아니었다.

부단장이 고개를 저었다.

염태준의 시선이 다시 주위를 훑었다. 한 사내가 오연히 서 있는 것을 볼 수 있었다.

"네 녀석이구나."

수려한 사내였다. 등에는 하나의 봉을 메고 있었으나 그가 입은 학자풍 의복은 이런 함정을 만든 것이 그라 말하고 있는 것 같았다.

진산이 슬쩍 고개를 돌려 염태준을 보았다.

"그렇소."

그가 대답했다.

염태준의 소매가 거칠게 펄럭였다. 그의 기에 의해 그곳만 폭풍이 인 듯했다.

"벽력탄이라도 쓴 것이냐? 어째 흔적도 하나 남지 않았구나."

그가 느릿하게 말했다. 그러나 그것은 마치 맹수의 울부짖음같이 살기로 가득 차 있었다.

진산은 쌍룡곤을 꺼내 들었다. 뜨끈한 피를 방금 전 맛보았음에도 싸늘한 기운이 그의 손을 타고 전해졌다. 그것이 좋았다.

"후, 내가 쓴 것은 무공이었소."

그가 꽁꽁 감춰왔던 기운을 염태준을 향해 쏘아 보냈다. 거대한 기운이 자신을 압박해 오자 염태준은 인정하지 않을 수 없었다.

"음!"

나직한 침음성이 토해져 나왔다. 겉과 다르게 그는 강했다. 그리고 굉장한 무공을 가지고 있다는 것을 짐작했다, 자신이 이곳에서 뼈를 묻어야 한다는 것과 함께.

진산이 천천히 입을 열었다.

"당신은 녹림이, 아니, 마교가 무엇을 원하는 아오?"

기대는 하지 않았지만 물어보았다. 청발사절은 몰랐다. 설마 하는 심정이었다. 그러나 역시 아쉽게도 염태준은 고개를 저었다.

염태준이 진산을 향해 입을 열었다.

"내가 아는 바는 없다. 아마 총표파자 역시 아는 것이 없을 거라 생각된다."

'알고 싶으면 마교를 쳐라!' 라고 말하는 것 같았다. 진산은 더 이상 묻지 않았다. 조용히 쌍룡곤은 들었다. 길게 뻗은 쌍룡곤의 끝이 염태준을 향했다.

염태준의 신형이 엿가락처럼 쭉 늘어났다. 그의 손이 진산의 머리를 단숨에 부숴 나갈 것처럼 뻗어나갔다.

부웅!

기묘한 소리가 들렸다.

진산이 몸이 두 개로 늘어난 듯 염태준의 손을 피해 그를 넘어갔다. 쌍룡곤은 그의 손 안에서 미동도 하지 않았다.

"서른 번?"

부단장이 고개를 갸웃거리며 말했다. 무엇이 서른 번이라는 것인지 알 수 없었다.

대답은 진산에게서 나왔다.

"쉰이다. 조금 더 수련이 필요할 것 같군."

쩌적!

사기그릇에 금이 가듯 염태준의 몸에 붉은 선이 죽죽 그려졌다. 그의 입에는 실소가 걸려 있었다.

순간 수박 깨지는 소리가 들리며 염태준의 몸이 사방으로 흩어져 날아갔다. 땅이 다시 한 번 붉게 물들었다.

"후, 이제 끝났군."

지겹다는 듯 진산이 고개를 저었다. 이제 더 이상 산적을 잡을 필요 없을 것이다.

이인후도 염태준도 구지도 없다. 삼십이라고는 하지만 겨우 산적들이었다. 그들이 옥랑채에서는 정예라고 하지만 오호 중 넷을 상대로 해서 이길 수는 없는 것이었다.

"끄악!"

마지막 산적의 목이 날아가고서야 폭풍 같던 오호의 공격이 멈췄다.

제갈청은 어느새 팽호성에게 가 그의 상처를 살피고 있었다. 다른 오호들이 걱정스레 그를 보고 있었다. 한쪽 귀라고는 하지만 그것이 무공을 익히는 데 얼마나 큰 짐이 되는지 알고 있었다.

"이거 심하군."

"상처가 난 곳이 채 낫기도 전에 다시 한 번 다쳤으니……."

고개를 젓는 제갈청의 말에 남궁유성이 씁쓸한 표정을 지으며 말했다.

구지의 검은 강하게 진동하며 대단한 파괴력을 내는 검법이다. 검이 강하게 떨리니 그 검에서 파생되는 힘이 주위로 퍼진다. 그 범위가 크지도 않고 강하지도 않지만, 고막 같은 얇은 막 정도는 가볍게 부술 수 있는 힘을 가지고 있다.

고막은 찢어져도 다시 나을 수 있다. 하지만 귀를 잘라낼 정도로 그의 몸에 충격을 주었다면 상처를 입는 것이 고막뿐이 아니라는 것이다. 아마 반고리관에도 제법 크게 손상되었을 것이다.

"아마 구지를 상대한 후 어지럼증을 느꼈겠지?"

그의 귀를 자세히 살피던 제갈청이 물었다.

"그렇더군. 휘청거리더니 곧 쓰러졌다네."

남궁유성이 그때의 상황을 떠올리며 대답했다. 팽호성의

몸은 생각보다 많이 다쳐 있는 것이다.

옥랑채의 잔당들을 처리하는 데 굳이 팽호성까지 나올 필요는 없으니 치료 시간도 충분할 것이다. 다만, 그때쯤 되면 한쪽 귀가 거의 들리지 않을 것이다.

오호들의 눈빛이 무겁게 가라앉았다.

옥랑채의 산적은 대부분 토벌되었고 제갈청과 제갈화린의 지시에 만든 진도 효과를 봐 불은 산채를 태운 뒤 쉽게 진압되었다. 그리고 제갈화린의 생각대로 옥랑채에는 제법 많은 귀금속이 있어서 배상하는 문제에 대해 크게 걱정되진 않았다.

옥랑채 때문에 조금 시간을 끌었지만, 삼룡표국이 옥화산을 넘는 것 역시 크게 어려움이 없었다.

진산은 전과 다를 바 없이 다시 삼룡과 함께 표물 위에 앉은 채 표행을 떠났다.

다만 그의 옆에는 남궁유미와 제갈화린, 팽설향이 함께하고 일행에 오호가 끼었다는 것이 다를 뿐이었다.

"그런데 주공, 봉술은 언제 익히셨습니까?"

부단장이 표물 위에 앉아 있는 진산에게 물었다. 진산은 무슨 말이냐는 듯 고개를 갸웃했다.

"거, 그때 봉술이 상당하지 않으셨습니까? 저는 주공이 봉이나 창을 쓴 것을 본 적이 없었는데……."

"음… 글쎄, 무기에 구애받지 않기 때문이지 않을까?"

잠시 고민하는 듯 고개를 숙이던 진산이 이내 씨익 웃으며 대답했다. 그러나 그의 말에 표행의 이곳저곳에서 피식 웃음을 흘렸다. 무기에 구애를 받지 않는다는 것은 그야말로 무인에게는 꿈의 경지이다. 무공을 모르는 진산이 그렇게 말하니 모두가 농이라 생각하고 웃은 것이다.

하나 부단장만이 고개를 푹 숙였다. 진산이 그런 말을 하니 거짓이 아닌 것만 같았다.

그의 태도에 같이 표행길에 오른 팽설향만이 슬머시 미소를 지었다. 진산의 말을 믿는 부단장이 너무 순수하게 보였다.

'결국 다루지 못하는 병기가 없다는 말 아니야?

부단장은 속으로 작게 투덜거렸다.

오늘따라 하늘이 더 깊게만 느껴졌다.

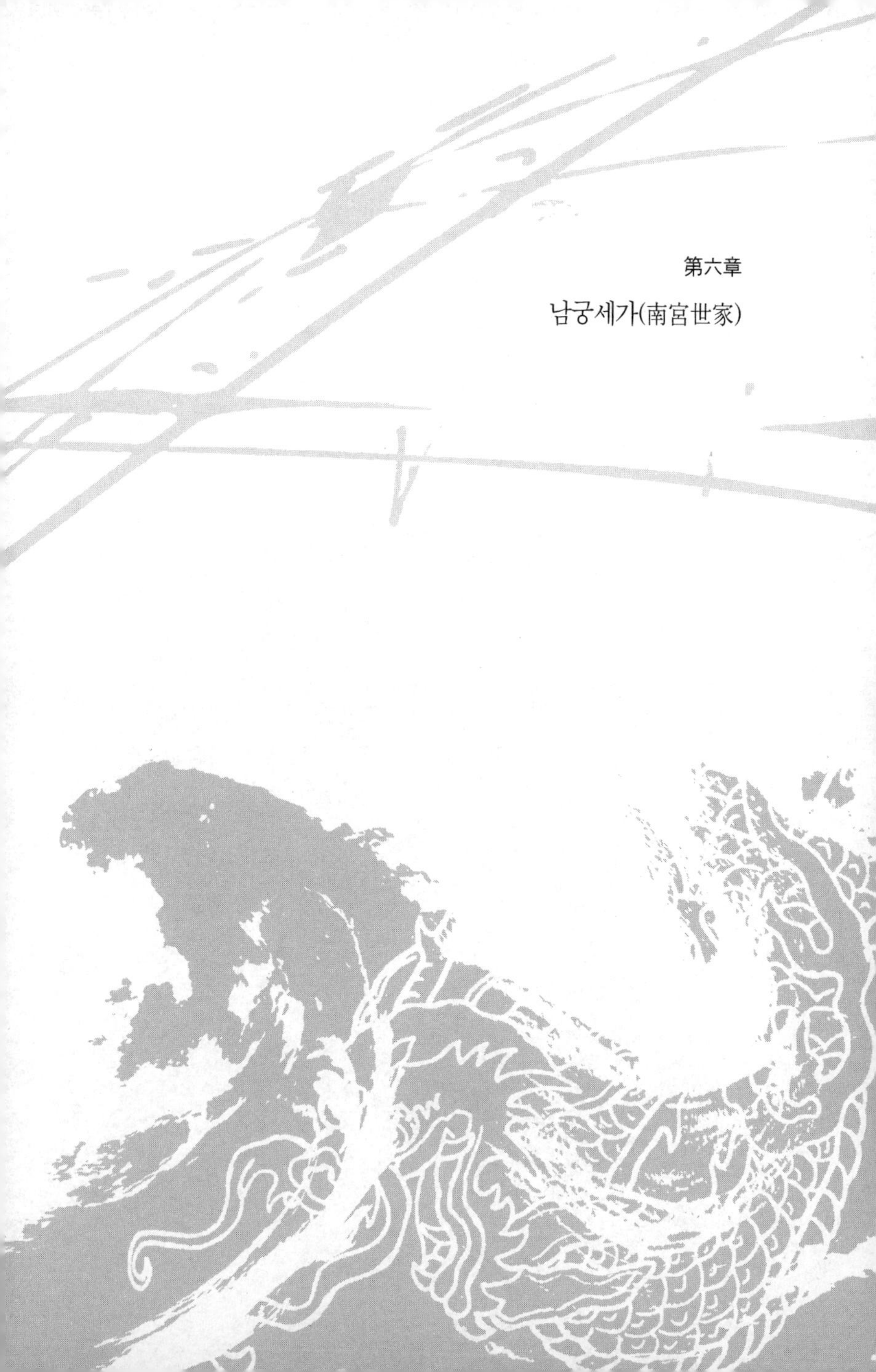

남궁세가(南宮世家)

'오지 않길 바랐는데…… 결국 네가 중원에 오고 말았구나.'

서찰을 받은 중년의 사내가 씁쓸한 미소를 그렸다. 그의 예상이 맞았으나 원하지 않은 것이었다. 하나 대의(大儀)를 위해서는 아무리 아끼는 자라도 이용해야만 했다.

화륵!

중년인의 손에서 불길이 치솟아올랐다. 서찰은 그 불길에 조금도 버티지 못하고 재가 되었다.

그는 천천히 발걸음을 옮겨 대청으로 향했다. 사위가 어둠으로 가득한 대청은 지독히도 깊은 지하에 존재해 있었다. 이곳에서는 낮인지 밤인지 알 수 없었다.

중년인의 고개가 꾸벅 숙여졌다. 그의 머리가 향하는 곳은 태양과 달이 음각되어 있는 거대한 의자로 그 위에는 반백의 머리를 가진 사내가 앉아 있었다.

"각주님, 아뢸 것이 있습니다."

"말해보거라."

반백의 사내가 중얼거렸다. 그러나 그의 입에서 나온 음성은 태산을 울릴 정도로 거대했다. 지하 내 대청이 쩌렁쩌렁하게 울렸다.

중년인은 숙였던 고개를 들며 다시 입을 열었다.

"계획대로 그가 중원에 왔습니다."

"흠! 나는 아직도 이해할 수 없네. 사마 군사는 그자를 꼭 우리 일에 끌어들여야 하나?"

각주라 불린 사내가 물었다. 그것은 반년 전 사마 군사가 제의한 때 이후로 계속된 것이었다. 그러나 사마 군사는 그것에 대해 쉬이 답할 수 없었다. 그는 자신의 가장 소중한 이였다. 마음 같아서는 끌어들이고 싶지는 않았지만, 군사 된 도리로서 대의를 앞두고 거짓을 말할 수는 없었다.

사마 군사는 잠시 머뭇거리다가 결국은 입을 열었다. 그가 이미 중원에 올라섰고 일으킨 일이 가볍지 않았다. 더 이상 그의 존재를 숨길 수도 없었고 숨겨서도 안 되었다.

"그는 전략의 천재입니다. 무공은 그리 대단하지 않을지는 모르지만, 그는 패하는 전쟁을 한 적이 없는 자입니다."

사마 군사가 아는 그는 그랬다. 어려서부터 많이 병약했고 그 때문에 언제나 집에 있어야 했다. 그리고 그 시간 동안 그는 전략 서적을 읽었고 전략에 대한 그의 능력은 나날이 일취월장하였다.

백 번을 싸워도 지지 않으니 그야말로 백전불패(百戰不敗)라 할 수 있었다.

"허! 사마 군사, 자네보다도 더 뛰어나단 말인가?"

각주의 말에 진은 말없이 고개를 끄덕였다. 그의 능력은 진, 그 자신이 가장 잘 알고 있었다. 간간이 들려오는 그의 활약은 과감한 결단과 기괴한 계책으로 승리를 이어왔다.

자신보다 배는 뛰어난 그였다. 이번 동서무림대전에는 그의 능력이 꼭 필요했다.

"뭐, 사마 군사가 그렇게까지 말한다면 그를 반드시 데려와야겠지. 야율령(耶律令)!"

스윽!

각주의 부름에 그림자 속에서 한 사내가 불쑥 모습을 드러냈다. 그는 두꺼운 복면을 쓰고 야행복을 입고 있어 그 체형을 전혀 알 수 없었다. 심지어 그가 남자인지 여자인지 가늠하기조차 불가했다.

야율령의 등장에 사마 군사는 입을 다물었다. 고도의 살수 수업을 받은 자였다. 눈으로 보고 있음에도 그의 기운은 조금도 느껴지지 않았다.

'그가 암살을 시도한다면 끔찍하겠군.'

사마 군사는 야율령을 보며 치를 떨었지만, 그리 걱정하는 태도는 아니었다. 그는 지금 계획의 중추인 군사였고, 무엇보다 그는 자신의 무공을 믿었다. 각주가 아니라면 그 누구도 자신을 이길 수 없다고 생각할 정도로 그는 오만했다.

각주는 야율령에게 전음으로 간단히 명령을 내렸다. 그라면 원하는 자를 데려오는 데 어려움이 없을 것이다.

스르륵!

그의 신형이 나타났을 때와 마찬가지로 그림자 속으로 사라졌다.

"그건 그렇고 그것은 완성되었는가?"

"예, 며칠 뒤 완성된 서른 구의 강시가 각주님을 따를 것입니다."

각주의 갑작스런 물음에 사마 군사는 순순히 대답했다. 하지만 그렇다고 그가 말한 강시는 가볍게 볼 만한 것이 아니었다.

이 일을 위해 십오 년이라는 세월을 소비했다. 또 이 일을 위해 재능있는 다섯 살 내외의 천여 명의 아이를 불러왔다.

그렇게 만들어온 강시는 도검불침(刀劍不侵)에 만독불침(万毒不侵), 그리고 인간과 다를 것 없는 사고와 초식의 운용, 막대한 내공과 더불어 상급의 무공까지 익힌 그들이었다. 또 지

옥 같은 관문을 치러 천여 명의 아이 중 겨우 서른이 남은 것
이다.

"몇 번이 남았는가?"

"백일 이상으로 남는 번호는 아무도 없습니다."

그들은 이름이 없었다. 비록 과거에는 있었다고는 하지만
십오 년간의 훈련으로 그들은 이름을 잊고 그들에게 주어진
번호만이 있었다.

이제 그들은 각주와 사마 군사의 명만을 조용히 기다리고
있을 뿐이다.

"호오? 그럼 백번은 남았다는 건가?"

각주가 의문을 참지 못하고 물었다. 자질순으로 번호를 매
긴 것이었으니 서른 명이 남았다면, 번호가 아무리 크다 해도
오십을 넘기지는 못할 것이라 생각했었던 것이다.

사마 군사는 고개를 끄덕였다.

"백번은 물론이고, 칠십, 팔십, 구십 번 대의 생존자가 두
명씩이나 있습니다."

각주는 흥미로운 표정을 지었다.

"거, 재미있군. 언제 볼 수 있는가?"

"세뇌 작업이 막바지에 이르렀습니다. 조금만 더 기다리신
다면 최강의 강시들을 보실 수 있습니다."

사마 군사가 걸쭉한 미소를 지으며 말했다. 각주의 얼굴에
도 그와 같은 미소가 그려졌다.

강서와는 멀리 떨어진 곳, 어둠 속 대청에서였다.

＊　　　＊　　　＊

채 삼십 일도 지나지 않아 회의는 다시 열렸다. 성실한 문주와 그렇게 얼굴 맞대기 싫어하던 장로들이 처음으로 무거운 얼굴을 하고 앉아 있었다.

문주는 지금 상황이 재밌게 느껴졌다. 피식피식 새어 나오는 웃음을 참기 위해 안간힘을 다해야만 했다.

이 장로의 얼굴은 용암에 달궈진 쇠마냥 시뻘겋게 달아올라 있었다.

"뭐, 얼마 전에 했던 회의를 꼭 또 소집해야겠소?"

문주가 귀찮다는 듯이 코를 쑤셨다. 끈적끈적한 것이 새끼손가락에 걸렸다.

그의 태도에 이 장로가 으드득! 이를 갈았다. 그는 이번에 열 명의 수하를 보냈다. 무공도 조금 한다는 녀석들이었다. 어딜 가도 고수 소리는 듣는 놈들이었다.

그런데 그들 모두가 사이좋게 시체로 돌아왔다.

"그게 말이나 되오? 우리 아이가 열이나 죽었소! 내 가만히 보고 있으려고 했는데 도저히 안 되겠소. 그놈 오호삼화를 확 쓸어버려야겠소!"

이 장로의 아이들은 산적들 틈에서 놀다가 오호삼화의 손에 목이 따져서 돌아왔다.

흥분한 장로와는 달리 문주는 태연했다. 자기 부하도 아니었다. 또 장로들이 자신의 답답한 심정을 조금은 알아주길 바랐다. 그래서 지금 그는 게으름을 피우고 있는 것이다.

쾅!

"그놈들을 아예 쓸어버려야 하오! 문주, 허락만 하시오. 내가 믿을 만한 수하 놈을 뽑아서 족쳐 버리리라!"

이 장로가 탁자를 치며 외쳤으나, 문주는 귓구멍이나 후벼 파고 있었다. 장로들의 미간이 팔자로 구부려졌다. 그들의 몸에서 강한 살기가 슬그머니 흘러나오기 시작했다. 이 장로의 수하가 당했다고는 하지만 장로원은 한 배를 탄 몸이었다. 또 그곳에는 이 장로의 수하만 간 것이 아니었다.

문주는 분위기가 확 바뀌자 안색이 바뀌었다. 그는 귓구멍에서 손을 뺐다. 그리고 미리 생각해 둔 답을 내놓았다.

"괜한 수하들 죽이지 말고 암살단 몇 놈 시키시오. 돈 조금 들여 죽이는 것이 훨씬 편할 것이오."

문주는 성실하고 현명했다. 그래서 그에게 조직을 맡긴 것이었다. 물론 귀찮아서 누구도 맡으려 하지 않은 부분도 부인할 수 없지만, 무엇보다 그가 능력이 있었기에 조직이 천하제일문파를 노릴 수 있었던 것이다.

그런 문주가 의견을 냈다. 무공만 죽도록 익힌 자신들의 생각보다 나을 것이라 생각했다.

"좋소, 그럼 그 돈을……."

"하지만 자금은 장로들이 내시오."

이 장로가 채 말을 다 하기도 전에 문주가 딱 잘라 대답했다.

"하지만 조직 전체를 위한……."

"나 돈 없다는 것은 다 알 것이오. 그 정도 돈 내는 것 정도는 꿍쳐 논 것이 많은 장로들이 하시오."

문주가 자신의 재산을 탈탈 털어 조직을 위한다는 것은 장로들 모두가 알고 있었다. 개방과 견주는 조직의 주인 주제에 개방 방주보다도 청빈하다고 하는 문주였다. 그 때문에 장로들은 할 말이 없었다.

이 장로가 크게 기침을 하며 입을 열었다.

"크흠! 꿍쳐 둔 것이라니……. 뭐, 문주가 빈곤하다는 것은 알고 있으니 그리 하지."

사실 그들은 문주의 말대로 몰래몰래 빼둔 돈이 많았다.

*　　　*　　　*

아늑한 산에 낡은 오두막 한 채가 힘겹게 서 있다. 위든 아래든 그 끝이 쉬이 보이지 않는 곳에 서 있는 오두막에서는 작은 빛이 흘러나오고 있었다.

안에는 중년의 사내가 호피로 씌워진 의자 위에 앉아 서류를 훑고 있었다.

위에서 인영 하나가 추락해 왔다. 떨어지던 인영은 절벽을 가볍게 박차고 낡은 오두막 속으로 빨려 들어가듯이 안으로 쑥 들어섰다.

인영은 중년인의 앞에 대뜸 부복하더니만 입을 열었다.

"대장님, 옥화산 일부가 홀라당 타버렸습니다."

대장은 그의 등장에도 모른 척 서류를 훑었다. 그의 말을 건성을 듣고는 가볍게 고개를 흔들었다.

다시 서류를 넘기던 그의 손이 멈췄다. 그는 눈을 크게 뜨고 자신의 앞에 부복한 사내를 노려보였다.

"뭐라고?!"

그의 목소리에는 노기가 가득 담겨 있었다. 사내는 크게 놀라 더욱 납작하게 엎드렸다.

"다시 한 번 말해봐. 어디가 어떻게 탔다고?"

대장의 몸에서 흘러나오는 살기가 사내를 지그시 눌렀다. 절벽을 내려오는 것을 보아 사내 역시 제법 뛰어난 고수임이 틀림없었는데 대장이 뿜어내는 기운을 감히 거부할 수 없었다.

결국 그는 고개를 땅에 처박은 채 입을 열어야만 했다.

"옥화산의 일부가 타버렸습니다."

"홀라당?"

대장이 조심스레 물었다.

“예.”

사내가 자신있게 대답했다.

훅!

대장이 대충 손에 잡히는 것을 있는 힘껏 던졌다. 그것은 먹물을 흩뿌리며 날아갔다. 먹을 갈던 벼루였다. 대장은 고수였다. 벼루를 날려도 결코 그냥 날리지 않았다. 기가 일어날 정도는 아니었지만 제법 많은 내공이 담긴 채 날아갔다.

퍽!

사내의 고개가 직각으로 꺾였다. 우드득 하는 소리가 목 안쪽에서 들려왔다.

“야! 시훈(匙薰)! 일이 그 지경이 되도록 뭐 했나! 감히 나라의 재산을 태워먹도록 냅둬?! 그렇게 일하면서 네놈들이 녹을 처먹고 있냐!”

대장의 말에 시훈은 쥐 죽은 듯 고개를 숙이고 있었다. 대장은 그를 씩씩거리며 노려보았다. 시훈은 조심스레 그의 눈치를 보았다. 그가 목이 타는지 차를 마시고 있었다.

기회다 싶어 시훈은 재빨리 입을 열었다.

“불을 지른 자들이 옥화산은 물론 백운산의 산적들을 몽땅 제거했습니다.”

“풋!”

대장의 입에서 옥빛 액체가 허공을 누볐다. 주르륵 떨어진 그 액체는 그대로 시훈의 머리를 적셨다.

대장은 시훈의 말에 놀라지 않을 수 없었다. 그들이 이곳에 온 이유가 요즘 이상한 모습을 보이는 녹림도들을 관찰하고 멸절하기 위함이었다. 그러나 그들은 산적 놈들을 함부로 잡을 수 없어서 전전긍긍하고 있었다.

"저, 정말이냐? 백호채 놈들도 백룡채 놈들도 말이냐?"

"예, 대장님. 옥랑채 놈들까지 모조리 죽어버리고 그들의 터전 역시 조금도 남아 있지 않습니다. 그뿐만 아니라 옥화산에서 일어난 화재도 변상했다고 합니다. 자세한 것은 이것을……."

시훈은 진산 일행이 한 일에 대해 적힌 서찰을 넘겼다. 대장은 빼앗듯이 서찰을 낚아채 그 내용을 읽기 시작했다. 그 안에는 진산이 계획하고 얻어낸 결과에 대해 상세하게 적혀 있었다.

대장이 서찰 속에 빠져 버릴 것 같던 눈을 떼고 당장 호각을 들어 불었다.

삐이익!

내공을 담아 불은 호각은 산 주위를 쩌렁쩌렁하게 울렸다. 그의 호각 소리에 절벽 위에서, 아래에서 수많은 그림자들이 오두막 속으로 뛰어들어 왔다.

순식간에 오두막 내에는 야행복을 입은 사내들로 가득해졌다.

"너희가 할 일이 있다."

대장은 사내들을 쭉 훑어보다가 시훈을 향해 시선을 돌렸다. 그의 눈이 날카롭게 빛을 냈다.

"시훈 네가 봤을 때 진산이라는 자는 어떠냐?"

"듣도 보도 못한 생각을 하는 자입니다."

시훈이 간결하게 대답했다. 그것이 만족스러운지 대장은 연신 고개를 끄덕였다. 그의 말이 맞았다. 산적 놈들 잡는 데 산에 불 지르는 것만큼 좋은 것은 없었다. 하지만 감히 누가 조정의 산을 함부로 불태우겠는가? 작게 화전 정도는 세금을 떼어냄으로써 봐줄 수는 있다. 하지만 허락없이 산을 태우는 것은 법으로 금하고 있었다.

법을 어기면 군이 나선다. 군은 무림과는 전혀 다른 곳이다. 무림은 무공을 익히면서도 밥 벌어 먹을 것을 생각한다. 그러나 군은 싸우고 강해지는 것이 전부다. 그들은 압도적으로 강했다.

문제는 법의 사이사이를 슬며시 빠져나가는 것들이나 눈에도 보이지 않고 손에도 잡히지 않는 놈들이다. 산적 놈들이 대표적인 예다. 눈에는 보이나, 꼭꼭 숨어 잡히지 않는 놈들이다.

"우리가 몇 개월을 헤매던 일을 그가 홀로 처리했다. 나는 진산이라는 자는 우리에게나 꽉 막힌 위엣것들에게도 필요하다고 생각한다."

"간단하게 생각할 것이 아닙니다!"

사내 중 하나가 대장 앞으로 잽싸게 튀어나왔다. 진수(珍羞)라는 자였다.

대장은 진수를 슬쩍 보았다. 눈치코치없는 녀석이다. 하지만 옳은 소리는 제법 했다. 정의감도 많았고 실력도 제법 되었다. 그의 말을 들어서 손해 보는 것은 있었지만 잘리는 일은 없었다.

"좋아, 시훈과 진수. 너희 둘이 가서 진산이라는 자를 면밀히 관찰해라. 그래서 우리에게 필요하다 싶으면 잽싸게 데려와라. 인재는 아무리 많아도 부족한 법이니."

"존명!"

"존명!"

대장의 말에 두 사내가 고개를 숙이며 대답했다. 대장이 다시 손짓을 한번 하니 그 둘의 신형이 촛불이 꺼지듯 사라졌다.

세 개의 조직이 본격적으로 진산과 그 일행을 눈여겨보기 시작했다.

＊　　　＊　　　＊

거대한 대문, 그리고 용사비등(龍蛇飛騰)한 필체로 쓰여 진 남궁세가의 현판이 저 멀리에서 보이기 시작했다. 드디어 남궁세가가 있는 합비(合肥)에 도착한 것이었다.

해가 뉘엿뉘엿 져가고 있었다. 하지만 힘겨운 표행이 끝난다고 생각되자 일행의 얼굴이 활짝 폈다.

일행의 선두에 남궁유성과 남궁유미를 포함한 오호삼화가 나섰다. 문지기 중 누군가 오호삼화를 알아보았는지 세가 안으로 재빠르게 몸을 비집어 넣었다.

잠시 후 세가의 문이 활짝 열렸다. 그 안으로 전각의 숲과 잘 훈련된 남궁세가의 무인들이 시선에 들어왔다.

"어서 오십시오. 기다렸습니다."

삼룡표국의 일행 앞으로 중년인이 나서서 고개를 가볍게 숙였다. 남궁세가의 사람이라는 것을 표하는 화려한 황룡이 수놓여 있는 백색의 장삼을 입고 있었다.

다른 이들보다 일룡이 먼저 나서 정중히 인사를 드렸다. 그에 비해 오호삼화는 간단히 손만 흔들고 일행에서 스윽 빠져나왔다.

그동안 진산은 멀뚱히 일행에 끼어 눈동자만 굴리고 있었다.

'이거 일개 가문 주제에 규모가 상당한걸!'

삼룡표국 사람들과 진산은 안내자에 이끌려 남궁세가 내 손님들을 맞이하는 빈객청(賓客廳)에 들어섰다. 안에는 먼저 들어온 오대세가의 무사들이 삼룡표국의 표사들과 진산을 주시했다.

빈객청은 총 삼층으로 이루어져 있으며 요(凹) 자 형태로
이루어져 있다. 그 앞에 작은 연무장이 하나 있어, 그곳에서
손님 중 간단한 훈련을 하는 이도 드물지 않았다.

그들은 그들의 생각보다 훨씬 더 큰 명성을 얻고 있었다.

먼저 이번 일로 다시 전과 같은 명성을 얻고자 했던 삼룡표
국은 녹림의 산적들을 토벌하는 데 공헌했으며 오호삼화와
밀접한 관계라고 알려졌다. 오호가 오대세가의 후계자이니
만큼 소문을 믿는 사람들은 삼룡표국이 오대세가의 후원을
받는다고 생각해도 무방하다고 볼 수 있었다.

오호삼화 역시 그들의 이름을 확고하게 다질 수 있었다. 그
들은 옥랑채 때밖에 도와주지 않았지만, 어느새 백호채와 백
룡채 때도 나섰다고 알려져, 그들의 의협심과 뛰어난 무공이
중원으로 퍼졌다.

반면 진산과 그 일행의 경우는 그 공에 비해 알려진 것이
적었다. 그들은 아무리 공을 세웠다고는 하지만 일개 표사였
기 때문에 그들이 행한 일들은 모두 삼룡표국에 흡수되었다.

물론, 그것에 대해 진산과 부단장은 관심이 없었다. 아니,
되도록 조용히 다니려고 노력하던 진산과 부단장이었다. 알
려져서 좋을 것은 별로 없었다.

소지는 무림공적이었다. 소문이 나면 다시 해남파로 도망
가야 하는 실정이었다.

진산이 묵고 있는 방은 이층의 서쪽 끝 방이었다. 다른 곳

에 비해 창이 두 개나 더 있는 방이었다.

"흐음, 한 방에 세 명인가?"

일개 표사로 알려져 있기 때문에 대우도 그리 좋지는 않았다. 물론 중소 표국의 표사 주제에 이 빈객청에 발을 들인다는 사실 자체가 영광이나 다름없지만, 상대적으로 대접의 차이가 조금 있었다.

진산이 다른 이들을 향해 시선을 돌렸다.

부단장이 침대에 털썩 누운 채 사타구니를 긁적였다. 진산을 따라나서 제법 많이 움직였다. 산적 놈들을 몰살할 때 움직인 바가 많았다. 그는 조금 쉬고 싶었다.

소지는 방에 들어서자마자 하인을 불러 목욕부터 시작했다. 무림공적이 된 이후로 제대로 씻은 적이 없었다. 진산과 함께할 때도 긴장이 조금 풀리지 않은 상태였다. 남궁세가 안에 들어오자 조금 현실감이 드는 것인지 몸을 깨끗이 닦고 싶어졌다.

진산은 고개를 돌려 멍하니 창문 밖 하늘을 보았다. 요즘 먹는 것에 재미를 들였다. 합비에 오기 전에 들렀던 소호(巢湖)에서 먹은 곰발바닥 요리는 제법 맛이 좋았다.

먹을 것을 생각하니 입에 군침이 돌았다. 먹는 것 자체는 밝히지 않지만 맛있는 것은 좋아하는 편이었다.

"그럼, 밥이나 먹으러 가볼까?"

진산은 벌써 코를 고는 부단장을 슬쩍 보고는 계단을 향해 발걸음을 옮겼다. 빈객청에는 가운데 쑥 들어간 부분밖에 계단이 없었다. 서쪽 끝에 있는 진산의 방에서 가기에는 제법 먼 거리였다.

총총걸음으로 발걸음을 옮기던 진산은 계단 앞에서 다른 오대세가의 무사 중 날카로운 기운을 뿜어내는 사내를 마주했다.

주황빛 무복 뒤에는 하늘을 물어뜯을 듯한 범의 형상이 그려져 있었다. 가슴에는 황보세가를 나타내는 글자가 자수로 새겨져 있었다.

차가운 인상의 사내는 진산을 향해 대뜸 물어왔다.

"자네가 이번 녹림 토벌의 주인공인가?"

"예?"

"자네가 이번 녹림 토벌을 성공하게 만든 자인지를 묻고 있다."

그의 몸에서는 투기가 스멀스멀 기어나오기 시작했다. 진산은 사내를 보며 머리를 긁적였다. 이런 부류는 잘 알고 있었다. 순수한 무의 경합만을 위해 싸우고 또 싸우는 투사(鬪士)다.

진산은 귀찮은 일에 말려들 것 같아 크게 고개를 젓고는 계단을 내려갔다.

"음, 아니란 말인가? 나는 그대가 삼룡표국 중 가장 강한 자로 녹림 토벌의 주인공인 줄 알았는데……."

진산의 신형이 못이 박힌 듯 멈춰 섰다. 그는 해남도에 있을 때부터 자신의 기운을 억제하는 데 온 힘을 다했다. 싸울 때도 자신의 절기를 사용하지 않았으며, 부단장 외에는 다른 이들이 눈치 채지 못하는 곳에서 싸웠다.

오호삼화나 삼룡들은 물론 심지어 소지조차 그가 무공을 익혔는지조차 알지 못했다.

진산의 등으로 식은땀이 흘렀다.

"무슨 근거로 그런 말씀을 하시는지? 저는 녹림 토벌에서 몇 가지 조언을 한 것 외에는 없습니다."

진산은 어색한 미소를 지으며 말했다. 뒤에서 몰래 손을 쓴 적이 있어도 직접 나선 적은 없었다.

그의 말에도 사내는 표정을 조금도 바꾸지 않은 채 진산을 뚫어지게 바라보고 있었다. 진산은 그를 한번 슬쩍 훑은 뒤 다시 가던 길을 재촉했다.

"큭!"

진산의 신형이 사라지자 사내는 뜻 모를 웃음을 흘렸다. 그가 손을 들어 천천히 자신의 얼굴을 감쌌다. 싸늘한 표정의 그의 얼굴이 와락 구겨졌다.

찌익!

살점이 찢어져 나가면서 그 안에 감춰진 사내의 진짜 얼굴이 드러났다. 전과는 비교할 수 없을 정도로 딱딱한 얼굴이었다. 마치 목석같이 굳은 그의 얼굴 입가는 작지만 확실하게 미소를 그리고 있었다.

사내는 어둠 속 대청의 각주가 보낸 야율령이었다.

"대단한 자야. 지금까지 저런 무공을 숨기고 있다니……."

선천적으로도 뛰어난 기감을 가지고 있었지만, 오랜 음지 생활로 단련된 그의 기감은 상상을 초월할 정도였다. 그런 그가 간신히 느낀 것이었다. 그것도 진산의 몸에서 흐르는 부조리한 기를 느끼고 조금 더 자세하게 보지 않았더라면 모를 그런 기운이었다.

진산의 몸 안에 숨겨진 양을 쉬이 추측할 수는 없었지만, 그는 못해도 십대고수에 이른다고 생각하고 있었다.

그 정도 되는 힘을 해남도에서 나와 남궁세가에 올 때까지 숨길 수 있다는 것은 그만큼 그의 능력이 뛰어나다는 것을 증명하고 있었다.

"과연, 사마 군사가 눈독을 들인 자란 말인가."

야율령이 진산이 사라진 곳을 바라보며 작게 중얼거렸다. 그리고는 그는 자신이 왔던 곳으로 발걸음을 옮겼다.

"흐음, 사마 군사라……."

사라졌던 줄 알았던 진산이 기둥 뒤에 팔짱을 낀 채 서 있었다.

야율령이 진산을 보고 부조리한 기운을 느꼈다면 진산은 그에게서 위화감을 느꼈다. 몸에서 흘러나오는 투기에 비해 그의 눈은 차갑게 식어 있는 것이 투사보다는 관찰자의 시선이었다.

　무엇보다 그는 이 빈객청 내에서 인피면구를 쓰고 있었다. 진산 정도 되는 고수가 겨우 인피면구와 진짜 살아 있는 얼굴 가죽을 구분 못할 리 없었다.

　"다른 사람이 아니라 나와 의도적으로 접촉한 것을 보아 내게 볼일이 있는 건가?"

　진산의 눈동자가 사라지는 야율령의 뒤를 쫓았다.

　오호삼화와 오대세가의 명숙들이 한 자리에 모였다. 삼룡 표국을 안내한 그들이 가장 먼저 한 일은 이번 소문에 대한 보고와 그에 대한 회의였다.

　피곤함에도 오호삼화들은 이번 일에 대해 상세하게 대답했다. 그중 단연 화제는 진산과 그 일행이었다.

　제갈청은 처음 그들을 만났을 때부터 시작해서 중간에 만나기 전까지 조사한 바를 모두 보였다. 그리고 그 뒤에 옥랑채를 어떻게 했는지까지 조금도 숨김없이 솔직하게 말했다.

　"내가 보기에는 앞뒤 분간 못하는 애송이 같은데……."

　팽가의 가주인 팽영훈(彭暎暈)이 솔직하게 말했다. 과감한 결단이라고 보기보다는 생각이 없다고 보였다.

　그의 말에 다른 오대세가의 명숙들은 고개를 저었다. 하지만 누구도 팽영훈의 말에 뭐라 대꾸하지 않았다. 그들도 그렇게 생각하는 부분이 있었기 때문이다. 과격하게 밀어붙인 게

우연하게 성공했다는 것이 그들의 생각하는 바였다.

"내 생각은 조금 다르네."

제갈세가에서 온 가주 제갈경(諸葛卿)이 입을 열었다.

제갈청을 비롯한 제갈세가의 사람들은 팽영훈과 같이 단순하지 않았다. 그들은 남들보다 배는 머리를 쓰는 사람이었다. 무엇을 하든 세세한 것 하나 놓치지 않고 꼼꼼하게 살폈다.

그런 그들의 시선으로 본 진산은 다른 세가들이 생각하는 것처럼 무식한 자가 아니었다.

추론은 부단장이라고 불리는 고수가 그의 호위가 아니라 수하라는 것부터 시작한다.

오호삼화의 말대로라면 십대고수에 버금가는 실력을 가지고 있다고 한다. 물론, 그가 보인 한 수로 십대고수에 이르는 고수라고 볼 수는 없지만, 부단장이라는 사내가 강한 것은 확실했다.

"부단장은 강합니다. 최소한 저를 가볍게 제압할 정도로 말이지요."

제갈경이 부단장에 대해 언급하자 남궁유성이 꾹 다물고 있던 입을 열었다.

자존심 강한 남궁유성이 그렇게 말했다. 본래 누구에게도 지고 싶어하지 않았던 그였다. 그러나 그도 감히 어쩌지 못하는 고수를 만나면 숙이게 마련이다.

미심쩍어하는 사람들도 제갈경의 말에 수긍하는 태도를
보였다.

"그 외에도 천 형이라고 불리는 자 역시 오호 전부와 상대
해도 지지 않을 정도로 강하다고 하더군요."

남궁유성과 오호들은 소지를 낮추어 말했다. 그들이 보기
에 실력면에서 부단장이나 소지나 다를 것 없었지만, 내뿜는
기세가 전혀 달랐다.

부단장이 진산 앞에서는 양이더라도 남 앞에서 양은 아니
었다. 오히려 남들에게는 사나운 맹수가 되어 이를 드러냈다.
반면 소지는 누구 앞이든 조용했다. 살수였던 과거가 있어서
인지 언제나 스스로를 감춘다.

그것이 오호에게는 만만하게 보였던 것이다.

"자네들도 알다시피 무공이 없는 자가 고수 둘을 수하로
두는 일은 쉽지 않다네."

"호위가 아닐까?"

팽영훈이 제갈경의 말에 슬며시 끼어들었다. 수려한 외모
에 학사풍의 옷 가짐을 보아, 팽영훈의 말에도 일리가 있었
다.

제갈경은 고개를 저었다. 호위와 수하는 다른 것이다. 그
리고 부단장이나 소지의 태도는 그의 호위라고 보기에는 무
리였다. 소지는 그렇다 치고 부단장은 그의 앞에만 서면 애완
견마냥 굴지 않는가? 죽으면 죽었지 고수 소리 들을 정도로

무공을 익힌 이가 그런 일을 할 리 없었다.

그는 진산에게 마음부터 굴복한 자의 태도를 보였다.

"그리고 궁에서 나온 자일 가능성도 없지 않습니다."

진산에 대한 평가가 계속되자 제갈청이 자신의 추론을 슬며시 내세웠다.

"흠, 그럴 수도 있겠지."

지금까지 숨겨져 온 신비문파의 인물보다는 황궁에서 흘러나온 자라고 보는 것이 더 이해가 되었다. 강호의 무림인들이 황궁의 무사들을 은연중 경시하는데, 그것은 지극히 잘못된 판단이다. 황궁의 무사들이 하는 일은 오로지 전투뿐이다. 몇 번이나 황권이 바뀌긴 했지만, 그 역사는 무림보다 길다.

전략에서도 무사로서의 강함도 황궁의 힘은 막강하다. 그러나 그들이 되도록 무림에 신경 쓰지 않는 이유는 무림이라는 개념이 매우 애매했고, 또 일반 백성과 그들의 관계가 밀접했기 때문이다.

그렇다고 그들이 무림을 방치하는 것은 아니었다. 알게 모르게 그들은 무림을 감시하고 때로는 직접 나서기도 했다.

제갈세가를 비롯한 오대세가는 그러한 사실을 잘 알고 있었다.

"뭐, 일단 그에 대한 것은 조금 더 지켜보는 것이 좋을 듯싶습니다."

제갈경이 그렇게 회의를 마무리 지었다. 무언가를 감추는 자는 섣부르게 건드려서 좋을 게 없었다.

*　　　*　　　*

팔을 잃었다.

무기를 다루던 오른팔이었다.

그것은 무공을 잃은 것과 진배없었다.

수하를 잃었다.

밑에서 누구보다도 열심히 뛰던 이들이었다.

그것은 자식을 잃은 것과 다르지 않았다.

"빌어먹을……."

중배(衆背)는 그때를 회상하면 이를 악물었다. 그는 그 뒤로 뼈를 갈 듯 무공을 닦았다. 술에 절어 사는 어리석은 모습을 보이지 않았다.

그것이 그를 살게 했다.

그를 버리려던 자는 그런 중배를 버릴 수 없었다.

짧은 시간이었지만 작은 성과가 있었다. 그리고 자신이 가야 할 길을 볼 수 있었다.

중배의 눈에는 간단히 자신들을 농락했던 사내를 잊을 수 없었다. 그는 그의 움직임을 따라 했다. 마구잡이인 듯 허술해 보였지만, 전투 시 효과는 지대했다.

진산의 전투 방식이 부단장을 거쳐 중배라는 사내에게 전해졌다. 그리고 그것은 무서운 고수를 양성하게 하였다.

"남궁세가에 들어간 것인가?"

천하제일검가라 불리는 그곳. 자신이 감히 노릴 수 없는 곳이었다.

그때는 그랬다.

지금 그의 눈이 피로 물들었다. 당장이라도 대문을 박차고 부단장과 오호삼화를 도륙하고 싶었다. 그러나 그는 뜨거운 가슴을 차갑게 식어 있는 이성으로 눌렀다. 아직 자신이 나설 때가 아니었다. 무엇보다 그 자신의 능력이 미천하다는 사실을 잘 알고 있었다.

중배는 뒤를 돌아보았다. 조직에 고용된 살수들이 자신을 향해 눈을 부라리고 있었다.

"그들은 여기 있소."

살수들이 자신의 목표를 대신 이루어줄 수 없다는 사실을 알고 있었다. 이들이 아무리 중원에서 최고의 살수라고 알려져 있더라도 오호삼화는커녕 부단장도 잡지 못할 것이다.

그랬기 때문에 중배는 이들에게 협조했다. 복수는 자신의 손으로 할 생각이었다. 실패할 것을 알기 때문에 살수들을 도왔다.

그는 그런 사람이 되었다.

'그러기 위해서는 시간이 필요하다.'

스윽!

　남궁세가 안으로 살수들이 몸을 날렸다. 은밀하고 조용한 움직임이지만, 부단장이나 세가 내에서 알려진 고수들에게는 우레와 같은 소리일 것이다.

　그들은 실패하고 원수들은 살아남을 것이다. 그것이 중배가 바라는 것이었다.

　중배의 복수는 아직 시작되지 않았다.

*　　　*　　　*

　남궁세가와는 제법 거리가 있는 농가였다. 합비를 조금 넘으면 나오는 작은 산으로, 주위에는 밭 외에는 없는 곳이었다.

　진산을 만나고 바로 세가를 나와 말을 타고 달린 지 세 시진 만에야 이곳에 도착했다.

　어둠이 깊어 산 전체가 까만 먹으로 칠해진 것만 같았다.

　야율령은 품속에 갈무리한 인피면구를 꺼내 들었다. 방금 전 썼던 것과는 다르게 그것은 진짜 사람의 피부를 벗겨내어 만든 것이었다.

　그것이 그의 손을 떠나 다른 사내의 손에 넘어갔다.

　"이번 것은…… 품질이 매우 좋군요."

　잽싸게 인피면구를 품속에 넣으며 사내가 씩 웃었다. 야율령은 무심한 표정으로 그를 보다가 이내 얼굴을 찡그렸다.

달빛 아래 드러난 사내의 얼굴은 흉측했다. 귀가 없었고 코가 없었다. 인두로 피부를 녹인 듯 얼굴을 잔뜩 찌그러져 있었다. 턱과 광대뼈를 깎았는지 그의 얼굴은 있어야 할 곳이 움푹 들어가 있었다.

매번 그를 만날 때마다 딱딱하게 굳은 그의 얼굴이 조금 구겨졌다. 익숙해질 법한데, 그의 얼굴은 볼 때마다 역겨웠다.

"대신 일을 확실하게 처리해야 할 것이야."

야율령이 차갑게 사내를 노려보며 말했다. 그는 사내의 오만한 태도가 마음에 들지 않았다. 하지만 사내는 그만한 실력이 있으니 그것을 대놓고 드러낼 수는 없었다.

사내는 다시 한 번 씨익 웃어 보였다. 그러나 야율령의 눈에는 뭉개진 얼굴 근육이 그저 꿈틀거리는 것으로밖에 보이지 않았다.

"걱정 마십시오. 지금까지 해온 일 중에서 가장 쉽습니다. 너무 쉬워 보여서 오히려 의심스럽기까지 하지만……."

사내가 음흉한 미소를 지었다. 지금까지 야율령과 일을 하면서 이번 일이 가장 쉬웠다. 남궁세가에 침투하는 것이 조금 힘들 것 같지만, 그보다 더한 곳도 들락날락했으니 크게 힘들 것은 없었다.

게다가 상대는 무공도 모르는 초짜 녀석이었다. 또 그런 녀석에게 정보를 캐는 것도 아니고 몇 마디 던져 주는 것 외에는 없었다.

“절대 만만하게 보지 마라. 이번 일은 네가 생각하는 것보다 훨씬 어려운 것이다.”

“예이~ 예이~”

야율령이 무섭게 경고했지만, 사내도 귀가 있는지라 목표에 대해 잘 알고 있었다. 그가 아는 목표는 경계할 대상이 아니었다.

사내의 태도에도 불구하고 야율령은 다시 경고하지는 않았다.

“그럼…….”

야율령이 등을 돌렸다. 임무에 대한 자세한 내용은 먼저 전해준 서찰에 자세하게 쓰여 있다. 그 뒤 그것을 읽고 행동하는 것은 사내였다.

사내의 손에 쥐어진 서찰에는 진산의 이름이 쓰여 있었다.

*　　　*　　　*

부단장은 허기를 참지 못하고 진산이 있는 식당으로 쫄래쫄래 발걸음을 옮겼다. 진산이 식당으로 향한 지 제법 시간이 지났지만 워낙 음식을 음미하면서 먹는 성격 때문인지 아직도 식사를 마치지 않고 있었다.

구석에 조용히 앉아 있는 그를 본 부단장은 잽싸게 식판을 들고 배식을 받았다. 내용이 뭔지도 보지 않고 그는 진산의 곁으로 달려갔다.

"왔냐?"

진산이 수저를 잠시 식판 위에 올려놓고 허겁지겁 먹는 부단장을 향해 물었다.

부단장은 무어라 대답하는 대신 고개를 끄덕였다. 입 안 가득히 찬 내용물 때문에 대답할 수 없기 때문이었다. 진산도 그에 무어라 하지 않았다.

둘은 다시 식사를 시작했다. 진산이 훨씬 빨리 와서 먹기 시작했지만, 먼저 다 먹은 사람은 늦게 온 부단장이었다. 그는 맛은 전혀 생각하지 않고 허기를 채울 목적으로만 밥을 먹는 것 같았다.

식사를 마친 그들은 식판을 앞에 두고 잠시 앉아 있었다. 그때 부단장이 실실 쪼개며 입을 열었다.

"주공, 요즘 주공의 인기가 대단하다는 거 아세요?"

"으응?"

진산은 부단장의 말을 이해하지 못한 듯 멍청히 대답했다. 지금까지 살기 바빴던 그였다. 이성을 접하지 않은 것은 아니었지만, 그들과 가지는 관계는 적, 아니면 수하뿐이었다.

적이라면 남녀를 가리지 않고 토막 냈고, 수하라면 무식하게 굴려댔다. 그 때문인지 그는 이성을 인식하고 접한 적은 없었다.

삼룡표국의 효린이나 남궁유미, 제갈화린의 태도가 호의

적이라는 사실을 알지만 그것을 이성의 그것으로는 보지 않았다.

반면 부단장은 달랐다. 그는 원래부터 그런 기질이 많았던 사람이었다. 어려서부터 밝혔고, 그런 방면에서는 전문가라 불려도 손색이 없는 자였다. 여성의 심리쯤은 어렵지 않게 읽을 수 있었다.

하지만 그는 팽설향이 보내는 시선은 읽지 못하고 있었다. 그도 그럴 것이 팽설향의 시선은 이성에 대한 애정보다는 강한 무인으로서의 동경심이 더 컸기 때문이다.

"삼룡이나 남궁유미, 제갈화린이란 아이들의 눈빛이 주공에게만 향하면 봄날이 온 듯 사르르 녹지 않습니까?"

"그래?"

"그렇습죠. 얼마나 따뜻한 시선인지 절로 질투가 생길 정도라니까요!"

"절로 질투심을 유발해? 정말이냐?"

퉁명하게 대답하던 진산이 부단장의 마지막 말에 민감하게 반응했다.

그는 되도록 조용히 있어야 했다. 그러나 진산은 그 조용하게 있는 것을 무공을 숨기는 정도로만 생각했다. 머리보다는 힘을 중시했던 해남도에서는 그것이 통용되었기 때문이다.

그러나 중원은 넓다. 힘만 있어서는 안 되는 일이 많았다. 진산의 머리는 좋은 편이었고, 또 그것은 문주라는 뛰어난 전

술가와 해남도에서 수많은 전쟁으로 단련되었다. 과격하고
도 원초적인 전술을 완벽하게 구사하는 그는 단연 뛸 수밖에
없었다.

　머리가 좋은 사람은 강한 무력을 가진 것과는 다른 매력을
가지고 있다. 그리고 무엇보다 진산의 외모는 수려했다.

　"하아～ 이거 손을 써야겠군."

　"예?"

　진산의 말에 부단장이 이해 못한다는 표정을 지었다. 여자
에게 인기가 많은 것은 좋은 것이다. 득이 되면 득이 되었지
결코 해가 되지 않았다. 부단장은 그런 생각을 가진 사람 중
하나였다.

　하지만 진산은 아니었다. 그는 자신이 하는 일에 방해가 된
다면 과감하게 밀어낼 줄 아는 사람이다. 그리고 지금은 무엇
으로든 눈에 띄는 일은 삼가야 할 상황이었다.

　"그들의 눈에서 내가 사라지려면 어떤 방법이 좋겠느냐?"

　"주공, 왜 넝쿨째로 굴러온 호박을 차버리려 하십니까?"

　부단장은 진산이라는 사람을 도통 이해할 수 없었다. 아주
독한 사람이고 자신의 편이라는 것을 확실하게 인지시켜 주
면 한없이 잘해주는 사람이라는 것을 잘 알고 있다. 또 적이
면 반대로 무시무시한 귀신이 된다는 것도.

　그러나 부단장이 알 수 있는 것은 그것뿐이었다. 그는 더
이상 알 자격이 없었다.

"후, 호박도 먹을 수 있는 상황이야 좋은 법이다. 이렇게 굴러 들어온 호박은 결국 먹지 못한 채 썩어버릴 뿐이다."

부단장은 뒤늦게 그가 무슨 말을 하는지 알 수 있었다. 지금 표행길에도 나서고 산적들을 퇴치하고는 했지만, 그가 중원에 온 이유는 진산의 형, 진천을 찾는 일이었다.

갑작스레 실종된 형을 찾기 위해서는 철저하게 조사해야 할 것이다. 그리고 사건의 주모자를 잡기 위해서는 그, 혹은 그들이 진산을 경계하지 못하도록 했다.

진산은 드러날 수 없었다.

중소 표국의 삼룡인 효린은 몰라도, 삼화인 남궁유미나 제갈화린의 시선을 받는 것은 충분히 화젯거리가 될 수 있었다.

"됐다. 너는 남궁 소저와 제갈 소저를 이리로 불러와라. 뭐, 대충 실망스런 모습을 보여주면 되겠지."

"예."

부단장은 진산의 말을 듣고 잽싸게 달려나갔다. 진산은 잠시 무언가 생각하는 듯하더니만 부단장의 식판까지 들고 자리에서 일어났다.

식판에는 아직 다 먹지 못하고 남은 음식 찌꺼기가 있었다.

*   *   *

의뢰를 받은 살수들은 은밀하게 움직였다. 용담호혈이라

불리는 남궁세가 안으로 들어서는 것은 결코 쉽지 않았다.

몇 시진이나 걸려 그들은 간신히 남궁세가의 빈객청에 들수 있었다. 무엇보다 그들이 들어설 수 있었던 것은 요즘 다른 오대세가들이나 그 밖에 손님들이 많이 와 경계가 조금 느슨해졌기 때문이다.

안으로 들어선 그들이 가장 목표로 한 것은 오호삼화가 아니라 바로 부단장이었다.

그들의 발걸음이 무겁게 움직였다. 그들의 수는 다섯이었지만, 결코 많다고 생각하지 않고 있었다.

이곳은 남궁세가였고 그들이 궁극적으로 취해야 할 목은 오호삼화라는 미래의 오대세가 주인의 목이었으니 말이다.

'대금을 제법 많이 받았다고 하는데…… 이번 일이 끝나면 수당 좀 많이 뜯어내야겠어.'

떨리는 가슴을 진정시키며 살수들이 움직였다. 슬며시 방 안에 들어서자 사람 하나 없는 텅 빈 방이 눈에 들어왔다.

'없는 건가?'

선두에 나선 사내가 조심스레 감각을 끌어올렸다.

첨벙!

사내의 귀에 물소리가 들려왔다. 목표는 욕실에 있다는 것을 안 사내는 간단한 수화로 동료들에게 알렸다.

그들의 신형들이 욕실로 향했다.

스릉!

하나둘 검을 뽑기 시작했다. 검에는 까맣게 물감이 칠해져 있어 빛을 받지 않았다. 어둠에 녹아버린 검은 그저 예기만을 매섭게 뿜어내고 있었다.

욕실 문 앞에 선 그들은 숨을 골랐다. 목표는 뛰어난 고수였다. 서로의 호흡을 맞추어 단숨에 목표를 제거해야만 했다.

'하나, 둘, 셋!'

쾅!

욕실의 문이 묵직한 소리와 함께 부서지고 다섯 명의 살수가 쏟아지듯 들어섰다.

뿌옇게 찬 안개 속에서 살수들의 검이 허공을 갈랐다. 특수한 내공이 실렸는지 그들이 휘두를 때 조금의 소리도 들리지 않았다.

아무렇게나 허공을 베던 그들이 목표를 찾지 못하고 우왕좌왕했다.

그때 안개 속에서 몸을 웅크리고 있던 소지가 조용히 움직였다.

우드득!

그는 무기는커녕 실오라기 하나 걸치지 않은 상태임에도 천하제일살수였던 만큼 깔끔한 동작으로 살수 한 명의 목을 꺾어버렸다.

누군가의 습격에 다섯 명 중 하나가 죽었다는 사실을 느낀 살수들은 일류살수답게 숨을 죽이고 침착하게 목표를 찾기 시작했다.

'일류인가?'

그들의 실력을 대강 짐작한 소지 역시 긴장하기 시작했다. 다른 때라면 몰라도 상대는 일류살수 넷에 자신은 아무것도 가지고 있지 않았다. 그저 죽인 살수의 검은 검 하나가 전부였다.

그러나 지금 같은 상황에서 이 검은 도움이 되지 않는다. 습기가 채 가시지 않은 지금 까맣게 칠한 검을 들고 나선다면 스스로를 드러내고 마는 꼴이 된다.

'젠장! 이러다가 당할지도 모르겠군.'

소지는 생각과 동시에 몸을 움직였다. 땅에 떨어진 살수의 무기를 가볍게 발로 찼다. 좁은 욕실 안에 다섯이나 있으니 아무 곳으로 차도 그들 중 하나에게 위협이 될 것이었다.

가볍게 찬 검이었지만 십대고수 중 하나인 소지의 내공이 담긴 검이었다. 아무리 일류살수라고 해도 쉽게 피할 수 있는 것이 아니었다.

"……!"

그의 예상대로 살수 중 하나가 반응했다. 소지는 몸을 낮게 낮추며 미끄러지듯이 살수의 눈을 찔렀다. 기가 맺힌 그의 손이 살수의 눈을 부드럽게 파고들었다.

살수의 몸이 크게 휘청거렸다.

"끄악!"

비명 소리가 들리자 다른 살수들이 조금도 망설임없이 검을 찔렀다. 소지는 바닥을 박차고 올라 천장에 매달렸다.

푸푸푹!

눈이 찔린 사내는 비명도 지르지 못하고 세 개의 검에 찔려 쓰러졌다. 그가 쓰러지고 나자 조금씩 습한 안개가 걷히기 시작했다. 문도 열려 있었으니 그것들은 더욱 빨리 없어지기 시작했다.

'셋이라…… 좋아, 한번 해보지!'

소지는 밑으로 떨어졌다. 바닥을 향해 가볍게 일장을 내지른 그는 튕기듯 날아가 살수의 왼팔을 잡아 뒤로 꺾었다. 우두둑 하는 소리가 들리고 그의 가슴이 앞으로 향했다.

다른 살수들은 목표를 향해서는 동료들의 목숨도 버릴 수 있도록 교육받았다. 동료 중 하나가 잡혔다고 해서 그들의 검이 멈춰지거나 하지 않았다.

쉬익!

동료의 심장과 폐를 찔러 뒤에 있는 소지까지 노렸다. 소지는 잽싸게 땅에 누워 그 검공을 피해냈다. 그러나 그들은 다시 소지를 노리며 연신 바닥을 찔렀다.

소지의 몸이 데구루루 굴렀다. 검기가 어린 살수들의 검은 소지를 따라 무엇이든 베어냈다.

구른 도중 그는 떨어진 검을 들어 그들의 검을 막았다.

챙! 하는 소리가 들리고 살수들이 뒤로 한 걸음씩 물러섰다. 소지가 든 검에 담긴 기운이 만만치 않다고 느낀 것이다.

소지가 천천히 일어섰다. 그가 자신의 안락한 목욕을 방해한 그들을 노려보았다. 그의 살기가 욕실을 넘어 방 전체를 휘감기 시작했다. 평소에 꾹꾹 눌러 담던 살기가 폭발하자 소름 끼치도록 강한 살기가 퍼져 나왔다.

"네놈들도 살수라 자처하는 놈들이니 누가 시켰는지 묻지 않겠다. 그러니 그냥 그대로 죽어!"

소지의 검이 빠르게 움직여 그들의 몸을 갈랐다. 적을 공격할 때 조금도 인정을 보이지 않는 그의 검은 살수들의 몸을 몇 번이나 토막을 내었다.

붉은 피가 욕실 안을 도배하듯 뿌려졌다.

그럼에도 소지의 검은 조금도 멈추지 않았다.

*   *   *

사내의 얼굴에는 하나의 가죽이 씌워져 있었다. 그러나 그것이 어찌나 정교한 것인지 진짜 그 얼굴의 주인처럼 느껴졌다.

그것을 쓴 사내는 평범한 백색 무복을 입은 채 식당 안으로 들어왔다. 느긋한 걸음으로 그는 두 개의 식판을 치우기 위해 움직이는 남자에게로 걸어가고 있었다.

누구도 사내의 모습에 신경 쓰지 않았다.

단 한 사람만을 제외하고.

사내의 발걸음은 식판을 든 남자 앞에서 멈춰졌다.

달그락!

식판이 힘없이 추락했다. 남자의 눈이 축축하게 젖어가기 시작했다.

"……."

"……."

두 사람은 잠시 동안 아무런 말도 없었다.

사내가 먼저 등을 돌렸다. 그는 식당 안으로 들어왔던 것처럼 다시 느긋하게 움직였다.

남자가 그의 뒤를 따라나섰다. 그의 발걸음은 힘이 없는 것이 한 발짝 한 발짝이 위태로웠다.

사내의 신형이 조금 빨라졌다. 그가 남궁세가의 벽을 가볍게 박차고 넘어섰다. 그의 갑작스런 움직임에 세가 내의 무사들이 그를 쫓기 위해 움직였다.

그들 사이로 남자가 신법을 펼쳤다. 천천히 달리던 그의 몸이 순간 사라졌다. 다시 나타난 그는 벽이 우그러질 정도로 강한 발돋움을 하여 세가의 벽을 뛰어넘었다.

벽을 넘은 사내는 조금 여유가 있는 발걸음으로 계속해서 달렸다. 산 하나를 넘을 때가 되어서야 발걸음을 멈췄다.

벽을 넘은 남자는 사내의 보조를 맞추며 천천히 움직였다. 사내를 따라 산 하나를 넘었다. 사내가 멈추자 그도 멈췄다.

이리저리 발걸음을 옮겼던 터라 남궁세가의 무사들은 그들을 찾지 못했다.

이곳에는 그들뿐이었다.

뿌드득!

남자가 조용히 이를 갈았다. 그의 눈에 붉은 핏줄이 하나 불거졌다. 핏줄은 점차 늘어나기 시작하더니만 남자의 눈을 시뻘겋게 만들었다.

붉은 눈.

사내는 물기 어린 붉은 눈을 바라보다가 한참이 지나서야 입을 열었다,

"내가 누군지 궁금한가?"

*   *   *

부단장은 진산의 말대로 남궁유미와 제갈화린을 불렀다. 삼층에 올라가니 그녀들을 어렵지 않게 발견했고, 진산을 언급하면서 말을 꺼내자 그들은 바로 자신을 따라 나왔다.

문제는 팽설향까지 삼화 전부가 나온 것이었다.

그러나 그것에 크게 신경 쓰지 않았다. 부단장은 그녀들과 함께 이야기를 나누며 천천히 식당으로 갔다.

그러던 중 두 인영이 조용히 식당 밖으로 나오는 것을 볼 수 있었다. 그중 하나는 자신과 삼화가 만나야 할 진산이었

다. 그리고 다른 한 사람은 그와 무척이나 닮은 얼굴을 가진 사내였다.

본능적으로 부단장은 그 사내가 진산의 형임을 알 수 있었다.

'어?

그러나 그의 눈에 든 진산의 모습이 조금 이상했다. 너무 주먹을 꽉 쥐었는지 그의 손에서는 붉은 피가 조금씩 흘러나오고 있었다.

그토록 찾던 형을 만났는데 그런 모습을 보일 리 없었다.

부단장은 진산의 뒤를 따라나섰다. 갑자기 그들이 신법을 발휘해서 감짝 놀라기는 했지만, 그가 쫓기에 무리가 되지 않았다.

"무슨 일이지?"

갑자기 말을 멈추고 달려나가는 부단장의 모습에 팽설향이 고개를 갸웃했다.

"진 공자를 본 것 같아. 따라가 볼까?"

남궁유미가 식당에서 나오던 진산을 떠올리며 말했다.

"그렇다면 가봐야지."

제갈화린이 재빨리 대답하며 신법을 펼쳤다. 그녀의 뒤를 따라 삼화 모두가 부단장의 뒤를 따라나섰다. 여자라고는 하지만 고수라 불리는 그녀들이었다. 그들의 경공술은 부단장의 뒤를 쫓는 데 손색이 없었다.

부단장과 삼화는 산을 하나 넘어서야 멈춰 섰다. 그것도 부단장이 갑자기 몸을 숨기는 바람에 그녀들 역시 몸을 숨겨야만 했다.

"내가 누군지 궁금한가?"

앞서 달리던 사내가 음흉한 미소를 지으며 물었다. 시리도록 차가운 목소리였다.

그의 말이 끝나고 진산의 몸이 부르르 떨리는 것을 볼 수 있었다. 뒷모습뿐이었지만 그가 얼마나 분노했는지 간접적으로 느낄 수 있었다.

'무슨 일인 거야?'

네 사람의 머릿속에 떠오른 공통적인 생각이었다.

*　　　*　　　*

소지는 다시 물을 떠 간단히 몸을 닦고 옷을 갈아입었다. 그리고는 진산이 걱정되어 식당으로 발걸음을 옮겼다. 식당에도 무사들이 제법 되었기 때문에 그는 급히 발걸음을 옮기지 않았다.

그렇게 걷던 그런 그의 눈에 부단장과 삼화가 들어왔다. 그들은 무언가 이야기를 나누는지 얼굴에서 미소가 떠나지 않고 있었다.

"어이……!"

소지가 부단장을 부르기 위해 손을 흔들려는 순간 부단장
의 몸이 사라졌다. 아니, 빠르게 뛰어나간 것이다.

그의 시선은 삼화로 향했다. 삼화도 잠시 이야기를 나누더
니만 부단장의 뒤를 따라 몸을 날렸다. 멀찍이 서 있던 소지
도 무슨 일이 생겼다는 것을 느끼고는 재빨리 그들의 뒤를 따
라나섰다.

그들은 하나같이 세가의 정문이 아닌 벽을 박차고 나섰다.
벽에는 누가 남겨놓았는지 제법 큰 금이 가 있었다. 남궁세가
들의 무사들이 부단장이나 삼화까지 벽을 넘자 어쩌지 못하
고 당황하기 시작했다.

소지도 벽을 넘기 위해 달려들었다.

"멈추시오!"

누군가 그의 앞을 가로막았다. 남궁세가의 무인이었다. 소
지가 어쩔 수 없이 신형을 멈췄다. 그의 몸이 못이 박힌 듯 우
뚝 멈춰 섰다.

그의 눈은 아까 전부터 싸늘하게 식어 있었다.

"무슨 일이오?"

세가의 무인이 그에게 다가와 물었다. 무사는 갑자기 벽을
넘는 괴인들의 등장에 혼란스러워하는 것 같았다.

"나도 잘 모르오. 하지만 방금 나간 이들은 내가 잘 아는
이들이오. 그리고 어지간한 일이 벌어지지 않는 한 저렇게 경
박하게 움직일 이들이 아니라는 것이지."

“그것은 나도 아오. 삼화께서 함부로 세가의 벽을 넘거나 하지 않는 정도는 알고 있소.”

무인이 고개를 끄덕이며 대답했다. 순순하게 대답하는 무인이었으나 소지는 애가 탔다. 무인에게 발목이 잡혀 그들을 놓칠 것만 같았다.

소지는 어쩔 수 없이 그들을 무시하기로 했다. 더 이상 상대했다가는 늦을 수도 있었다. 그들은 고수였고 그만큼 빠르기 때문이다.

“이야기는 나중에 하지.”

텅!

그가 바닥을 강하게 찼다. 소지의 몸이 하늘로 쭈욱 치솟아 올랐다. 그렇게 그는 높은 벽을 가볍게 넘었다. 역시 십대고수 중 일인이자 천하제일살수의 경신술이었다.

소지는 부단장보다는 삼화를 찾았다. 그녀들은 여자답게 화려하게 꾸민 옷을 입고 있었다. 어두운 밤이라고는 하지만 소지 정도의 안력을 가졌다면 어렵지 않게 찾을 수 있었다.

‘저기 있군.’

삼화의 뒤꽁무니를 찾은 소지는 다시 한 번 신법을 펼쳤다. 시위를 놓은 화살처럼 그의 몸이 빠르게 날아가기 시작했다.

요리조리 마을을 돌아다니다가 결국은 산 하나를 넘어서야 그들의 발걸음을 느려지기 시작했다.

‘여긴가?’

갑자기 부단장을 비롯한 삼화들이 몸을 숨겼다. 그들의 시선은 두 사내를 향하고 있었다. 소지 역시 그들의 시선을 따라 움직였다.

진산과 그와 꼭 닮은 사람이 서 있었다. 그런데 그 닮은 사내의 얼굴이 조금 의외였다.

'인피면구인가?'

사내가 쓴 것은 정교하게 만들어진 인피면구였다. 진짜 사람의 얼굴을 떼어다 놓은 듯한…….

"내가 누군지 궁금한가?"

그 사내가 진산을 바라보며 음흉한 미소를 지었다. 소지는 그를 바라보며 몸을 떨고 있는 진산을 볼 수 있었다.

그들을 지켜보던 소지 역시 몸을 숨겼다. 위기의 상황이 온다면 진산을 도와줄 심산이었다.

그러던 중 창백하게 질린 채 진산을 바라보는 부단장의 모습이 눈에 들어왔다.

부단장의 눈에 담긴 것은 끝없는 공포였다.

진산은 형의 얼굴 가죽을 쓰고 있는 사내를 보고 있었다. 처음에는 형인 줄만 알았다. 그러나 수없이 인피면구를 접했던 그는 그것이 사람의 얼굴 껍질을 벗겨내 만든 정교한 인피면구라는 사실을 어렵지 않게 알 수 있었다.

형의 얼굴을 떼어내 만든…… 그러한 것이었다.

얼굴 가죽이 벗겨지는 고통이 얼마나 클까? 진산은 가슴이 천 갈래 만 갈래로 찢어지는 고통을 느꼈다.

"내가 누군지 궁금한가?"

사내가 익살맞은 미소를 지으며 물어왔다. 그의 말에 진산은 너무 허탈한 나머지 대답할 기회를 놓치고 말았다. 그러나 그의 몸은 사내를 향한 분노로 부르르 떨리고 있었다.

진산이 씁쓸한 표정으로 입을 열었다.

"그래, 궁금해서 미칠 것 같다. 네놈의 정체가 뭐냐?"

가슴 한 켠이 무겁게 내려앉았다.

『해남번참』 2권에서…

초등학생이 반드시 읽어야 할 좋은 책 49권

각 학년별로 초등학생이 반드시 읽어야할 좋은 책을
선정하여 통합논술의 기본이 되는 '올바른 독서법'을
일깨워 줍니다.

교과서와 함께하는
초등학교 통합논술

초등1학년 | 값 12,000원 | 초등2학년 | 값 9,500원 | 초등3학년 | 값 11,000원 | 초등4학년 | 값 9,500원 | 초등5학년 | 값 9,500원 | 초등6학년 | 값 11,000원

♣ 혼자 할 수 있어요.

엄마가 책 읽는 방법을 가르쳐 주어도 좋아요.
독서지도하는 선생님이 가르쳐 주어도 좋답니다.
"초등 교과서와 함께하는 **통합논술 시리즈**"는
아이 스스로 독서할 수 있도록 꾸며진 책이에요.
엄마와 선생님은 요령만 가르쳐 주시면 된답니다.

♣ 교과서의 중요한 내용이 총정리되어 있어요.

각 학년별로 중요한 교과 내용이 함께 수록되어 있어요.
초등학생은 교과서 내용을 충실하게 공부해야 합니다.
아울러 그와 병행한 독서가 대단히 중요하지요.
"초등 교과서와 함께하는 **통합논술 시리즈**"는
두가지 방법 모두 알려준답니다.

♣ 이 책은 훌륭하신 선생님들이 함께 쓰신 책이랍니다.

동화작가 선생님들이 쓰셨어요. 소설가 선생님도 쓰셨답니다.
국어 논술독서지도 선생님들도 함께 쓰셨지요.
"초등 교과서와 함께하는 **통합논술 시리즈**"는
엄마의 마음으로 모든 선생님들이 함께 꾸민 책이랍니다.

입소문을 통해 아는 분은 다 알고 계십니다!
올 한해 공인중개사 최고의 화제작!

1~2권 합본 | 이용훈 지음
3~4권 합본 | 이용훈 지음
5~6권 합본 | 이용훈 지음
용 어 해 설 | 이용훈 지음
1~2차 문제풀이집 | 이용훈 지음

수험생 기본 필독서
만화 공인중개사

제목 : 만화공인중개사 쓰신 분에게 감사드립니다.

학원을 두달 다녔어요. 근데 과연 그 숫자 외우기 그런게 몇 문제나 나올까 생각을 했어요.
아니라는 생각이 드네요. 학원강의를 뒤로 하고 서점을 갔어요. 내 머리에 가장 이해될 수 있는
책이 없나 하구요. 거기서 만화를 발견했어요. 무조건 세번 봤어요. 3개월 걸렸어요. 문제 집을
보라고 했는데 그건 시행을 못했어요. 근데 합격을 했네요.

어떻게 감사의 말을 해야 될지…

도서관에서 만화책 들고 다니니까 사람들이 비웃더라구요. 만화책으로 공인중개사를 공부한
다고 미친사람처럼 보더라구요. 근데 그거 다 감수하고 했던 내가 자랑스럽습니다.

어떻게 감사의 말을 해야 할지 정말 감사합니다.

부디 행복하세요. 제 나이 41살에 좋은 스승을 만난 거 같습니다.

엎드려 감사드립니다.

-본사 홈페이지에 독자분이 올린 메일 中 에서 발췌-